KB052821

쉐르벤파크

Copyright©2021 by GEODNEUNSARAM
이 책의 한국어판은 COREA LITERARY AGENCY를 통해
저작권자(Verlag Kiepenheuer & Witsch GmbH & Co. KG.)와
독점 계약한 '도서출판 걷는사람'이 소유합니다.
저작권법에 의해 보호를 받는 저작물이므로 무단 전재와 복제를 금합니다.

쉐르벤파크

알리나 브론스키

Scherbenpark

Alina Bronsky

차례

1부 죽은 엄마의 책을 쓸 것이다 __ 008

2부 누가 나를 깨운다 __ 147

3부 나는 꿈을 하나도 꾸지 않는다 __ 246

4부 햇빛 속으로 __ 358

역자의 말 __ 434

등장인물

사샤 나이만(알렉산드라)
마리나(사샤의 엄마)
안톤(사샤의 남동생)
알리사(사샤의 여동생)
바딤(사샤의 계부)
마리아(사샤의 당고모)
하리(마리나의 애인)
잉그리트(하리의 어머니)
한스(하리의 아버지)

수잔네 말러(기자)
폴커(신문사 국장)
펠릭스(폴커의 아들)

카차(알리사 친구)
페터 대왕(카차의 오빠)
안나(사샤의 동네 친구)
안젤라(안나의 친구)
그리고리(안젤라의 아버지)

1부
죽은 엄마의 책을 쓸 것이다

　나는 가끔 우리 동네에서 아직 괜찮은 꿈을 가진 사람이 나밖에 없다는 생각이 든다. 내 꿈은 두 가지이고, 어느 누구에게도 부끄럽지 않은 꿈이다. 나는 바덤을 죽일 것이다. 그리고 우리 엄마에 대한 책을 쓸 것이다. 벌써 책의 제목도 지어 놓았다. "똑똑한 맏딸의 말을 들었다면 아직 살아 있을 멍청한 빨간 머리 여자 이야기."

이 제목은 어쩌면 소제목에 지나지 않을 수도 있다. 차근히 생각해 볼 시간이 있다. 왜냐하면 내가 아직 책을 쓰기 시작하지 않았으니까.

우리 동네 사람들 대부분은 전혀 꿈이 없다. 내가 특별히 물어보았다. 그리고 꿈을 가진 몇 안 되는 이들의 꿈마저 너무 하찮아서 만일 나라면 그따윈 아예 가지지도 않을 것이다.

예를 들어 안나의 꿈은 부자와 결혼하는 것이다. 남자는 백마 탄 기사여야 하고, 삼십 대 중반에 가능하면 너무 못생기지 않아야 한다.

안나는 나와 똑같이 열여덟 살이다. 안나는 그런 남자가 나타나면 당장 결혼하겠다고 한다. 그러면 안나는 드디어 이 공동주택을 떠나 백마 탄 기사의 펜트하우스로 들어갈 수 있을 것이다. 이건 나만 아는 사실인데, 안나는 가끔 전철을 타고 시내로 나가 지방법원 주변을 열세 바퀴 돌면서 제발 기사가 나와서 안나를 발견하고 빨간 장미를 선물하면서 우선 그녀에게 아이스크림을 먹으러 가자고 한 다음, 이어 남자의 펜트하우스로 데려가 주기를 고대한다.

안나는 말한다. 행운은 얻으려고 애쓰지 않으면 그냥 스쳐 지나가 버린다고.

"넌 우리 공동주택의 이름 '솔리테어'의 뜻이 뭔지나 아니? 멍청아? 그건 왕관에 단 한 개 박혀 있는 아주 귀한 다이아몬드라는 뜻이야. 네 마음에 딱 들겠네. 넌 여기서 나가면 절대로 다시는 이런 데서 살지 않겠구나?" 내가 묻는다.

"그 말 지금 네가 지어낸 거지. 이 거지 같은 콘크리트 건물에 다이아몬드의 이름이 붙었을 리가 없어." 안나가 말한다. "그건 그렇고, 사람이 아는 게 많으면 빨리 늙어서 주름이 자글자글해진댔어." 이건 러시아 속담이다.

백마 탄 기사가 안나를 한없이 기다리게 하는 까닭에 안나는 지금 발렌틴과 사귄다. 그도 C급에 해당하는 꿈을 가지고 있다. 발렌틴은 갓 뽑은 새하얀 메르세데스 벤츠를 꿈꾼다. 하지만 그 전에 먼저 운전면허증을 따야 해서 그는 등교 전에 광고지를 돌린다. 그렇게 버는 돈이 너무 천천히 모이고 또 너무 쥐꼬리만 하기 때문에 발렌틴은 일주일에 두 번씩 나이 지긋한 부부의 집을 청소한다. 부부는 도시의 저쪽 끝에 산다. 일자리는 부부의 옆집을 청소하는 그의 엄마가 구해 준 것이다. 발렌틴이 청소 일을 하러 다니는 건 아무도 알아선 안 되는 사실이다. 만일 그 사실이 알려지면 남자애들이 발렌틴을 놀려 댈 것이고, 안나는 그와 절교할 것이다.

발렌틴은 대체로 누군가 그의 바지 속에 선인장을 집어넣기라도 한 것 같은 표정을 하고 있다. 그가 그렇게 상을 찌푸리고 다니는 이유는 다음과 같은 사실을 알기 때문인 것 같다. 자신이 언젠가 운전면허증을 따기 위한 돈을 다 모은다 해도 흰색 벤츠를 사려면 다시 태어나도 평생 청소 일을 하러 다녀야 한다. 세 번째 태어난다면 혹시 벤츠를 탈 수 있을지 모른다.

반면에 페터 대왕은 검은 눈동자를 가진 진짜 금발 여자를 꿈꾼다. 그전에 그는 안나와 사귀었다. 안나는 갈색 눈동자에 진짜가 아니다. ― 아무튼 진짜 금발 여자가 아니다. 페터 대왕은 현재 같은 반의 여자애를 사귄다. 그래서 페터는 더 불편해졌다. 왜냐하면 여자애가 시내에 살고 공동주택에 살지 않기 때문이다. 이때부터 페터 대왕은 인생의 절반을 시내 전차에서 보낸다고 투덜댄다. 전차에서 그는 또 다른 금발 여자가 나타나기를 고대한다.

페터 대왕은 나에게는 전혀 관심이 없다. ─ 내 머리 색이 너무 검기 때문이다.

내 이름은 사샤 나이만. 이 나라에서 내 이름을 들은 모두가 나를 남자애라고 생각하지만, 나는 남자애가 아니다. 내가 남자애가 아니라고 벌써 얼마나 많이 설명했는지 모른다. 사샤는 남자 이름 알렉산더 그리고 여자 이름 알렉산드라의 약칭이다. 나는 알렉산드라다. 사샤는 평소에 부르는 애칭이다. 엄마가 나를 늘 사샤라고 불렀다. 그래서 나도 그렇게 불리길 바란다. 알렉산드라라고 부르면 나는 반응을 보이지 않는다. 예전에 학교에 처음 들어갔을 때 좀 자주 그랬다. 하지만 지금은 새로운 선생님이 올 때만 그런 일이 생긴다.

나는 가끔 새로운 사람을 더는 만나고 싶지 않다는 생각을 한다. 똑같은 얘기를 처음부터 다시 하는 게 지겹기 때문이다. 왜 내 이름이 사샤고, 독일에서 얼마나 오래 살았고, 내가 모든 러시아 출신의 독일 사람들보다 대략 열한 배나 독일어를 잘하는 이유 따위다.

나는 독일어를 잘한다. 왜냐하면 내 머릿속이 회색 물질로 꽉 차 있는데, 호두같이 생긴 그것이 육안으로 보면 수많은 굴곡으로 이루어진 반면, 현미경으로 보면 뿌듯할 만큼 수많은 시냅스로 이루어졌기 때문이다. 아마 내가 안나보다 시냅스를 몇백만 개 더 가지고 있을 것이다. 아니, 틀림없이 그럴 것이다. 나는 독일어뿐만 아니라 물리, 화학, 영어, 프랑스어, 라틴어도 잘한다. 내가 2등을 하면 선생님이 굳이 나를 찾아와 유감을 표한다.

나는 특히 수학을 잘한다. 수학은 내가 7년 전에 독일로 왔을 때 5학년에서 단번에 잘할 수 있었던 유일한 과목이다. 정확히 말해서 나는 8학년의 수학 문제도 풀수 있었다. 러시아에서 나는 수학 영재학교를 다녔다.

독일에 와서 처음에 말은 할 줄 몰랐지만 숫자는 알았다. 나는 우리 반에서 방정식을 제일 먼저 풀었고, 항상 정답이었다. 내가 반에서 대수학과 기하학의 어휘로 뭔가 시작할 수 있었던 유일한 학생이었다. 다른 아이들은 대수학과 기하학이라면 기겁했다.

엄마는 그 말을 듣고 막 웃으며 나를 으스스한 아이

라고 했다. 나는 엄마에게 이미 늘 으스스한 아이었다. 내가 엄마보다 더 논리적이기 때문이었다. 엄마는 바보는 아니었지만 너무 감상적이었다. 엄마는 두꺼운 책을 일주일에 적어도 한 권 읽었고, 피아노와 기타를 쳤고, 엄청나게 많은 노래를 알고 있었다. 게다가 언어도 잘했다. 예를 들면 엄마는 독일어를 엄청 빨리 배웠다. 그러기 전에는 영어로 사람들과 적절히 대화를 나누었다.

하지만 엄마는 수학, 물리, 화학에는 완전 젬병이었다. 마찬가지로 남자를 문밖으로 몰아내야 할 때가 언제인지도 몰랐다. 내가 가진 능력은 모두 아버지에게서 물려받은 게 분명하다. 내가 아버지에 대해 아는 것은 박사 학위를 여러 개 가졌고, 성질이 더럽다는 게 전부다. "그 성질은 너도 벌써 똑같아. 그리고 박사 학위들은 나중에 따라붙게 될 게 틀림없고." 엄마가 말했다.

나는 우리 동네에서 알프레트-델프-학교에 다니는 유일한 학생이다. 그 학교는 가톨릭계 사립 김나지움이다. 당시 학교에서 왜 나를 받아 주었는지 지금도 알수 없다. ─ 더욱 어이가 없는 것은, 나는 가톨릭 세례를 받지 않았고, 아무도 분홍색 스웨터를 입고 다니지 않는 때에 할머니가 짠 분홍색 털 스웨터를 입고 있었다. 나는 그때 엄마의 손을 잡고 있었다. 엄마의 화려한 영어는 끔찍한 억양이 섞였고, 목소리는 무척 컸다. 엄마는 불붙은 듯이 빨간 머리를 풀어헤치고 있었다. 게다가 엄마는 일 리터짜리 우유가 든 싸구려 대형 마트 알디의 비닐봉지를 들고 있었다.

우리 엄마 외에 수백 명의 가톨릭 신자, 건축가, 의사, 변호사 들이 자녀를 학교에 입학시키려 했다. 그리고 그들 모두의 이마에 "학교에 흔쾌히 후한 기부금 후원"이라고 써 있었다.

알프레트-델프-학교는 말하자면 등록금은 내지 않지만 "기부금 환영"이었다. 그리고 엄마와 나 그리고 알디 마트 비닐봉지를 안경 너머로 자세히 쳐다보던 교직원 바이메르 부인은 엄마의 지불 능력(우리는 엘리트 김나지움 학생을 그렇게 부른다)을 틀림없이 빠르고 현실적으로 짐작했을 것이다.

실제로 엄마는 나를 학교에 넣고 나서 첫해에 20유로, 두 번째 해에 22유로를 냈다. 정말 한 푼도 더는 내지 않았다. 사실 그마저 내지 않아도 되었지만 엄마는 원래 인색하지 않은 사람이었다. "난 빈대 붙어 사는 게 제일 싫어." 엄마가 늘 읊어 대던 말이었다. "엄만 남에게 빈대 붙어 사는 걸 싫어하겠지. 그러지 말고 빌붙어 사는 다른 사람도 좀 싫어해 봐. 예를 들면 바딤 같은 사람 말이야." 나는 항상 그렇게 대답했다.

시간이 흐른 지금, 나는 학교에서 나를 받아 준 이유가 통합을 시도해 보기 위해서였다고 생각한다. 당시 수많은 의사, 변호사, 건축가 들의 자녀가 입학을 거절당했다. 결국에 인원이 꽉 찬 제5학년 4개 학급이 생겼다. 우리 반인 5C반에서 내가 "이주민 배경"을 가진 유일한 학생이었다. 5A반에는 아버지가 미국인인 남자애가 한 명 있었고, 5B반에는 엄마가 프랑스인인 남자애가 한 명 있었다. 학교 전체에서 흑인은 한 명도 본적이 없고, 또 아랍계로 보이는 애도 본 적이 없다. 우리 반은 그러니까 내가 배정됨으로써 가장 고약한 케이스가 되었다.

첫날에 우리 반 아이들은 나를 외계 비행선에서 기어나오기라도 한 아이처럼 쳐다보았다. 아이들은 내가 그날 당장은 알아들을 수 없는 질문을 했다. 이후 나는 곧 아이들의 말을 이해하게 되었지만 그사이에 아이들은 모두 나를 말을 못하는 애라고 생각해 버렸다. 그 생각이 바뀌기까지 시간이 좀 걸렸다.

아이들 대부분은 가까운 주변에서 진짜 외국인을 한 번도 본 적이 없었기 때문에 다들 나에게 친절했다. 내가 알아들었던 첫 번째 말 가운데 하나가 내 스웨터가 예쁘다는 말이었다. 아마 동정심에서 했을 것이다. 이후 얼마 지나지 않아 내가 말을 하고, 셈과 받아쓰기를 하고, 반에서 소수점을 제대로 찍을 줄 아는 유일한 학생이 되자 아이들은 나를 기꺼이 반기는 것처럼 굴었다. 어쩌면 실제로 그랬을지도 모른다.

엄마는 학교 친구들을 집에 데려오라고 했다. 그건 엄마가 뭘 몰라서 한 말이었다. 엄마는 자기 친구들을 끊임없이 집으로 불렀다. 하지만 나는 딱 두 번, 우리 반 여자애 멜라니와 카를라의 집에 가 본 적이 있었다. 그리고 그 반대의 상황은 도저히 생각할 수 없는 일이었다.

당시 다음 중 어느 게 더 내게 충격적으로 다가왔는

지는 모르겠다. 먼지 하나 없이 깨끗하게 정돈된 멜라니의 방, 또는 바니시 냄새가 나는 가구. 예전에 나는 그런 가구는 카탈로그에만 있거나 안나의 상상에서나 등장하는 것으로 알았다. 또는 부엌이 아닌 거실에 타원형 식탁에서 했던 점심 식사. 또는 말이 그려진 침대 시트. 나는 이전에 그렇게 화려한 침대 시트를 본 적이 한 번도 없었다. 우리 집 침대 시트는 무조건 흰색 아니면 파란색 무늬였고, 게다가 아주 오래되고 낡은 시트였다. 나는 어떻게 그런 화려한 말 무늬를 덮고 잠을 잘 수 있는지, 눈이 어른거리지도 않는지 궁금했다.

그건 그렇고 멜라니의 엄마는 헝가리 출신이었다. 나는 무척 놀랐다. 왜냐하면 첫째, 멜라니가 그 얘길 전혀 하지 않았고 둘째, 멜라니는 그림책에 나오는 전형적인 독일 소녀처럼 보였기 때문이다. 우리 반의 어떤 여자애보다 더 그랬다. 정말로 멜라니는 독일에 한 번도 가 본 적이 없는 외국인이 '젊은 독일 여자' 하면 곧장 떠올리는 모습과 완전히 똑같았다.

턱선 길이로 싹둑 잘라 단정하게 빗은 금발 머리, 파란 눈에 붉은 뺨을 한 멜라니는 다림질한 청재킷을 입고 비누 냄새를 풍겼다. 그리고 멜라니는 높고 가느다란 목소리로 발음이 까다로운 단어가 많은 문장으로 말했다. 그 단어들이 멜라니의 입에서 마치 완두콩처럼 톡톡 튀어나왔다. 내가 직접 그녀를 두 눈으로 보지 않았으면 지금도 나는 그런 사람이 실제로 존재한다는 것을 믿지 않을 것이다.

반면에 멜라니 엄마의 말에는 외국어의 억양이 섞여 있었다. 내가 처음 집에 놀러 갔을 때는 알아차리지 못했다. 당시 내 독일어는 아직 너무 삐거덕거려 녹슨 자전거 같았다. 점심을 먹으면서 멜라니의 엄마가 옆에서 나를 측은해하는 눈길로 보며 고향과 날씨와 옛 학교와 엄마에 대해 물었다.

나는 엄마가 예술사를 전공했고, 러시아에서 극단에 들어갔는데 그 극단이 계속 공연 금지를 당했다는 것, 그리고 엄마는 이곳에서도 소극장에 배우 자리를 얻으려 했다고 이야기했다. 멜라니의 엄마는 꾹 참고 듣고는 질문을 바꾸어 고층 건물에서 지내는 게 너무 위험하지 않느냐고 물었다. 나는 그쪽에서 살던 집보다 훨씬 더 깨끗하고 아늑하다고 했다. 나는 러시아를 항상

'그쪽'이라고 했다.

멜라니는 요구르트 통의 가장자리를 잘근거리다가 자기 엄마가 틀린 관사를 쓰면 곧바로 지적했다. 뿐만 아니라 멜라니는 임마에게 학교에서 생일선물 주제의 설문조사를 했는데, 새 스테레오를 받고 싶다는 소원을 일곱 번이나 말했다고 전했다.

"그래서?" 멜라니의 엄마가 물으며 눈살을 찌푸렸다.

"내 말이 무슨 말인지 몰라?" 멜라니는 물으며 파란 눈을 부릅떴다. "새 스테레오. 다른 애들은 모두 다 가지고 있단 말이야. 그런데 나는 없잖아."

"네 방에 하나 있잖아." 내가 끼어들었다. 당시엔 비록 좀 서툰 말투이긴 했지만.

"그건 사촌 언니가 안 쓴다고 버린 거란 말이야. 그건 최신 스테레오에 있는 기능이 하나도 없어." 멜라니가 말했다.

점심을 먹은 후 우리는 다시 깨끗한 멜라니의 방으로 갔다. 멜라니가 스테레오를 틀었다. 나는 그 옆에 쌓여 있는 오래된 《브라보》 잡지를 발견하고 읽기 시작했다. 그사이 멜라니는 근사한 의자에 앉아 친구와 통화를 했다. 우리는 서로 이야기하지 않고도 시간을 잘 보낼 수 있었다. 저녁에 멜라니의 엄마가 차로 집까지 나를 데려다주었다. 그녀는 흥분해서 주위를 둘러보며 한사코 문 앞까지 가서 나를 엄마에게 인도하겠다고 고집했다.

하지만 우리 엄마는 집에 없었다. 나는 열쇠를 가지고 있었다.

"또 놀러 오렴." 멜라니의 엄마가 말하며 내 뺨을 톡톡 두드렸다.

"네." 나는 말하며 속으로 이렇게 생각했다. 단, 새 《브라보》 잡지가 있다면요.

그 후로 나는 우리 집을 다른 눈으로 보게 되었다. 청재킷을 입은 깔끔한 멜라니가 나와 같이 엘리베이터를 타는 모습을 상상해 보았다. 멜라니는 자기 엄마와 똑같이 당황해서 주위를 두리번댈 것이다. 멜라니에게서 풍기는 비누 냄새가 계단의 오줌 지린내와 절망적으로 싸우다 결국 지겠지. 멜라니가 우리 집 문으로 들어가는 모습을 상상한다. 우리 집에 큰 폐기물이나 다름없는 소파 앞에 작은 탁자가 보인다. 고개를 숙이고 보면 탁자의 세 번째 다리가 부서져 있다. 바닥에 놓여 있는 책들. 조그만 텔레비전과 그 앞에 쌓인 비디오테이프들. 당시에도 비디오 플레이어를 여태 가지고 있는 사람은 아무도 없었다! 문짝이 떨어져 나간 옷장. 난방기 위에 얹혀 있는 바딤의 양말. 의자에 걸쳐져 있는 남동생의 쫄바지. 우리 집에는 의자가 다섯 개 있다. 같은 의자는 한 개도 없다. 남이 버린 의자를 주워 왔기 때문이다.

우리는 항상 부엌에서 식사를 했다. 집에 손님들이 와서 거실에 옆집에서 빌려 온 의자를 놓을 공간을 만들어야 할 때를 제외하고 말이다. 우리 집 식탁 위에는 보통 여러 가지 잼 통, 편지, 엽서, 반쯤 빈 병, 오래된 신문이 잔뜩 있었다. 집에 있는 접시 스무 개는 한 개도 같은 접시가 없었다. 그 접시들은 죄다 엄마가 벼룩시장에서 낱개로 사 온 것이었기 때문이다.

우리는 당시 아직 식기세척기가 없었다. 그래서 엄마가 돌아와 설거지를 할 때까지 접시 스무 개가 모두 싱크대에 쌓여 있을 때가 많았다. 가끔 내가 설거지를 했지만 그런 경우는 드물었다. 특히 바딤이 프라이팬을 쓰면서 항상 눌어붙은 찌꺼기를 남겨 놓고 나더러 설거지를 시킬 때는 절대로 하지 않았다. 다만 그 작자가 더러운 입으로 우리 엄마 이름을 들먹이며 위협할 때만 내가 재빨리 치웠다.

나는 남자들을 증오한다.

안나의 말로는 좋은 남자들도 있다고 한다. 상냥하고, 다정하고, 요리하고, 청소하고, 돈을 벌어 오고, 아이를 갖기 원하고, 선물을 주고, 휴가 여행을 예약하고, 옷을 센스 있게 입고, 떡이 되도록 술을 퍼마시지 않고, 더 나아가 잘생기기까지 한 남자들. 그래서 내가 묻는다. 그런 남자들이 어디에 있냐? 저기 달나라에? 안나는 우리 도시에 그런 남자들이 없다면 프랑크푸르트에는 있을 거라고 우겼다. 하지만 안나도 개인적으로 그런 남자를 만난 적이 없고 기껏해야 텔레비전에서 봤을 뿐이다.

그래서 나는 엄마가 항상 했던 말을 되풀이한다. '나는 남자다.'

엄마는 말은 그렇게 했지만 결코 자기 자신을 남자로

여기지 않았다.

바딤을 죽이겠다는 결심을 한 후로 나는 훨씬 더 잘 지낸다. 나는 아홉 살짜리 어린 남동생 안톤에게도 약속했다. 그때부터 안톤도 더 잘 지내는 것 같다. 내가 안톤에게 그 이야기를 했을 때 아이는 눈을 휘둥그레 뜨고 무척 흥분해서 물었다. "어떻게 할 거야?"

나는 모든 계획을 다 짜 놓은 것처럼 굴었다. "방법은 수없이 많아. 내가 그를 독살할 수도 있고, 숨통을 막거나, 목을 조르거나, 칼로 찌르거나, 발코니에서 던져 버리거나, 차로 깔아뭉개 죽일 수 있어."

"하지만 누나는 차가 없잖아." 동생 안톤이 말했다. 물론 맞는 말이었다.

그래서 내가 말했다. "내가 지금 당장은 바딤에게 접근할 수 없어. 그가 감옥에 가 있는 거 너도 알잖아. 몇 년 동안 갇혀 있을 거야."

"그러면 아직 한참 있어야 해?" 안톤이 물었다.

"그렇지. 하지만 그것도 나쁘지 않아. 내가 준비를 더 잘 할 수 있으니까. 있잖아, 한 번도 사람을 죽여 본 적이 없는 사람이 누굴 죽이는 일은 간단치 않거든."

"여러 번 해 보면 틀림없이 더 잘하게 되지." 안톤이 전문가처럼 말했다.

"나는 이 일을 한 번에 끝내 버리려고 해. 살인이 취미가 되어서는 안 되니까." 내가 말했다.

안톤이 좋다고 해서 내 마음이 홀가분해졌다. 어쨌거나 바딤은 안톤의 아버지다. 하지만 어린 안톤은 나와 마찬가지로 그를 싫어한다. 내가 싫어하는 것보다 더 많이 싫어하지는 않는다 해도. 안톤의 신경은 이미 예전에 다 망가져 버렸다. 안톤은 나와 달리 늘 바딤을 무서워했기 때문이다.

현재 안톤은 완전히 망가진 채로 상태가 더는 좋아지지 않는다. 그러니 온갖 심리 치료가 무슨 소용이 있는지 의심스럽다. 안톤은 말을 더듬고, 학교에서 집중하지 못하고, 밤에 자다가 오줌을 싸고, 누군가 조금이라도 큰 소리를 내면 몸을 떨기 시작한다. 그러면서 안톤은 아무것도 기억나지 않는다고 한다. 그럴 때 나는 늘 이렇게 말한다. 그게 좋은 거야. 나도 내가 한 일이 아무것도 기억나지 않으면 마음이 편안해.

안톤에게 내 첫 번째 꿈에 대해 이야기할 수 있다. 다른 꿈에 대해선 그럴 수 없다. 왜냐하면 안톤이 있는 자리에서 누군가 '엄마'라는 단어를 말하면 아이가 즉시 굳어 버려 사람 같지 않게 뻣뻣이 앉아 있기 때문이다. 마치 눈의 여왕이 방금 입맞춤이라도 한 듯 말이다. 눈의 여왕은 엄마가 자주 읽어 주던 동화였다. 엄마는 안데르센을 좋아했다. 엄마는 온갖 걸 좋아했다. 누군가 혐오스러운 짓을 하면 엄마는 이렇게 말했다. 아마 그는 눈이나 심장에 거울 조각이 들어 있는 모양이야. 악한 요괴가 깨뜨린 그 유명한 거울 있잖아. 엄마는 그런 식이었다.

안톤을 보호하기 위해 나는 안톤이 있는 데서 일부러 '엄마'라는 말을 하는 사람을 한 대 팍 먹인다. 물론 어른들에게는 그러지 않고 그냥 소리를 지르기만 한다. 언제나 잘 먹히는 방법이다. 그게 내가 동생을 위해 할 수 있는 최소한의 일이다. 밤에 동생이 엉엉 울면서 내 침대로 오면 내쫓지 않는 것을 제외하고 말이다. 안톤은 내게 몸을 꼭 붙이고 자다가 알람 소리에 화들짝 놀라 내 다리에다 오줌을 싼다.

나의 첫 번째 꿈이 이루어져 바딤이 더 이상 이 세상

에 살아 있지 않으면 또 어떻게 될지 조금 걱정스럽다.

예전에는 물론 나도 다른 모든 사람들처럼 유명해지고 싶었다. 또한 엄마가 유명한 사람이어서 잡지에 엄마가 웃고 있는 사진이 나오고, 모두가 엄마를 화젯거리로 삼는 것도 전혀 반대하지 않았다. 그런데 실제로 우리 모두가 유명해지자 나는 엄마를 목 졸라 버리고 싶은 마음이 굴뚝같았다. 왜냐하면 사진작가, 카메라맨, 마이크와 소형기기를 든 남녀들이 우리 집 문 앞을 촬영했고, 그날 밤 얼마나 큰 소란이 일었는지 물어보려고 이웃집 초인종을 눌러 댔기 때문이다. 기자들은 누가 소리를 질렀고, 누가 울었고, 누가 뛰쳐나갔는지, 그리고 바딤이 실제로 이렇게 말했는지 물었다. "여긴 피바다야, 그러니까 들어가지 마." 그리고 또 "다 끝났어. 꺼져."

다만 우리들 가운데 한 사람, 나 또는 안톤이 나올 때만 (알리사는 그때 아직 안겨 다녀야 했다) 기자들은 입을 다물고 뒤로 물러나 길을 터 주며 지나갈 수 있게 했다. 그러면서 시선으로 우리를 뒤쫓았다.

나는 기자들이 나나 안톤에게 말을 걸기를 바랐다.

그러면 내게 그들이 들고 있는 카메라를 빼앗고 더 나아가 그들 낯짝에서 이가 우수수 떨어지게 갈겨도 되는 도덕적 권리가 생길 것 같았기 때문이다. 하지만 그들은 현명하게 황급히 물러났다. 어쩌면 내가 체르노빌 지역처럼 방사선을 뿜어냈는지도 모른다. 이어 나는 기자들이 내게 질문하지 않고 내가 폭력 반응을 보이지 않는 게 더 나을지 모른다는 생각도 했다. 엄마가 항상 폭력을 반대했기 때문이다. 잘 생각해 보면 엄마는 폭력의 느낌을 정확히 알고 있었다.

다음 날, 엄마는 모든 신문에 나왔다. 엄마의 이름, 성의 첫 알파벳, 생년월일과 사진. 사진은 극단에 있을 때 찍은 것이었다. 빨간 머리에 얼굴은 완전히 분장을 하지 않은 평소의 모습이고, 검은색 스웨터를 입은 아름다운 사진이었다. 그날 엄마는 스타가 되었다.

봐봐. 이제 만족해? 내가 엄마에게 물었다. 내가 조심하라고 엄마에게 몇 번이나 말하지 않았어? 엄마는 어떻게 그럴 수가 있었지? 왜 그런 쓰레기하고 결혼했어? 어떻게 그가 같이 독일로 올 수 있었던 거야? 엄마는 그 망할 밤에 왜 그를 집에 들어오게 했어?

왜? 젠장, 대체 왜?

엄마는 언제나 멍청한, 멍청한, 멍청한 여자였어. 어떻게 엄마는 그렇게 어리석을 수 있는 거야? 어떻게 나에게 그럴 수 있어? 내가 엄마에게 말했다.

나중에 나는 엄마에게 사과했다. 물론 나에게 몹쓸 짓을 한 사람은 엄마가 아니었다. 엄마는 그저 늘 그랬듯이 아무것도 할 수 없었을 뿐이다. 그러니까 엄마는 예술학 학자고 게다가 예술가이기도 했다. 엄마는 오늘날 더 이상 생산되지 않는 종류였다. — 모든 것에서 좀 더 우위에 있고, 좀 더 잘하고, 좀 더 섬세한 종류. 그 사실을 내가 책에 써서 모두가 알 수 있도록 할 것이다. 나는 엄마가 그냥 유명해지기만 하는 것을 원치 않는다. 왜냐하면 엄마가 너무 비참하게 죽었기 때문이다.

나는 신문에 난 기사를 모두 처음부터 다 읽었다. 항상 가판대를 쭉 훑으며 그곳에 있는 신문을 모조리 샀다. 처음에 우리는 우리 집에 있지 않았다. 아동복지국에서 시립 시설로 데리고 갔기 때문이다. 하지만 이틀이 지난 후에 나는 그곳에 있지 않겠다고 했다. 그곳은 먼지와 책과 생활에서 완전히 동떨어져 있었다. 뿐만 아니라 플라스틱으로 만든 고무나무가 서 있었다. 나는 아이들이 집에 가고 싶어 한다고 했다. 특히 알리사에게 집이 중요하다고 했다. 당시 알리사는 아직 두 살도 되지 않았다.

우리는 집에서 지내는 게 허용되었다. 그런데 집이 싹 치워져 있어서 이상했다. 전에 없던 일이었다. 24시간 내내 여러 여자들과 남자 한 명이 우리를 돌봤다. 여자들은 모두 짧은 머리에 전부 똑같이 생겼고, 하이픈이 달린 복잡한 이름을 가지고 있었다. 남자는 긴 머리에 마찬가지로 하이픈이 달린 이름을 가지고 있었다.

나는 이때의 날들이 거의 기억나지 않는다. 기억에 남은 건 다만 내가 끊임없다시피 말했고 우리를 돌보는 사람들에게 생활이 예전과 똑같이 되어야 한다고, 그것도 지금 당장 예전처럼 되어야 한다고 설명했다는 것뿐이다. 우리가 늘 먹던 것과 다른 먹을거리는 무슨 일이 있어도 사면 안 된다고 했다. 그런데 한번 식탁에 유기농 버터가 올라왔다. 그때 나는 발작을 일으켰다.

내가 소리를 고래고래 지르면서 바닥에 밟아서 으깬 버터 앞에 쓰러졌을 때 나를 보던 여자의 눈길이 아직도 생생하게 떠오른다. 그 눈길에 안도감이 나타나 있었다. 사람들은 나에게 하루 종일 읊어 댔다. 내가 지금 제정신을 차릴 필요가 없다고, 내가 감정을 자연스럽게 풀어 줄 수 있어야 한다고 했다. 더 나아가 그래야 한다고 했다.

하지만 나는 그들의 말을 듣지 않았다.

그러던 중에 갑자기 마리아가 왔다. 5촌 친척 여자가 파손된 가방 세 개와 함께 노보시비르스크에서 수입되었다. 트라우마를 겪은 아이들이 다시 가족이 되는 기회.

그런데 바딤의 사촌.

나는 마리아가 오는 것에 동의했다. 시립 시설에 있어 본 후에 나는 '시설'이라는 단어에 알레르기 반응을 보였다. 그리고 러시아 출신의 산만하고 선머슴 같은 아이들 셋을 갑자기 데리고 살겠다는 양부모가 줄을 서서 기다리는 것도 아니었다. 게다가 드디어 구석구석 깨끗해진 집을 보고 놀란 새끼 토끼처럼 움츠러든 절반의 고아들은 그런 집에는 아예 들어가려고도 하지 않았다. 슈퍼모델 하이디 클룸의 집처럼 잡지에 나오는 멋진 집 말이다.

그래서 마리아.

마리아는 삼십 대 중반이지만 쉰 살처럼 보인다. 그
녀는 노보시비르스크에서 공장 구내식당에서 일했다.
마리아, 굳은살 박인 손이 삽처럼 크지만 손톱에 빨간
색 매니큐어를 칠하고, 짧은 머리를 금발로 염색하고
파마했다. 두꺼운 다리에 정맥이 튀어나왔지만 모직
스타킹을 신으면 보이지 않는다. 꽃무늬 원피스가 열
두 벌, 엉덩이는 엄청 펑퍼짐해서 헬리콥터도 착륙할
수 있을 정도다. 냄새를 맡을 수밖에 없는 달콤한 향수,
빨갛게 칠한 큰 입, 투실한 뺨, 작은 눈.

사랑스러운 눈. 어쨌든 그녀, 마리아는 사랑스럽다.

알리사는 총 맞은 것처럼 당장 마리아에게 푹 엎어졌
다. 마리아 이거, 마리아 저거, 마샤, 나의, 마-마-마-마
마! 그렇다고 해서 내가 알리사를 섭섭하게 여긴 건 아
니었다. 알리사는 한마디로 너무 어렸다.

알리사는 마리아의 거대한 무릎을 즉시 독차지했다.
알리사는 하루 종일 마리아의 무릎에서 내려올 생각이
없어 보였다. 한편 마리아는 무척 신경 쓰여 했는데, 알

리사를 무릎에 앉힌 채 음식을 만드는 게 너무 불편했기 때문이다. 마치 우리들 가운데 누군가가 먹을 생각이라도 있는 것처럼. 안톤과 나, 우리는 하루 종일 아무 것도 먹지 않았다. 그러다 어느샌가 안톤이 푹 쓰러졌고, 거기에 나까지 쓰러지면서 안톤이 이중으로 눌린 꼴이 되어 버렸다.

나는 안톤에게 설명했다. 네가 먹지 않으면 병원에 가야 한다. 그러면 마리아가 할 수 없이 노보시비르스크로 다시 쫓겨나게 된다. 그렇게 되면 우리는 시설에 들어가거나 갈가리 헤어져 위탁가정에 들어가야 한다.

그 후로 안톤이 음식을 먹었다. 나는 옆에 앉아 안톤이 열심히 씹는 것을 지켜보았다. 안톤의 크고 둥그런 눈은 하얀 벽에 고정되어 있었다. 마리아는 안톤의 접시에 음식을 점점 더 많이 올려 주었다. 안톤은 먹고 나서 두 번 게워 냈다. 그때 내가 마리아에게 조금씩 주고 대신 더 자주 주는 게 좋다고 했다. 그리고 너무 기름지지 않은 음식. 그리고 마실 물.

마리아, 그녀는 음식도 잘 만들었다. 지금도 여전히 잘 만든다. 우리 엄마보다 훨씬 더 낫다. 마리아는 러시아식 양배추 수프, 보르쉬를 비롯해 만들기가 까다로운 수프도 끓일 수 있다. 우리 집에는 늘 음식 냄새가 난다. 마리아는 닭고기나 소고기를 이용해 채소와 수프용 맛내기 채소들로 진짜 수프를 만든다. 또 독일식 미트볼 프리카델레를 완벽한 모양으로 굽고, 팬케이크를 극단적으로 얇게 굽는다. 마리아가 어느 날 모퉁이에 있는 러시아 슈퍼마켓에서 설탕이 든 연유를 발견했다. 그건 소비에트 공화국 시절에 사람들이 캐비어보다 더 선호했던 달콤한 시럽이다. 마리아는 그 시럽에 첩첩이 쌓은 팬케이크를 담근다. 마리아는 오이를 절이고, 블랙베리를 졸여 마멀레이드 잼을 만든다.

우리는 잘 지내고 있어, 내가 엄마에게 이야기한다. 우리는 진짜 살이 많이 쪘어. 엄마도 한번 먹을 수 있었으면 얼마나 좋았을까. 엄마는 언제나 맛있고, 아름답고, 특이한 것이면 모두 관심을 가졌잖아.

신문 기사 상에 마리아는 "생존하는 유일한 친척이 남겨진 세 아이들을 기꺼이 돌보겠다고 했다."라고 소개돼 있다.

우리는 '남겨진' 게 아냐, 내가 중얼거렸다. 그리고 마리아가 온 이유는 우리를 위해 자신의 소중한 삶을 내팽개치기 위해서가 아니었다. 노보시비르스크의 구내식당에서 일하는 사람에게 아이들 몇 명에게 수프를 끓여 주려 독일로 가겠냐고 묻는 것은 왕국의 절반보다는 조금 적겠지만 로또 1등 당첨보다 훨씬 더 많은 무엇을 뜻한다.

게다가 마리아는 청소년기에 한 번 결혼했다가 곧바로 이혼했다. 어쩌면 두 번. 아이들과 애완동물은 기르지 않는다. 그래서 마리아는 자신의 단칸방과 구내식당과 연결된 게 아무것도 없다고 생각했다. 그런데 지내다 보니 그건 잘못된 생각으로 드러났다. 그건 나라도 마리아에게 당장 말해 줄 수 있었을 것이다. 왜냐하면 노보시비르스크에서 그녀는 아무하고나 수다를 떨수 있었고, 또한 수다를 떨었다. 그런 이유로 마리아는 여기서 대부분의 시간을 입 다물고 지내는 게 크나큰 불만 사항이다.

마리아는 이곳에 온 지 거의 2년이 지난 지금 독일어 단어를 20개 정도 말할 수 있다. 예를 들어 버스, 감자, 버터, 쓰레기, 요리하다, 씻다, 엿 먹어(가끔 길에서 마리아의 뒤에서 휘파람을 불며 몹쓸 손짓을 하는 검은 곱슬머리 청소년들에게 쓰는) 따위다. 마리아는 간혹 이 어휘들을 문장으로 엮는다. 대부분은 문장이 되지 않는다.

러시아 슈퍼마켓에서 물건을 사지 않을 경우 마리아는 손가락으로 가리키고 숫자를 써 보여야 한다. 그러려고 메모장을 늘 가지고 다닌다. 대형 마트 알디에서 물건을 사고 난 후 마리아는 온몸이 땀으로 범벅이 된다. 길에서 사람이 말을 걸면 마리아는 흑흑 흐느끼며 당장 얼굴에 빨간 반점이 돋는다. 마리아는 "나는 러시아어만 할 줄 알아요."라는 말을 2주 동안 나와 같이 연습했다. 마리아는 그 말을 쪽지에 써서 지갑에 넣어 다니고, 키릴어로 발음을 표기해 두었다.

정기적으로 아동복지국 직원이 우리를 방문한다. 그때마다 마리아는 패닉 상태에 빠진다. 나는 방문 전후에 그녀가 맡은 일을 잘했고, 러시아의 구내식당으로 되돌아갈 필요가 없다고 한참이나 안심시켜야 한다.

왜냐하면, 마리아는 우리 공동주택의 생활 역시 무척 불행하다고 생각하면서도 노보시비르스크로는 결코 돌아갈 뜻이 없기 때문이다. 더욱이 강제 추방은 절대

싫다는 것이다. 마리아는 언젠가는 고향으로 되돌아가는 것을 꿈꾼다. 하지만 나중에, 양장점의 맞춤복을 입고, 그럴싸하게 예쁘게 꾸미고, 가방에 가득 채운 멋진 옷을 가지고, 거기에 콧수염을 세심하게 다듬은 독일 남자의 팔을 끼고 간다면 이상적이다. 남자는 다정다감하고 부자여야 하고, 무엇보다 러시아어를 할 줄 알아야 한다. 왜냐하면 이놈의 독일어가 중국어보다 더 어렵기 때문이란다(마치 자기가 중국어를 안다는 듯이).

내가 숙제할 때 마리아는 가끔 내 등 뒤에서 한숨을 내쉬며 한마디 한다. "배우는 게 중요해. 모름지기 사람은 배워야 해. 나는 옛날에 배운 게 하나도 없었고 늘 일만 했어. 어릴 때부터 이미. 그리고 지금의 날 봐봐. 갖은 고생이 다 무슨 소용이 있니?"

"수다쟁이, 뭐라도 읽어. 물론 당장 『전쟁과 평화』를 읽을 필요는 없고. 탐정소설을 한번 읽어 봐." 내가 말한다.

"아가야, 난 저녁이 되면 늘 피곤해 죽겠어. 게다가 조금이라도 뭘 읽으면 당장 까먹어. 그래서 처음부터 다시 읽어야 해. 그게 너무 신경질 나." 마리아가 말한다.

그래서 마리아는 찢어 내는 달력 '정통 주부를 위해'를 매일 한 장 읽는다. 거기에 어떨 때는 요리법이 나오고, 어떨 때는 빨리 살을 빼는 법이 나오고, 가끔은 위트도 나온다. 마리아는 그것으로 충분하다. 그때 나는 눈을 흘긴다. 하지만 마리아가 보지 못하게 몰래 눈을 흘긴다. 왜냐하면 마리아는 처음부터 너무 적은 시냅스를 받았고, 더욱이 공장 구내식당에서 시냅스의 2/3을 잃어버렸으므로 내가 할 수 있는 일이 전혀 없기 때문이다.

　알리사 때문이라면 조금 걱정이 된다. 겨우 다섯 살도 안 된 내 여동생에 비해 마리아가 지금은 약간 머리가 좋지만 얼마 지나지 않아 곧 달라질 것이다. 나는 마리아의 일과에 아이들에게 책을 읽어 주는 시간을 의무 사항으로 집어넣었다. "진짜 몰랐네. 이렇게 재미있는 책이 있다니." 마리아가 처음 그림책을 보고 난 후에 놀라며 말했다.

　마리아는 알리사를 무척 아끼고 사랑한다. 너무도 사랑하는 나머지, 네 살짜리 아이를 유아 질병과 냉동음식이 있다는 이유로 유치원에 보내는 것을 반대했을

정도다. 그래서 마리아의 고집을 꺾기 위해 나는 청소
년복지국과 힘을 합쳐 협박해야 했다. 마리아는 연신
내 여동생을 어루만지고 쓰다듬으며 수없이 흐르는 눈
물을 삼키며 "불쌍한 고아 아기"라는, 내가 강력히 금
지한 표현을 가까스로 삼간다. 한편 알리사는 요즘 마
리아의 무릎에 앉아 있지 않을 때면 부엌의 발판에 서
서 지글거리는 미트볼을 지켜본다. 그사이에 요리법을
완전히 외웠다. 최근에 알리사가 나에게 싱싱한 고수
의 모양과 특히 어떤 냄새가 나는지 알려 주었다. – "확
토할 수밖에 없는 냄새야."

노보시비르스크로 쫓겨나는 것을 두려워하는 마리
아의 걱정은 알리사와도 관계가 있다. 이별에 내 여동
생뿐만 아니라 마리아의 마음도 찢어질 것이다. "알리
사가 일단 커야지. 그러면 내 마음이 다시 편하고 자유
로워질 거야. 알리사를 행복하고 건강한 아이로 기를
거야(불쌍한 내 고아 아기)." 마리아가 말한다.

또 어떤 날에는 알리사가 결혼할 훌륭한 남자를 찾아
야 비로소 자신의 마음이 놓일 거라고 말한다.

"마리아는 노예가 아냐. 그리고 알리사가 삼십 대 말

이나 되어야 좋은 남자를 만날 수도 있어. 그것도 알리사가 운이 있다면." 내가 말한다.

마리아가 한숨을 푹 내쉬더니 마침내 말한다. "알리사가 대학 졸업장을 받으면 나도 너무 너무 행복할 거야."

'대학 졸업장'은 마리아에게 이자소득세 또는 해열 진통제 파라세타몰 같은 마법의 단어다.

알리사를 위해서라면 마리아는 죽음도 마다하지 않을 것이다. 그렇다고 해서 안톤을 싫어한다는 건 아니다. 마리아는 이 어린 고아도 쓰다듬어 주려고 꾸준히 시도했지만 안톤은 남이 자신에게 손을 대는 것을 싫어했다. 그럴 때 안톤은 등이 벽에 닿을 때까지 계속 뒷걸음쳤다. 그러자 마리아도 안톤이 싫어한다는 것을 이해했다. 그런데 몇 달 전에 나는 안톤이 부엌에 앉아 마리아에게 학교에서 있었던 일을 이야기하는 모습을 지켜본 적이 있다. 마리아는 식탁에 앉아 턱을 괴고는 놀라워하며 머리를 흔들었다.

마리아는 나를 무서워한다. 그러는 게 좋다.

마리아가 나에 대한 존경심을 품은 데는 수많은 이유가 있다. 나는 라틴어와 프랑스어를 할 줄 아는데, 그 언

어는 마리아에게 화성인의 알파벳과 다름없는 비현실
적인 언어다. 뿐만 아니라 나는 완전히 현실적이고 재
수 없는 이 나라의 말도 할 줄 알기 때문이다. 나는 그
녀에게 이곳 세상을 알려 주고, 반드시 통역이 필요할
경우 같이 장을 보러 간다. 나는 생활보조금과 육아수
당금 신청하는 법을 안다. 청소년복지국에 갈 때도 대
체로 내가 같이 간다. 나는 항상 마리아를 열렬히 칭찬
한다. 관청에서 마리아에게 하는 질문을 통역해야 할
때면 나도 같이 대답을 생각한다.

　마리아는 관청에 관계된 모든 것에 겁을 먹는다. 국
가의 권위가 발산하는 모든 것 앞에서 마리아는 개미
처럼 작아진다. 심지어 차표 자동발매기에 대고도 존
댓말을 쓴다. 그리고 버스에서 차표 검사를 할 때면 그
녀는 겸손한 미소를 띠고 당황해서 서두는 바람에 핸
드백에서 립스틱과 탐폰이 총알처럼 사방으로 튀어나
간다.

　"마리아, 항상 침착하게." 내가 마침 같이 있을 때는
주의를 준다. 그리고 내가 떨어진 물건을 주워 모으러
바닥을 기어 다니는 사이에 뻣뻣하게 굳어 버린 마리

아는 등을 돌린 검표원을 향해 활짝 웃고 있다.

"나는 그가 그런 사람들 중에 한 사람일 줄 전혀 생각지 못했어." 마리아가 경외심에 차서 속삭인다. "비틀즈처럼 긴 머리에 귀걸이를 하다니. 어떻게 그런 사람들이 막 돌아다녀도 되는 걸까. 그런데 그 남자가 귀에 꽂고 있는 게 뭐야?"

"MP3 플레이어." 내가 알려 준다.

"뭐?"

"음악."

"너도 크면 네 엄마처럼 될 거야." 이때 마리아가 무심코 말한다.

"뭐라고?!"

마리아는 두 손으로 얼른 입을 틀어막는다. 그녀가 몸을 떨기 시작한다. 꽃무늬 블라우스 속의 풍만한 몸이 덜덜 떨리고, 눈동자에 경악이 서리고, 뺨에 눈물 두 줄기가 흘러내린다. 아니면 그게 땀인가?

"지금 뭐라고 했어?!"

"아냐, 아냐. 아무 말도, 아무 말도 안 했어." 마리아가 속삭인다.

나는 손을 번쩍 쳐든다. 내 자신이 어떤 행동을 하려는지 알 수 없다. 손가락을 오므려 주먹을 쥐었지만 마리아를 때리는 것은 푸딩을 채찍질하는 것만큼이나 의미가 없는 짓 같다. 그래서 주먹으로 유리창을 쾅 친다.

아무도 돌아보지 않는다. 평소 같으면 누가 의자에 발만 올려놓아도 대뜸 소리를 지르는 버스 운전사조차.

유리창은 부서지지 않았지만 나는 손이 아프다. 그래서 엉엉 운다.

이어 나는 마리아의 가슴에 코를 박고 있어 숨이 막힌다. 그녀는 두 팔로 나를 꼭 껴안은 동시에 내 머리와 등을 쓰다듬는다. 마리아의 두 손이 무척 크고 따뜻하다.

나는 눈을 감는다.

"괜찮아. 다 좋아질 거야. 다 괜찮아. 울지 마. 내 금쪽같은 아이, 씩씩한 나의 아가씨." 그녀의 향수로 내 폐가 가득 차는 사이에 마리아가 속삭인다.

"입 닥쳐." 나는 소리를 지르지만 징징 짜는 소리로 나올 뿐이다. 마리아는 입을 다문다.

그러고 나서 우리는 시내에 내려 손목시계를 교환한다. 마리아가 이틀 전에 4.95유로에 산 시계인데 어제

부터 가지 않는다.

이어 나는 마리아에게 돌아가는 차표를 사 주고 그녀가 낑낑대며 버스에 오를 때까지 기다린다.

나는 같이 가지 않는다. 나는 검표원이 무섭지 않기 때문에 차표도 없이 시내 전차를 타고 잉그리트와 한스를 찾아간다.

그분들의 집에 발을 들이는 게 마음이 아프다. 그 이유를 내가 그분들에게 설명할 수 없을 같다. 또 설명할 생각도 없다. 집은 아름다운 3층짜리 주택이다. 집 한가운데 가꾸지 않아 무성해진 정원이 있다. 자연스러운 정원이 있다는 자체만으로도 집이 참 아름답다.

진짜 이유는 엄마가 이 집과 정원을 몹시 좋아했기 때문이다. 엄마는 여러 번 이 집에 왔었다. 그리고 잉그리트와 한스가 4주간 요양을 떠났을 때 엄마가 하리와 함께 집을 지켰다. 다시 말해 우리 모두가 ─ 엄마, 나, 안톤, 알리사가 4주 동안 그쪽으로 이사를 가 있었다는 뜻이다. 하리는 그렇게 지내는 동안 평소와 달리 기분이 무척 좋았다. 우리는 그의 손님 격이었고, 그것이 하리의 기분을 으쓱하게 했다.

물론 그곳은 이제 더는 그의 집이 아니다. 하리는 삼십 대 초반에 부모로부터 독립해 나와야 했다. 그러니까 약 1년 반 전, 그가 우리 엄마를 알기 전의 일이었다. 하리는 그때부터 대학생 주거 구역에서 5층의 옥탑방을 구했다. 나는 그곳에 두 번 가 봤다. 아담하고 작은 방이었다.

내가 신경 쓰였던 것은 다만 하리가 종일 온갖 것을 부끄러워했던 것이다. 부엌이 완전히 엉망인 것, 커피가 막 다 떨어진 것, 그의 팬티가 바닥에 떨어져 있었던 것. 무엇보다 팬티 때문에 하리가 굉장히 스트레스를 받았다. 나는 그에게 그런 건 하나도 신경 쓰지 않는다고, 그보다 더 엉망진창이 우리의 일상이라고 수천 번도 더 말했다. 하지만 하리에게는 끔찍하게 창피한 일이었다. 더 나빴던 건, 엄마가 도무지 웃음을 그치지 못하던 것이었다.

엄마는 의자에 앉아 온갖 것을 보고 막 웃었다. 하리가 팬티를 황급히 주워 아무 서랍에나 쑤셔넣는데 그바람에 서랍에서 서류가 떨어진 것, 내가 하리의 운동화에 걸려 넘어진 것, 하리가 부엌에서 쿠키를 찾다가 병을 쓰러뜨린 것 등등. 나는 엄마가 그런 식으로 마구 웃으면 안 된다고 생각했다. 엄마가 자꾸 웃는 바람에 하리가 얼굴을 붉히고 더욱 안절부절못했기 때문이다. 나는 러시아어로 엄마에게 웃지 말라고 말했지만 엄마는 손을 저으며 나더러 아무것도 모른다고 했다. 엄마는 이리저리 뛰어다니는 하리를 눈으로 좇았다. 그리고 엄마의 눈길 속에 애정과 연민이 깃들어 있었다.

하리는 우리가 있는 동안에는 엄마와 거의 말을 나누지 않았다. 하리는 내가 까다롭게 굴지 않았는데도 내 기분을 맞춰 주는 데 온 심혈을 기울였다. 그는 내 얼굴을 유심히 쳐다보며 혹시 그에게 부정적인 결과가 나올 수 있을 미동조차 놓치지 않으려 했다. 그러면서 하리는 계속 엄마 쪽으로 시선을 돌리거나 수줍은 미소를 지어 보였다.

나는 소파에 앉아 들장미 차를 마셨다. 차는 지독하게 맛이 없었다. 나는 물크러진 버터쿠키로 최대한 만족스런 표정을 지었고, 하리는 마침내 마음을 놓았다. 시간이 지나자 하리는 우왕좌왕 뛰어다니지 않고 내 옆에 앉아 자신의 대학 공부와 당시 직업에 대해 이야기했다. 물론 그의 직업 생활은 순탄하지 않았다.

하리는 엄마가 설명한 그대로였다. 그가 너무 불안해하는 탓에 처음에는 좀 피곤했다. 하지만 자신감을 얻은 후의 하리는 무척 사랑스럽고 배려심이 많은 사람이었다.

"완전 좋아. 하리는 언제든지 우리 집에 와도 돼." 내가 말했다.

"그는 정말 좋은 사람이야." 엄마가 말했다. 내가 하리를 어떻게 생각할지에 대해 엄마는 조금도 염려하지 않았다. 하리와 반대로 엄마는 대부분 자신만만했다.

"나라면 그런 남자하고는 같이 잘 수 없을 것 같아." 나는 약간 버릇없이 말했다. 왜냐하면 그 만남으로 인해 내 자신이 웬일인지 스스로 녹아 버린 느낌이 들었기 때문이다. 새 애인의 아이들과 친하게 지내는 남자는 지금까지 겪어 보지 못한 경험이었다. "그리고 좀 어수선해." 내가 덧붙였다.

"그 사람도 너랑은 같이 잘 수 없을 것 같다." 엄마가 말했다. 목소리가 약간 날카롭게 들렸다.

"엄마는 그의 어디가 마음에 들어?" 내가 물었다.

엄마는 한숨을 내쉬었다.

"머리 스타일을 좀 바꾸라고 해." 내가 중얼거렸다.

"네가 직접 말해. 어떤 식으로 바꾸라고 정확하게."
엄마가 중얼거렸다.

"그럼 그가 기분 나빠할걸. 그리고 어차피 내 말은 듣
지도 않을 건데 뭐."

"네가 잘못 생각하는 거야."

엄마의 말이 맞았다.

우리 집이 너무 좁아서 하리가 들어와 지냈던 적은
없었다. 하지만 그는 꼬박꼬박 우리 집에서 자고 갔다.
그의 칫솔이 욕실에 있고, 그의 실내화가 현관에 놓여
있었다. 그의 가운은 엄마의 옷장에 있었다. 하리가 내
충고에 따라 실제로 사서 욕실에 놔 둔 헤어젤을 나는
거리낌 없이 썼다.

하리는 가르마를 타지 않은 후부터 정말로 귀여워 보
였다. 바짝 선 밝은 갈색 머리, 활기찬 눈, 수줍은 미소.
알리사는 그를 좋아했다. 안톤에게는 그런 남자가 처
음이었다. 우리 집에서 살다시피 하면서 설거지를 도
와주고, 절대로 소리를 지르지 않고, 엄마와 함께 조그

만 손을 잡고, 아이들과 함께 메모리 게임을 하고, 아이들의 말에 귀를 기울이고, 빵에 버터를 발라 주고, 무슨 일이 있으면 기꺼이 베이비시터 노릇을 해 주는 남자.

그렇지만 하리는 안나 같은 여자가 좋아할 타입의 남자는 아니었다.

지금은 전혀 해당되지 않는 소리지만, 하리는 인생 낙오자였기 때문이다. 하리는 자기 자신을 인생 낙오자로 생각했기 때문에 인생 낙오자였다. 그는 12년째 문학을 전공하면서 혹시 가능했을 졸업과 점점 더 멀어지고 계속 직업을 바꾸었다. 일을 붙들고 늘어지는 근성이 거의 없었기 때문이다. 이미 말했듯이 하리는 이곳 관습에 비추어서도 분명히 부모 곁에 너무 오래 살았다. 하리는 말을 나지막하게 했다. 그러면서 불확실할 때는(거의 항상 그랬다) 아주 빠른 속도로 우물거려서 사람들이 다시 물어봐야 했다. 사람들이 다시 물으면 또 너무 당황해서 말을 더듬기 시작했다.

예전이었으면 나는 독일 남자가 그럴 수 있다는 것을 절대 믿지 않았을 것이다. 그렇게 부드럽고, 무기력하고, 사심 없이 헌신적인 남자. 돈은 없지만 관대한 남

자. 운전면허증은 없지만 삐거덕대는 여자용 자전거를 가진 남자. 체크무늬 셔츠에 바가지 머리. 아무튼, 하리가 나와 알고 지낼 때까지는 그랬다.

엄마의 위대한 사랑.

내가 엄마나 하리에게 물어본 적은 없지만, 확실하다. 엄마는 하리의 첫 번째 여자, 기껏해야 두 번째 여자였다. 그는 엄마보다 일곱 살 아래였고, 경험은 200년쯤 더 적었다. 대체 어떤 여자가 멀쩡한 정신과 온전한 의식을 가지고 그런 무기력의 전형과 사귈까? 우리 엄마 아니면 어떤 여자도 그러지 않는다. 아무튼 내 입장에서는 생각할 수 없는 일이었다.

하지만 나는 엄마가 왜 하리를 그토록 좋아하는지 이해할 수 있었다.

그는 바딤과 완전히 정반대였다. 바딤이 마침내 집을 나가자 극도로 신경이 예민한 사람 2와 1/2이 남았다. 엄마, 안톤, 그리고 알리사도 약간 그랬다. 나는 극도로 신경이 예민한 사람이 아니라 증오로 똘똘 뭉쳐진 덩어리였다. 이혼 후 엄마는 샴페인을 따서 나와 잔을 부딪혔다. 엄마의 손이 떨리고 눈에 눈물이 글썽였다.

"난 행복해, 이제 인생을 새로 출발할 수 있어." 엄마가 말했다. 그리고 인생이 새 출발을 해서 엄마는 우연히 하리를 만났다. 엄마는 러시아 출신들을 위한 광고란이 있는 소규모 신문사 편집국에서 하리를 만났다. 엄마는 광고란에 시립 도서관에서 러시아 도서를 빌릴 수 있고, 도서관에서 목요일마다 동화 낭독회가 있고, 돈을 아주 조금만 내면 체육회에 가입할 수 있다는 내용을 실었다. 엄마는 일을 무척 성심껏 진지하게 했다. 엄마는 자신보다 지식과 능력이 적은 이들을 기꺼이 도왔다. 엄마는 문의가 있을 경우를 생각해 신문에 우리 집 전화번호를 실었다. 그래서 전화가 자주 울렸다.

엄마는 그 일을 매우 자랑스럽게 여겼다. 신문에 엄마의 사진이 조그맣게 났다. 엄마는 마지막까지 신문에 인쇄된 자신의 얼굴과 이름을 보는 것에 익숙해지지 않았다. 신문은 발행부수가 5천 부였고, 대부분 응급치료술과 야외 맥줏집 광고로 이루어졌다는 것을 엄마는 개의치 않았다. 내가 교정본을 읽고 모든 걸 다시 한 번 바꾸기 전까지 엄마는 몇 시간이고 앉아 자신의 기사를 읽고 표현을 다듬었다.

하리도 마찬가지로 프리랜서로 그 신문사에 왔다. 막 웨이터 일을 그만두고 새로 얻은 직업이었다. 광고 팸 플릿은 한 줄당 약 10센트를 지불했는데, 자신을 조금 이라도 중요시하는 사람은 그 돈을 받고 글을 쓰지 않 는다. 하리와 엄마는 연말 총회 기사를 작성하고 출간 도 자비로 하는 스포츠 협회의 간부들이나 되는 것처 럼 일을 떠맡아 했다.

나는 잉그리트와 한스 집의 초인종을 누르며 그 일을 찬찬히 생각한다. 문이 열리고 잉그리트가 나와 햇빛 에 눈이 부셔서 어쩔 줄 모르고 눈을 깜박거리기까지 시간이 제법 걸린다.

"사샤?" 잉그리트는 한참 만에 손으로 햇빛을 가려야 겠다는 생각이 들고 나서 나를 알아보더니 말한다. "정 말 너무 뜻밖이구나. 반갑다. 어서 들어오렴, 아가야."

나는 현관으로 이어지는 이끼 낀 보도블록 위를 걷는 다. 나는 일주일 전에 미리 찾아오겠다고 알려 두었다. 잉그리트는 그걸 잊어버렸지만 어차피 늘 집에 있는 사람이다.

그녀는 나를 껴안고 등이 아파 올 때까지 오랫동안

나를 놓지 않는다. 잉그리트의 키가 작아서 나는 몸을 잔뜩 구부리고 서 있다.

그녀가 품에서 나를 놓아주었을 때 나는 그녀의 얼굴을 본다. 그녀는 왈칵 울음이 터져 나오는 것을 억지로 참으려 하지만 실패한다. 나는 시선을 돌리지 않는다. 나는 지치고 무디어져 있다. 나는 울지 않는다. 이러는 나를 잉그리트가 어떻게 생각할지도 알 수 없다.

"한스가 기뻐할 게야. 네가 우리를 다시 찾아와 주니 얼마나 고마운지." 그녀가 속삭인다.

잉그리트는 얼른 커피를 끓이고 거실에 먹을 걸 내온다. 나는 어느새 거실에서 먹는 게 익숙해졌다. 지금 나는 약간 마음이 흔들릴 수 있다. 잉그리트는 마치 내게 무언가를 감추기라도 하듯 몰래 손수건으로 눈물을 훔친다. 그러고는 흥분된 즐거운 분위기를 연출한다. 잉그리트가 서툴게 커피 잔을 만져서 잔이 덜그럭대고, 하리와 같은 미소로 나를 보고 계속 웃음을 짓는다. 심지어 잉그리트는 콧노래라도 흥얼거릴 것같이 보인다.

커피 향이 난다.

"한스, 한스. 냉장고에 케이크가 있는지 한번 볼래

53

요? 소보로 케이크? 아니면 치즈 케이크가 있나?" 잉그리트는 으레 그래야 하는 것처럼 더 크게 외친다.

"번거롭게 그러지 마세요." 내가 중얼거린다. 하지만 그녀는 듣지 않는다.

"설탕, 생크림." 그녀가 말하며 설탕 통과 생크림을 식탁에 올려놓는다. 마치 여기서 나 혼자만 먹어야 할 듯 바로 내 앞에 놓는다. "아가, 어린 동생들은 어떻게 지내니? 아이들은 건강해?"

"안톤은 건강한 적이 없어요." 나는 말하고 나서 곧 후회한다. 잉그리트의 얼굴이 어두워졌기 때문이다. 잉그리트는 인사치레로 물은 게 아니다. 그녀의 침울한 우울함이 나의 방문으로 인해 잠시 밝아졌다. 하지만 아이가 건강하지 않다는 말에 갑자기 심각해진다. 누가 고통스러워하면 잉그리트도 같이 고통스러워한다. 일일뉴스를 눈물 없이 보지 못하는 사람이다.

"나쁜 건 전혀 없어요. 그냥 신경 문제에요." 내가 말한다.

"신경." 그녀가 반복한다. "신경이 가장 큰 문제란다, 아가."

나는 토를 달지 않는다. 신경은 나에게는 아무래도 상관없다. 러시아의 동시가 떠오른다. "내 신경은 강철로 만들어졌어요, 아뇨, 사실 나는 신경이 아예 없어요." 나를 말하는 동시다. 나는 신경이 없다.

내가 바딤을 죽이려 한다는 말을 잉그리트에게 해야 할지 생각해 본다. 어쩌면 그 말에 잉그리트도 나와 안톤처럼 행복해할지도 모른다.

한스가 문을 열고 나온다.

그는 내게 다정하게 인사하지만 생기가 없다. 내 손을 오랫동안 쥐고 있다. 그 때문에 나는 일부러 의자에서 일어나 있고, 그 때문에 그가 놀란 모양이다. 그는 아직 많이 늙지 않았는데도 약간 휘청거리며 서 있다. 아직 예순 살도 채 되지 않았을 것이다. 한스는 완전히 시들어 버려 얼굴의 주름이 축 늘어졌다.

한스는 웃어 보이려 애쓴다. 그리고 그 노력의 결과, 끔찍하게 찡그린 얼굴이 된다. 그 모습을 보니 마음이 아프다. 그에게 애써 웃어 보일 필요가 없다고 말하고 싶다. 하지만 그 말을 어떻게 해야 할지 모르겠다.

우리는 잉그리트가 전자레인지에 데운 소보로 케이

크에 커피를 마신다. 대화의 첫 15분 동안 잉그리트가 쉴 새 없이 말한다. 하는 이야기가 좀 두서없다. 제라 늄, 이웃, 수도관, 고장 난 청소기. 나는 계속 고개를 끄 덕인다. 이제 잉그리트가 입을 다문다. 우리는 말없이 앉아 있고, 시계가 똑딱거린다. 그리고 그 상황이 나에 게 무척 자연스럽게 다가온다.

한스는 멍한 표정을 짓고 있고, 잉그리트는 커피를 젓고, 나는 벽에 붙은 사진을 본다. 어느덧 내게 꽤 친 숙해진 사진들이다. 모든 사진, 거의 모든 사진이 하리 다. 부드러운 금발에 주근깨가 난 소년 하리. 닥스훈트 를 데리고 있는 하리. 낡은 자동차 운전석에 앉아 선캡 을 쓰고 있는 하리. 모래성을 짓고 있는 하리. 초등학교 입학 선물을 들고 있는 하리. 젊은 잉그리트와 함께 있 는 하리, 젊은 한스와 함께 있는 하리. 친밀하게 껴안고 있는 엄마와 그 옆에 뻣뻣하고 근엄하게 서 있는 아빠 와 함께 있는 하리.

청소년 때의 하리, 하지만 친구들과 같이 있는 사진 은 하나도 없다. 여자 친구들과 찍은 것도 없다. 휴대용 의자에 앉아서. 숲속에서. 자전거를 타고. 영정 사진이

된 성인 하리. 하얀 치아와 주근깨. 멋진 사진.

나는 생각한다. 어떻게 그런 일이 생길 수 있었을까. 하리는 애정 깊은 부모를 두었고, 부강한 나라에서 보호받은 유년기를 보냈고, 애완용 개, 정원이 있는 집을 가졌다. 내가 지금 앉아 있는 이 집. 그리고 하리는 아무것도 이루지 못했기 때문에 불행해졌다. 그의 부모가 무엇을 잘못했을까, 하리에게 언제나 너무 사근사근하게 말했기 때문일까?

만일 내가 이 나라에서 자랐다면 나는 완전히 다른 사람이 되었을 것이다. 나는 치고받고 싸우지 않았을 것이고, 전혀 재미있지 않은 과목, 예컨대 중세 역사 과목을 죽어라 달달 외우지도 않았을 것이다. 나는 승리를 위해 태어났을 것이다. 그러니 나도 존재감이 있는 사람임을 만천하에 증명하기 위해 절망적으로 안간힘을 쓸 필요도 없었을 것이다.

알프레트-델프-학교의 입학을 감행하지도 않았을 것이니 사람들이 내 등 뒤에서 귓속말을 하고, 대형 마트 알디에서 산 내 운동화를 흘낏 훔쳐보는 일도 없었을 것이다. 나는 중요한 인물이었을 것이다. 그땐 비록 내

가 역시 알디 마트에서 산 운동화를 신었다 해도 — 그
런 것쯤은 아무렇지도 않았을 것이다.

나는 더 여유만만하고, 불안해하지 않고, 침착했을
것이다.

뭐 좋다. 지금의 나도 그렇다. 하지만 이 나라에서
자랐다면 나는 확신에 찬 당당한 사람이기도 했을 것
이다.

맨 오른쪽에, 내게서 가장 먼 곳에 처음 보는 사진이
걸려 있다. 정확히 보이지 않는다. 나는 눈살을 찌푸려
초점을 모은다. 잉그리트와 한스는 그쪽을 보지 않는
다. 아마 내가 와 있다는 것을 잊어버린 모양이다.

나는 의자를 뒤로 밀고 일어선다. 사진이 있는 쪽으
로 간다. 걸어가면서 무슨 사진을 알아보고 그 자리에
우뚝 선다.

내가 찍은 사진이다. 하리의 새 디지털카메라로 우
리 집 발코니에서. 이 벽에 하리 외에 비교적 많은 사
람들이 있는 첫 사진이다. — 세 사람이 모두 있다. 모
두 하리와 함께 있다. 우리 엄마, 엄마의 어깨에 하리
가 팔을 두르고 있다. 알리사는 하리의 오른쪽 무릎과

엄마의 왼쪽 무릎에서 균형을 잡고 있다. 안톤은 좁은 벤치에서 하리 옆에 바짝 붙어 앉아 있다.

거실 한가운데 서서 벽을 뚫어지게 보고 있자니 꽤 멋쩍다. 내가 제법 오래 그렇게 꼼짝 않고 있었나 보다. 잉그리트와 한스가 정신이 들어 내 쪽으로 고개를 돌렸다.

"아가, 무슨 일이니? 거기에 뭐가 있어? 무엇을 쳐다보고 있니? 왜 울고 있어?" 잉그리트가 흥분해서 묻는다.

울지 않는다고 말해 봤자 아무 소용이 없다.

잉그리트도 역시 눈살을 찌푸려 내가 보는 쪽을 쳐다본다. 그리고 내가 무엇을 보고 있는지 알아챈다.

"거기에 네가 없어서 슬퍼서 그래? 그 사진에? 그런 거니?"

잉그리트가 황급히 와서 불안스레 내 뒤에 서 있다.

나는 고개를 저으며 식탁으로 되돌아오고 잉그리트가 나를 따라 돌아온다.

"하리의 카메라에서 네 사진을 찾지 못했다." 한스가 말한다. 그 말이 오늘 내가 들은 한스의 첫 대사였다. "카메라에 사진이 두 장인가 세 장밖에 없더구나.
카메라가 완전히 새것이었어."

나는 그 사실을 알고 있다. 내가 하리에게 카메라 사
용법을 알려 주었다.

"아가, 우리에게 네 사진을 주렴. 그러잖아도 너에게
부탁하려고 했다."

나는 다시 고개를 젓는다.

"왜 안 주겠다는 거야? 아주 큰 사진이니? 내가 좋은
액자를 사마."

나는 벌떡 일어나 실례한다고 말하고 화장실로 뛰어
간다. 나는 이 집 어디에 뭐가 있는지 훤하게 안다. 욕
실 창문으로 짙푸른 나무가 살랑대는 정원을 내다볼
수 있다. 정원의 맨 뒤편에 사과나무가 한 그루 있다.
사과가 일찍이 무르익고 뽀얀 속살을 드러낸다. 거실
에서 나오는 잉그리트와 한스의 흥분한 목소리가 들려
온다. 나는 한참 입술을 꽉 깨물고 있다가 물을 내리고
꼼꼼하게 손을 씻는다.

"집에 가져갈 케이크를 좀 싸 줄게, 응?" 잉그리트가
묻는다.

집에서 마리아가 이틀마다 케이크를 굽고, 내가 케이크를 싫어한다는 말을 잉그리트에게 하지 않는다.

나는 헛기침을 하고 말한다. "그러면 좋겠네요."

"그런데 아가, 좀 더 있을 거지? 물론 우리와 있는 게 심심하다는 건 안다. 우리가 억지로 너를 붙들지는 않으마."

"죄송하지만 가 봐야 해요."

"우리 집에 와서 숙제를 해도 돼."

나는 놀라서 잉그리트를 쳐다본다. 그냥 뜻 없이 하는 소리라는 것을 알 수 있다.

"우리 집에 책이 많아. 한스가 네 숙제를 도와줄 거야. 한스는 아는 게 무척 많아." 잉그리트가 말한다.

한스는 지금 듣지 않고 있다. 그 말을 들었으면 반대했을 것이다.

나는 웃음이 나오는 걸 참고 고맙다고 말한다.

잉그리트가 포장용 포일을 가지러 부엌으로 가자 나는 충격 요법을 쓰기로 마음먹는다.

"한스, 한스 할아버지, 그거 아세요? 제가 그자를 죽여 버릴 거예요."

한스가 나를 쳐다본다.

"바딤을 죽일 거예요."

"바딤?" 한스가 힘겹게 내 말을 따라 한다.

"네, 바딤요. 살인자. 제가 그 살인자를 죽일 거예요."

한스가 나를 쳐다본다.

"구약 성경에도 나오잖아요. 눈에는 눈, 이에는 이. 그래야만 정당하죠."

"어떤 바딤 말이냐?" 한스가 쉰 목소리로 묻는다.

"바딤을 잊었을 리가 없어요. 한스 할아버지, 제가 복수를 할 거예요. 엄마와 하리를 위해."

한스가 나를 본다. 나는 그의 표정이 뜻하는 바를 전혀 알 수 없다. 표정이 완전히 굳어 있다. 그는 아무 말도 하지 않는다.

나는 내 뺨을 한 대 때렸어야 한다. 지금 대체 어떤 악마가 너를 조종하고 있는 거야. 너, 이 멍청한 계집애야, 내가 생각한다.

한스가 내 말을 알아들었다 해도 믿지 않을 것이다. 그리고 내가 실제로 그를 죽였다는 소식을 들으면 한스는 무슨 생각을 할까? 그러면 단 한순간만이라도 다

시 생생해질까? 만족감을 느낄까? 기쁨에 해당하는 기
분? 한스의 눈이 반짝일까? 그리고 잉그리트의 눈도?

잉그리트가 와서 은박 뭉치를 내 손에 들려 준다.

"찌그러뜨리지 마라. 이거 케이크야." 그녀가 매우
진지하게 말한다.

"고마워요. 또 전화 드릴게요." 내가 말한다.

나는 문손잡이를 돌린다. 이때 잉그리트의 손이 내
손에 닿는다. 손이 다시 떨어진다. 개구리처럼 차가운
손이 스치고 지나간다. 나는 주먹을 펴서 조금 전에는
없었던 50유로를 쳐다본다.

"아가, 받아 둬. 우리야 돈 쓸 데가 어디 있니? 동생들
에게 뭐라도 사 주렴. 넌 정말 마음씨가 고운 애야."

나는 지폐를 청바지 주머니에 집어넣는다. 잉그리트
가 거의 행복해 보인다. 그녀는 지금 내가 더 많은 돈도
받았을까 하는 생각을 하고 있을 게 틀림없다. 내가 지
난번에 주는 돈을 거절하지 않은 이후로 예상했던 일
이다. 그 전에 잉그리트는 선물을 줄 사람이 없는 게 얼
마나 슬픈 일인지 내게 말했다.

"필요한 게 있으면……." 잉그리트가 말한다.

"그러면 제가 큰 소리로 말할게요." 나는 말하며 잉그리트가 작별 인사로 껴안으려는 생각이 떠오르기 전에 얼른 뛰어간다.

시내 전차에서 나는 유리창에 이마를 갖다 댄다. 나는 내 자신을 속일 생각이 없다. ― 잉그리트와 한스가 내 계획을 대찬성하리라고 생각하지 않는다. 그들은 안톤과는 다르기 때문이다.

두 사람은 경악할 것이다. 그것도 엄청나게. 그들은 무척 다감하고 또 무척 단순하다. 그들은 실업률이 왜 그렇게 높은지, 어떤 사람들이 왜 마약을 하고, 또 어떤 사람들은 왜 갓난아기를 쓰레기통에 버리는지 이해하지 못한다. 그와 마찬가지로 그들은 이해하지 못할 것이다. 그들이 케이크와 돈을 준 소녀가 어떻게 사람을 죽일 수 있는지. 혹은 인간이 아닌 존재를.

어쩌면 내가 그들의 면전에서 개의 발을 밟는 것만으로도 그들은 큰 충격을 받을 것이다. 그들은 아들이 다시는 돌아오지 못한다는 사실을 악몽 같은, 설명할 수 없는 오해로 여긴다. 그 때문에 그들은 그 이후로 제대로 깨어 있지 못한다. 처음에 그들은 다음 날 잠에서 깨어나면 모든 게 예전과 같을 것이라고 믿는 것 같았다. 그러다 이제 그들의 악몽에 출구가 없음을 받아들인 것 같다.

그들이 신문을 더는 읽지 않고 더는 아무와도 이야기하지 않기 때문에 어쩌면 소식을 전혀 전해 듣지 못하는지도 모른다. 그들이 조금이라도 삶에 머물러 있다면.

사람들이 삶이라고 하는 것.

나는 아직 실행할 만큼 준비되지 않았다. 조직적으로 보았을 때.

나는 집에 범죄수사학 관련 책을 여러 권 가지고 있다. 하지만 그 책들은 아직 내게 핵심적인 아이디어를 제공해 주지 않았다. 나는 가끔 상상해 본다. 바딤의 머리에 병을 내리쳐 산산조각을 내면 어떨까. 물론 그렇게 해서는 그를 죽이지는 못하고 그의 피로 내가 더 럽혀지기만 할 것이다. 결정적이기엔 너무 약하다.

그래서 나는 무거운 물건, 옛날에 쓰던 철 다리미 또는 아령을 생각해 본다. 옛 범죄소설에서는 항상 촛대가 나온다. 우리 집에도 적당한 게 있다. 벼룩시장의 물건.

촛대가 괜찮을 것 같다. 예를 들어 다음과 같이 한다.
바딤이 알리사와 안톤을 보기 위해 집에 온다. 항상 그
랬듯이 — 예전처럼 — 초콜릿을 가지고 온다. "차를 준
비할게요." 내가 친절하게 말한다. "차를 마시며 우리
에게 교도소 생활에 대해 말해 줄 수 있겠죠." 바딤은
식탁에 앉아 나에게 등을 돌리고 차를 기다린다. 이것
도 예전과 같다. 그는 항상 무언가를 기다렸다. 청어 샐
러드나 볼펜이나 깨끗한 셔츠나.

나는 남자들을 증오한다. 모두, 안톤까지.

그리고 이어. 마침내 그렇게. 그렇지.

조금 전까지 바딤의 머리가 있던 곳이 피범벅이다.
그 때문에 식탁과 바닥에 피가 떨어지는 게 조금 안 좋
다. 바닥에 미리 비닐을 깔아 두어야겠다. 내가 그때 무
슨 말을 할지 안 할지는 아직 모른다. 예를 들면 "엄마
와 하리를 위해." 또는 "드디어 뒈져라." 아니 잠깐, 나
는 막장 드라마를 계획하는 게 아니다. 나는 그냥 할 것
이다. 그때 노래를 부르지도 시를 읊지도 않을 것이다.

아무튼 그런 식으로는 안 된다. 안톤과 알리사가 현

장에 있어서는 안 된다. 특히 안톤은 안 된다. 한 번으로 충분하다. 나는 바딤에게 아이들이 밖에 나갔는데 곧 들어올 거라고 할 것이다. 잠시 앉아 있으면 내가 차를 내오겠다고 한다.

그의 아이들. 한때 그랬다. 지금은 내 아이들이다.

총살도 썩 좋겠다. 하지만 나는 현실적인 사람이다. 내가 무기를 손에 넣을 수 있는 기회는 그리 많지 않다. 한편, 왠지 가능할 것 같기도 하다. 바딤은 수년 전부터 권총을 가지고 있었다. 안나 말로는 권총이 남근 대용품이라고 한다. 안나에게 들었던 말 가운데 최고의 말이다.

군대에서, 백 년 전에, 바딤은 괜찮은 사격수였다고 한다. 그는 관청 서류를 이해할 수 없거나, 깨끗한 양말을 찾지 못하거나, 그가 아무리 난리를 쳐도 엄마가 아랑곳하지 않고 저녁에 그를 집에 놔두고 나갈 때면 항상 그 이야기를 했다. 그는 군대 이야기를 하면서 꿈꾸는 듯 표정을 지었다. "군대에 있을 당시 우리는 겁쟁이 놈들을 칼라시니코프 소총으로 확 갈겨 버렸지." 그가 말했다.

안톤이 부들부들 떨면서 바딤의 말이 무슨 뜻인지 묻지 않았다.

바딤이 집을 나가기 직전에 안톤은 그가 있으면 몸을 떨기 일쑤였고 절대로 입을 열지 않았다. 때로 나는 안톤이 말하는 법을 완전히 잊어버렸다는 생각이 들었다. 그러니 안톤의 담임 선생님이 학부모 상담으로 엄마를 자주 불렀던 일도 전혀 이상할 게 없었다. 선생님이 작성한 상담 사유서 내용처럼 안톤은 학교에서 말하기 공동과제를 '거부'했다.

안톤이 글쓰기에서 계속 '우수' 점수를 받고 때로는 심지어 '최우수' 점수를 받지 않았다면 선생님은 뒷줄에 앉아 너무 조용하고 너무 창백해서 하얀 벽과 구별도 되지 않는 학생을 그냥 단념했을 것이다. 하지만 아직 학생들을 사랑하는 젊은 여선생님이었기에 왜 자기 반 아이가 말을 걸면 입술을 깨물고, 상대방에게 눈을 똑바로 맞추기를 말하기 공동과제처럼 기피하는지 호기심이 생겼다. 그래서 담임 선생님은 전례 없는 열성으로 안톤을 괴롭혔고, 상담 신청으로 엄마를 괴롭혔다.

첫 상담은 사실 부모 상담이었다. 안톤의 엄마와 아

버지가 학교에 갔다. 바딤은 엄마에게 넥타이를 매 달라고 했다. 그러면서 그는 연신 조급하게 엄마의 손을 밀쳐 냈다. 왜냐하면 엄마가 넥타이를 매는 게 안톤이 글쓰기 숙제를 하는 것보다 훨씬 더 서툴렀기 때문이다.

그때 바딤은 온갖 잔소리를 퍼부었다. "네 부모가 너를 만들 때 혹시 팔과 다리를 바꾸어 끼워 놓은 게 아닌지 궁금하다." 그리고 "목을 너무 조르지 마, 멍청한 것아." 그리고 "이 거지 같은 거, 제발 좀 제대로 끝낼 수 없어?" 그리고 "넌 내가 만난 여자들 중에 제일 무능한 여자야." 그리고 "제발 좀 잘해 봐. 네가 넥타이 하나 맬때까지 도대체 몇 년을 기다려야 하나?"

그때 나는 부엌 식탁에서 숙제를 하고 있었다. 다시 말해 사실은 숙제를 하지 못했다는 뜻이다. 왜냐하면 내가 주체할 수 없는 분노로 만년필을 손에 꽉 쥐고 있었기 때문이다. 나는 바딤에게는 조금도 화가 나지 않았다. 대신 엄마에게 그리고 당시 내가 자주 맞닥뜨리는 상황에 화가 났다.

만일 어떤 남자가 나에게 그따위로 굴면 나는 그 망할 넥타이를 그대로 조여서 숨이 막혀 꼬르륵 소리를 내게 만들 것이다. 이어 나는 부엌에 가서 주전자에 물을 끓일 것이다. 그리고 그 자식이 넥타이를 풀기 전에 펄펄 끓은 물을 머리에 들이부을 것이다. 그것이 나에게 감히 그런 식으로 말하는 사람이 받을 최소한의 대가다.

엄마는 왜 그래. 나는 생각하며 화가 치밀어 공책을 직직 그어 댔다. 엄마는 도대체 대답을 안 하고 있잖아. 엄마는 막 밀쳐도 가만히 있고, 엄마 혼자만의 생각으로 미소를 짓고 있어. 그자가 다시 하라고 시키면 엄마는 또 해 주지. 그가 엄마에게 심한 욕을 해도 계속 도와주고 있어. 엄마는 천사 같은 인내심으로 자신을 짓밟게 놔두지. 하필이면 그토록 자존심이 강하고 주변의 모든 사람들에게 무척 예의바른 엄마가 말이야.

엄마가 그자에게도 고분한 것, 거의 항상 고분하게 대하는 것을 보는 게 나는 너무 속이 상해. 그리고 엄마가 그러는 게 그를 무서워해서가 아니라는 거, 나는 잘 알아. 엄마는 그를 더는 쳐다보지 않아. 그의 말을 듣지 않아. 엄마에게 그는 투명 인간이야. 그 때문에 엄마가 양심의 가책을 느끼는 거잖아. 그것도 그자에게!

엄마는 그를 조금도 진지하게 생각지 않아. 그가 혼

자 미쳐 날뛰게 두고, 엄마에게 소리 지르게 내버려 두고, 엄마가 당연히 하는 일을 그자가 하지 못하게 해도 그냥 두지. 전혀 알지도 못하는 주제에 끼어들어 말참견을 하게 두지. 그게 마침내 거의 모든 주제로 퍼져서 영광스러운 군대 과거사며 화장실 변기의 정확한 사용법까지 넘나들어.

그가 죽일 듯 증오의 말을 내뱉어도 엄마는 눈 하나 깜박하지 않아. 그는 닥치는 대로 욕하지. 나라도 제대로 다스리지 못하는 빌어먹을 독일 놈들에게, 세계 최대 종파처럼 죄다 침투하는 빌어먹을 미국 놈들에게, 항상 말을 너무 빨리 하는 빌어먹을 이탈리아 놈들에게, 조국을 떠나는 범죄자 러시아 놈들에게, 그리고 떠나지도 못하는 병신 같은 러시아 놈들에게. 바딤처럼 세계적인 전문가에게 적당한 자리 하나 찾아 주지 못하는 빌어먹을 노동청에, 거지 같은 소리만 해 대는 게을러빠진 멍청한 사장에게, 바딤이 붙어 있기에는 너무 멍청한 빌어먹을 사장 놈, 그러니까 사장이 아주 단기적 고용주밖에 될 수 없다고 욕을 퍼부었어.

게다가, 특히 항상 되풀이해 욕했어. 빌어먹을 여자

들에게. 세상에서 제일 본때 없는 옷을 입고 다니고 다리털도 면도하지 않는 주제에 감히 바딤이 평생토록 버는 돈보다 더 많은 돈을 한 달 만에 벌겠다고 덤비는 독일 여자들. 말하는 것부터 벌써 언제든지 벌렁 드러누웠다는 소리로 들리는 것들, 죄다 매춘부인 프랑스 여자들. 부대 자루 같은 옷을 입어서 너무 우스꽝스럽게 뚱뚱해 보이는 터키 여자들, 매년 애를 낳고 남편의 두 번째 아내와 같이 차를 마시는 것들, 심지어 바딤보다 더 독일어를 못하는 것들.

그리고 러시아 여자들, 멍청하고 못생기고 취향도 없이 아무렇게나 옷을 입고, 바딤이 계시는 면전에서 감히 웃고 떠들면서 마치 없는 사람인 양 등을 돌리는 러시아 여자들. 사실로 말하자면 제일 먼저 나서서 바딤의 독특함을 이해하고 찬양해야 할 것들이, 그 빌어먹을 것들이 도대체 버릇이 없다고 욕을 퍼부었어.

그리고 이 여자, 비록 미혼녀로 낳은 딸, 그 곤란한 짐을 가지고 있었어도 그가 관대하게 결혼해 주었던 여자. 역시 관대하게도 그가 두 아이를 낳게 해 주었음에도 이 여자는 눈곱만큼도 자신을 존중하지 않는다고 욕했어. 이 여자가 그의 말에 몇 시간이고 귀를 기울이기는커녕 정신 나간 작가 나부랭이들이 쓴 쓸데없는 책이나 읽고 있다고 했어. 바딤의 구두를 반짝반짝 광나게 닦지 않고 아들에게 체스나 가르치고 있다고 욕했고. 얌전하게 요리나 할 것이지 노상 전화질이나 하면서 뻔뻔하게 깔깔대고 웃는다고 욕했지. 바딤이 또 코감기에 걸려 아파 죽겠다고 누워 있으면 차를 끓이고 레몬을 짜면서 노래를 부른다고. 마치 아무것도 아니라는 듯이!

이 여자는 무대에서 연기하고, 박수갈채를 받고, 사진이 신문에 나고, 거리에서 사람들이 말을 걸어 오지. 전화도 점점 더 자주 와. 그것도 이 여자를 찾는 전화야. 오로지 이 여자에게 온 전화야. 아무도 바딤과는 통화하려 하지 않아. 바딤과 통화를 하는 경우도 다만 "당신의 부인", "너의 마리나", "당신의 부인 좀 다시"라는 말뿐이야.

그렇다고 해서 이 여자는 바딤보다 더 나은 존재라는 기분을 가져서는 안 돼. 무슨 일이 있어도 완전 재수 없이 쓸모없는 낡은 자루와 결혼했다는 생각을 절대로 해서는 안 되는 거야. 아침, 점심, 오후, 저녁 내내 바딤의 귀중한 시간을 빼앗는 것으로 돈을 버는 바보들만 나오는 텔레비전 앞에 앉아 있는 바딤이 오히려 이 여자를 보고 그런 생각을 하지.

이 여자가 절대로 자만하지 않으려면 실제로 자기 자신이 어떤 사람인지 아무리 자주 들어도 모자라. 아무 짝에 쓸데없는 아내. 살림도 할 줄 모르고 얌전히 돈을 벌 줄도 모르는 여자. 쪽팔리는 직업에서 또 다른 쪽팔리는 직업으로 뛰어다니는 것도 일이라고 할 수 있다면 말이야.

뻐꾸기 엄마. 아이들의 티셔츠를 다리지도 않고, 아이들이 그림을 그리고 공작을 한다고 난리를 치며 옷을 더럽혀도 전혀 말리지 않는 엄마, 아이들의 머리가 제대로 잘렸는지 신경도 쓰지 않는 엄마, 특히 그게 남자 녀석의 머리인지 알 수도 없이 이상하게 해 놓고 말이야. 내가 산발한 네 머리카락을 당장 쥐어뜯어 주마. 학교에서 네 머리 꼴을 보고 죄다 웃어 댈 거다!

옷장을 항상 엉망진창으로 만들어 놓는 무질서한 여자. 한 번도 제시간에 식사를 내놓을 줄 모르니 아이들이 전혀 질서가 없지. 아이들이 뭐든지 해도 된다고 생각하잖아. 그러니까 남편님이 텔레비전을 보고 계시는데 거실에서 막 웃고 떠드는 거 아냐.

그리고 그게 무슨 소시지나 되는 것처럼 기껏 반지를 하나 가지고 대책 없이 기뻐하는 헤픈 여자. 저녁마다 영화관에 가는 여자. 그것도 남편도 없이, 머리를 풀어 헤치고, 야하게 화장하고, 자기가 무슨 몸매가 좋은 줄 알고 훤히 드러나는 옷을 입고 말이야. 그러고 보니 차라리 터키 여자들이 온몸을 가리는 천을 두르고 다니는 게 훨씬 나을 수도 있겠군.

나는 분노에 끓어 생각한다. 그가 엄마에게 퍼붓는 모든 말과 모욕적인 표현을 엄마는 그냥 듣고만 있어. 기껏해야 어깨를 으쓱해 보일 뿐이지. 그럴 때 엄마의 눈빛에 제일 많이 나타나는 감정은 깊디깊은 동정심이야. 엄마는 자기 자신을 구할 생각 대신 어떻게 하면 완전히 수렁에 빠지기 전에 그를 구할 수 있을지를 심각하게 생각해. 엄마는 그가 술을 마시기 시작하는 걸 두려워해. 엄마는 그의 자기 보존 본능이 엄마의 것보다 훨씬 더 크다는 것을 몰라.

그가 엄마가 아닌 아이들을 야단칠 때만 엄마는 목소리를 높여. 그게 그의 가장 강력한 무기야. 그는 오직 아이들을 이용해야만 엄마에게 진짜 고통을 줄 수 있다는 것을 알고 있어. 엄마가 그럴 때에만 반격한다는 것도 말이야. 그가 안톤을 호되게 꾸짖을 때 엄마가 날카로운 목소리로 이혼하자고 하는 게 진심이라는 것을 그는 알아. 그래서 그는 대부분 엄마 몰래 안톤을 야단쳐. 안톤은 창가의 의자 위에 놓인 어린 레몬 나무만큼이나 자신을 지킬 능력이 없어. 안톤은 그렇게 그냥 부서질 것만 같은 인상이 들어.

안톤이 매일같이 어떤 지옥을 겪는지 정확히는 몰라. 왜냐하면 바딤이 내가 있을 때는 행동을 조심하고 안톤은 말이 없으니까. 내가 바딤의 면전에서 가장 많이 하는 말이 '경찰'이야. 그럴 때 바딤은 늘 웃지만 그래도 그의 눈빛에 두려움과 불안이 어리는 게 보여.

하지만 그도 알고 있어. 내가 엄마를 다치게 하지 않으려는 걸 말이야. 옛날 여자들의 잔꾀가 있지. 나는 널다치게 할 생각이 없어, 그래서 네가 죽게 내버려 둘 거야. 나는 결국 결코 경찰서에 가지 않아. 바딤이 내 앞에서는 조심하니까. 또 무엇보다 엄마가 절대적으로 심각한 경우에만 용납하리라는 것을 내가 알기 때문이야.

엄마는 모든 게 잘되기를 바라지. 어떻게든. 언젠가 엄마가 내게 이런 말을 한 적이 있어. 바딤이 누군가와 새로운 사랑에 빠져서 스스로 떠나면 좋겠다고 말이야. 안 그러면 엄마가 갈 곳 없는 불쌍한 사람을 짓밟는 기분이 들 거라고 했어. 안 그래도 쓰러져 있는 사람을 발로 짓밟으면 안 된다고. 그건 엄마의 참으로 고귀하고, 공허하고, 엄마가 살려 놓은 옛 지혜들 가운데 하나였어. 엄마가 그 말을 할 때 나는 눈물이 날 때까지 아주 한참 그리고 악의적으로 웃을 수밖에 없어. 그때 엄마의 표정을 난 절대로 잊지 않아.

그리고 내가 몇 년 동안 옷을 완전히 다 갖춰 입어야만 방을 나섰고, 집에서 절대로 잠옷이나 목욕가운 차림으로 다니지 않았던 이유, 밤에 항상 문을 잠그고 있었던 이유, 비로소 이번 여름부터 반팔 옷과 좀 많이 파인 옷도 입을 수 있는 이유를 엄마는 결코 알지 못할 거야. 엄마는 항상 내게 "옷을 너무 꼭꼭 여미고" 다닌다고 했어. 또 한번은 나더러 "육체 혐오"라고도 했어. 엄마는 그게 내 성격이라고 생각했지. 나는 다른 이유일 수 있다는 것은 암시조차 한 적이 없었어. 엄마의 마음이 아플까 봐. 사실을 알면 엄마가 견딜 수 없을 거라고 생각했어. 경악과 죄책감으로 엄마가 무너져 내릴 거라고 생각했어.

그건 엄마가 그를 맹목적으로 대하는 데 내가 한몫했다는 뜻이야.

바딤과 같이 지낸 내 생활에서 가장 행복했던 순간이 있다면 오직 나에게만 해당되는 전장에서의 승리였다. 내가 그를 공격했을 때의 그의 얼굴과 그. 나는 증오로 이글거리는 그의 눈에서 내면의 싸움을 보았다. 그는 전투를 계속할 것인가 아니면 물러설 것인가를 두고 물러서기로 결정했다. 왜냐하면 흔적이 남으면 혹시 내가 더는 입 다물고 있지 않을 가능성이 있었기 때문이다. 내가 식탁에서 손에 쥔 빵칼을 천천히 돌리면서 그를 뚫어지게 쳐다본 순간 느껴지던 그의 두려움, 그리고 그가 식탁 밑 내 무릎에 붙이고 있었던 자신의 무릎을 슬며시 떼던 움직임.

하지만 나는 내 자신을 속이고 있는지도 모른다. 어쩌면 승리는 오로지 바딤의 것일 수도 있다. 내가 속옷이나 개인용품을 욕실에 두지 못하고 문을 꽉 닫은 내 방에만 놓아두었다는 승리. 내가 평소보다 더 그를 피했다는 승리. 그건 내가 집에 있을 때 대부분의 시간을 내 방에서 보냈다는 뜻이다. 그리고 내가 엄마에게 그 일에 대해 단 한마디도 누설하지 않았다는 승리.

그 때문에 나는 너무도 큰 죄책감을 느낀다. 어쩌면 내 침묵은 바로 우유부단이었고, 그것이 잘못된 방향, 죽음의 방향으로 기울었을 것이기 때문이다.

나는 총을 쏜 사람은 자신도 총을 맞게 된다고 생각한다. 무조건, 당연히.

내 마음이 무척 편안해진다.

나는 책을 더 많이 읽어야 한다. 읽고 배우고 깊이 생각하기. 그에게 기회가 있어서는 안 된다. 자신을 방어하고 살아남을 기회를 주어서는 안 된다.

좋은 생각이다. 하지만 그 생각을 하면 나는 무척 긴장된다. 다른 계획을 더 짜야겠다.

이날 밤, 나는 컴퓨터 앞에 앉는다. 컴퓨터 앞에 오래 앉아 있다. 적어도 한 시간. 생각했던 것보다 더 어렵다. 바딤을 목 졸라 죽이는 게 더 쉬울 것 같다.

내가 기록해 놓으려던 장면들이 모두 퇴색해 버린 것 같다. 포착하려 했던 모든 어휘 조각들이 진부하다. 뜨거운 두 손과 자장가와 점잖지 못한 농담과 엄청난 양의 커피 — 그 모든 게 서로 어울리지 않는다. 오직 엄마의 얼굴만 떠오른다. 나는 안톤처럼 굳어 버리지 않으려고 자판을 치기 시작한다.

'빨간 머리' 나는 쓰기 시작한다.

〈나는 헤나와 같이 머리를 염색한다. 헤나를 알게 된 이후부터다. 헤나의 머리 색이 예전에는 어떤 색이었더라? 아마 갈색 계통. 헤나는 흰머리가 때 이르게 난 것을 발견했다고 말한 적이 있었다. 그녀는 서른 살에 이미 머리가 하얗게 셌다. 그녀는 일찍이 머리가 하얗게 세는 삶을 살았다. 이후 헤나의 흰머리는 밝은 오렌지색이 되었다. 헤나의 연갈색 눈은 컸다. 입도 컸다. 그 두 개는 대체로 크게 벌려져 있었다. 눈과 입이 둘 다. 헤나는 말이 많았고 또 많이 웃었다. 심지어 책을 읽을 때도 말을 했다. 항상 손에 책을 들고 내 앞에 나타나 말했다. "뭐 좀 읽어 줄까? 여기 엄청 좋은 대목이 있어." 그러면 내가 대답했다. "나 지금 숙제하고 있어." 아니면 "나도 방금 책을 읽으려던 참이야." 그래도 헤나는 기필코 그 대목을 읽었고, 나는 그 대목의 어디가 그렇게 좋은지 도대체 알 수 없었다. 나는 한 번도 제대로 듣는 적이 없었다. 왜냐하면 그게 성가셨고 나는 생각에 잠겨 있고 싶었기 때문이다.〉

나는 써 놓은 글을 다시 한 번 쭉 읽는다. 나는 울지 않는다.

아주 일찍 잠자리에 든다.

나는 아침에 일어나 여전히 눈을 감은 채로 운동화를 신는다. 마리아는 잘 때 코를 요란하게 곤다. 코 고는 소리에 아이들이 깨지 않게 문을 닫다가 마리아 옆에 알리사가 있는 것을 본다. 어린 알리사가 마리아의 평퍼짐한 엉덩이에 절반쯤 깔려 있다. 알리사는 마리아가 직접 만든 꽃무늬 잠옷을 입고 있다. 순간 내 분홍색 스웨터에 대한 기억이 스쳐 지나간다. 옷 정리를 좀 해야겠다.

마리아는 당연히 내 말을 잘 들을 거다.

나는 공동주택 주변을 세 바퀴 돌고 나서 다른 곳으로 접어든다. 달리는 게 힘이 든다. 조깅을 안 한 지 벌써 오래되었다. 찜찜한 느낌으로 잠을 깨지 않았다면 오늘도 달리지 않았을 것이다. 그 기분을 없애려고 달리지만 옆구리만 쑤신다. 나는 갈비뼈 아래를 손으로 누르고 숨을 헐떡이며 신문 가판대 앞에 선다.

나는 1년 전부터 지역 일간신문을 구독하고 있다. 왜냐하면 공동주택이 철거될 경우, 사람들이 들이닥쳐 의자에 앉아 있는 마리아를 그대로 들고 밖으로 나른 후에야 비로소 마리아가 철거 소식을 알게 될 것이기 때문이다. 그 밖에 신문을 읽으면 학교 공부에도 도움이 된다.

나는 일간신문의 큰 표제를 들여다본다. 실제로 관심이 있어서라기보다 의무감으로 읽는다.

이 동네에서 누가 일간신문 같은 것을 살까. 가끔 공동주택에서 내가 글을 읽을 줄 아는 유일한 사람이라는 기분이 들기도 한다. 다른 사람들은 모두 무릎이 튀어나온 트레이닝 바지 주머니에 반쯤 빈 술병을 집어 넣고, "목이 잘려 나간 머리는 누구의 것인가?"라든지, "정부가 또다시 UFO 착륙을 은폐하다" 따위의 기사가 난 신문에 훈제 생선을 둘둘 말아서 들고 다닌다. 그리고 그들에게 독일어로 말을 걸면 이상한 눈초리로 쳐다보면서 중얼거린다. "저 인간은 정상적인 말을 못 하나?"

오늘 아침 내 심장이 멈춘다. 아주 잠깐, 곧이어 다시 뛰기 시작한 심장이 목구멍까지 올라와서는 딱 걸려서 덫에 갇힌 새처럼 버둥댄다. 나는 숨을 헐떡이며 심장을 제자리로 돌려보내려 애쓴다.

그러면서도 나는 더 가까이 다가가 프랑크푸르트 신문에 난 오늘의 주요 기사를 읽는다. '지역 소식란'을 읽는다. "2명 살인자 바딤 E. 방문 — '후회로 심장이 찢어진다.'"

그의 심장, 나의 심장, 나는 생각한다. 그의 가슴팍에서 그 장기를 잡아 뜯어내 핀으로 박아 전시를 하는 게 좋을 수도 있겠다. 사실은 약간 구역질이 난다. 나는 마리아가 닭의 내장을 들어내면서 설명할 때 쳐다보기가 싫다. 꽁지 부분을 이렇게 잘라야 해, 이게 알 집에 든 알이야. 그리고 잘라 낸 닭발을 잡고 여기 있는 힘줄을 앞으로 잡아당기면 닭발을 오므려 주먹을 만들 수 있어. 아가야, 이게 뭐가 역겹니?

하지만 이 일에 있어서만큼은 내 약점을 뛰어넘을 것이다.

조깅 바지에 주머니가 없다. 재킷에도 주머니가 없다. 옷에 주머니가 있었으면 내 목에 걸린 집 열쇠가 소의 방울처럼 짤랑거리지 않을 것이다.

나는 당장, 이 자리에서, 지체 없이, 이 신문에 난 기사를 읽어야 한다. 집에 돌아가 돈을 가지고 올 때까지면 벌써 세상이 다섯 번 몰락한다.

나는 공동주택의 3층 창문을 올려다본다. 대개는 그곳에 대머리가 솟아 있고, 그의 입가에는 불이 붙은 게 아닌 침이 묻은 담배가 있다.

창문에 사람이 없다. 아직 무척 이른 시각이다. 그러니 정상적인 사람이라면 아침에 벌써 일어나야 한다면 커피를 끓일 시각이다. 아니면 두 번째 커피를.

내가 신문을 끄집어내 돌돌 말아 재킷 속에 감추는

것을 잉그리트와 한스가 보지 못해서 기쁘다. 천만다행이다.

계단참에서 신문을 다시 펼치고, 젊지 않은 바딤 E.의 슬픔에 대한 기사를 찾는다.

내 눈에 처음 띈 건 이름이다. ─ 수잔네 말러. 기사를 쓴 기자다. 그런 다음 비로소 그 낯짝을 본다. 보는 순간 눈앞이 캄캄해진다.

나는 더러운 녹색 벽에 머리를 기댄다. 약간 위로 하트 모양에 두 남자의 성교를 자세히 묘사하는 낙서가 눈에 확 들어온다. 내 뒤통수가 바로 그 아래 적힌 "호모는 밑이 찢어진 여자 족속이다."에 닿는다. 나는 숨 고르기를 몇 번 한다. 그런 다음 다시 신문을 들여다본다.

그는 변하지 않은 것같이 보인다. 똑같은 콧수염, 똑같이 어두운 눈과 좁은 이마 그리고 콧방울에서부터 시작해 입가로 이어지는 깊은 팔자주름. 내가 본 가운데 가장 추한 얼굴. 깊은 팔자주름으로 새겨진 비루한 인상에 의해 얼굴이 더욱 추해 보인다. 입가는 축 처지고, 눈은 구걸하는 눈빛이고, 반곱슬머리는 산

만하게 헝클어져 있다. 불쌍한 바딤. 짖지만 물지 않는
다. 상대가 아주 비열하고 그의 화를 돋우지 않는 한.
그렇지만 그도 물론 물기도 한다. 그의 화를 돋우었다
면 그건 그 사람의 잘못이다. 하지만 처신할 줄 아는 사
람에게 그는 아주 좋은 사람이다.

나는 다시 앞이 깜깜해진다. 이번에는 눈앞이 다시
밝아지기까지 더 오래 숨을 골라야 한다.

바딤은 이처럼 징징대는 죽상으로 당시 우리 엄마에
게 눌러앉았을 것이다. 우리 엄마, 타인을 동정하는 영
혼에게. 엄마는 불쌍한 표정으로 쳐다보는 모든 것들
을 쓰다듬었다. 아무튼 개들도 모두 쓰다듬었다. 하지
만 개가 엄마를 물었던 적은 한 번도 없었다.

엄마는 바딤만큼은 완전히 잘못 판단했다. 어떻게 그
렇게 어리석을 수 있었을까? 엄마는 그자가 어떤 괴물
인지 당장 알 수 있지 않았나?

"예전에 그는 달랐어. 벌컥 화를 내지는 않았고 허약
했어. 여기로 온 후로 하루 종일 텔레비전 앞에 앉아 있
기만 하고 말을 전혀 이해하지 못하면서 심각하게 나
빠졌다는 거, 너도 알잖아." 엄마가 한번 나에게 말한

적이 있었다.

"그가 예전에 어땠는지 잘 알아. 실제로 더 나았던 건
아니었어."

"지금 네 말은 너무하다."

"그럼 그는? 그는 너무하지 않아?"

"그의 형편이 썩 좋지 못하잖아, 너도 보면 알잖니."

자기 자신을 약하다고 느끼는 자들을 두려워하라, 나
는 여러 번 생각한다. 왜냐하면 그들은 어느 날 강하다
고 느끼고 싶어 하고, 그러면 결코 돌이킬 수 없게 되기
때문이다. 이건 어쩌면 내가 '마리나'라고 부를 자료를
위한 좋은 생각일 수 있다. 어젯밤에 내가 썼던 글은 곧
삭제했다.

수잔네 말러가 바딤 E.에게 약간 추근거리고 싶어 한
다는 느낌이 떨쳐지지 않는다.

나는 그 기사를 열 번 넘게 읽을 수밖에 없다. 그러고
나서도 여전히 그 기사가 완전히 이해되지 않는다. 문
장들이 머릿속에서 낱낱이 조각나면서 다른 문장들과
뒤섞인다. "나는 그녀를 아직도 사랑한다. 내가 그녀에
게 사랑한다는 말을 할 수 있었으면 하고 바랐다. 나는

그녀에게 편지를 쓴다. 편지는 벌써 20장이 되었고, 가장 중요한 말은 아직도 하지 않았다. 내 아이들에게 말할 수 없이 부끄럽다. 또한 그때 죽어야 했던 청년에게도 무척 미안하다."

바딤, 네 몫은 오로지 감옥살이뿐이야, 내가 속삭인다. 난 네가 그 모든 말을 직접 했다고 절대로 믿지 않아. 혹시 수잔네 말러가 통역사를 데리고 갔고, 그자가 창조적으로 말을 옮겼나? 내가 마리아의 통역을 할 때처럼?

"나는 다른 사람이 되었다. 나는 독일어조차 점점 더 잘하게 된다."

수잔네 말러는 감동을 받은 모양이다. 그녀는 바딤이 그린 그림을 보았다. 그는 이 세상을 초월할 정도로 아름다운 아내의 얼굴을 포착해 두려 했다. 정확히는 이혼한 전 아내다. 그는 유감스럽게도 아내를 죽였다. 그러지 않았더라면 좋았을 것을.

"그림은 전문적이지 않지만 강한 인상을 준다." 수잔네 말러가 언급했다.

어찌할 바를 모르는 분노로 내 속이 완전히 뒤집힌다.

바딤은 관심을 보이는 누구에게나 기꺼이 아내에게 쓴 편지를 보이고 싶었을 것이다. 수잔네 말러는 빼곡히 적힌 그의 편지를 손에 넣었지만 안타깝게도 러시아어를 모른다.

글씨체는 산만하고, 불규칙적이고, 격앙되어 있다고 한다.

바딤에게는 계속 편지를 쓰기 위한 햇수가 아직 많이 남아 있다. 나는 마구 웃기 시작한다. 바딤이 우리 엄마에 대한 글을 쓴다. 우리는 경쟁자다.

나는 그가 차라리 자살하는 게 더 낫다는 생각이 든다. 혹은 그러지 않는 게 나을지도 모른다. 나도 인생에서 멋진 일을 한번 해야겠다.

나는 신문을 접어 돌돌 말아서 계단을 오른다. 조심스럽게 문을 열고 신발을 벗는다. 한순간 내가 유령을 봤나 싶다. 하지만 그건 그냥 펄럭이는 잠옷을 입은 마리아다. 알리사의 잠옷과 같은 천의 잠옷이다.

그러니까 마리아가 그것도 직접 만든 거다. 내가 이미 그 얘기를 했던가?

마리아는 내 모습을 보고 깜짝 놀란다.

"너, 어디서 넘어졌니?" 그녀는 물으며 긴장해서 내 얼굴을 살핀다. 그녀의 얼굴은 효모에 부푼 반죽처럼 통통 붓고 허옇다. 움직일 때마다 뺨이 출렁인다. 머리에는 분홍색, 파란색 컬 클립을 말고 있다.

이상형의 여자.

"좋은 아침." 나는 말하며 신문을 가지고 마리아를 지나쳐 욕실로 간다.

이 일에 대해 마리아에게는 한마디도 하지 않을 작정이다. 그녀는 나에게 바딤 이야기를 전혀 하지 않았다. 무척 현명한 처신이다. 마리아는 예전에 우리에게 모습을 거의 드러내지 않았다. 우리가 모스크바에 살던 내내 기껏해야 한 번인가 우리를 찾아왔었다. 마리아가 바딤을 어떻게 생각하는지 나는 모른다. 그리고 알고 싶지도 않다.

마리아가 내 계획을 어떻게 생각하는지 한 번도 물어보지 않았다. 그럴 생각조차 해 보지 않았다. 나는 그냥 믿고 싶은 것 같다. 그녀가 한숨을 쉬면서도 반대하지 않고 아이들이 오기 전에 불쾌한 흔적을 없애기 위해 나를 도와줄 것이라고.

마리아는 또다시 피를 보는 게 아이들의 성장에 좋지 않다는 것을 이해할 것이다.

또한 내가 교도소에 들어가 있는 동안 아이들 교육을 위해 내가 작성해 놓은 목록을 마리아가 지키리라는 것도 확신한다. 혹시 수잔네 말러가 교도소에 있는 나를 찾아와 다음과 같은 글을 지어낼지도 모른다. "사샤 N.은 침착한 인상을 준다. 그녀는 우리 신문의 인터뷰에서 말했다. '나는 또다시 할 거예요. 5년 전 또는 10년 전에 내가 바딤을 독살하지 못했다면…….'"

아이들 교육을 위한 목록은 정기적으로 보충될 것이다. 현재는 다음과 같다.

1. 너희들은 전 시대를 통틀어 최고의 엄마를 가졌었다. 그리고 엄마는 너희들의 마음속에 계속 살아 있다.

2. 너희 아버지가 바딤이라는 것은 큰 오해다. 사샤는 너희들의 아버지가 바딤이 아니라 한 층 아래에 살고 있는, 매우 훌륭하고 잘생긴 조종사라고 생각한다. 그 때문에 너희들이 무척 예쁜 거다.

3. 손에 잡히는 것은 모두 읽어라. 너희 엄마도 그렇

게 했다.

　4. 하고 싶은 것을 모두 배워라. 그리고 더 많이 배워라. 잘 안 된다고 해서 절망하지 말라. 너희들은 아주 많은 것을 할 수 있다.

　5. 마리아가 정반대로 말한다 해도 — 길에 지나가는 사람들이 너희들을 어떻게 생각하든 상관없다. 입고 싶은 옷을 마음껏 입어라. 너희들이 예쁘다고 생각하면 파란색으로 염색해라. 행동도 너희들이 하고 싶은 대로 해라.

　6. 노래를 많이 불러라.

　7. 자신을 약하다고 여기는 사람을 조심해라. 왜냐하면 그런 사람들이 어느 날 갑자기 자신이 강하다고 느끼고 싶어질 수 있기 때문이다. 그럴 때 너희들이 당하면 결코 회복될 수 없다.

　8. 마리아가 매일같이 세상의 종말을 예언한다 해도 7번과 같은 끔찍한 상황이 일어날 거라고 생각하지 말라. 용감하고 과감하게 너희들 앞에 펼쳐진 원더랜드로 여행을 떠나라. — 유명한 영국 동화에 나오는 소녀처럼. 알리사, 네 엄마가 그 이름을 따서 네 이름을 지

었다.

9. 가끔 너희들의 큰누이 사샤를 생각하라. 교도소로 찾아오지는 말라. 정신 건강에 좋지 않다.

10. 너희들은 불쌍한 고아가 아니다. 왜냐하면 너희들의 엄마는 불멸의 존재이기 때문이다. 그건 마리아도 알고 있다.

그러고 보니 내가 아는 게 전혀 없음을 깨닫는다. 마리아에 대해.

낮에 나는 두 시간 일찍 학교에서 나온다. 더는 교실에 앉아 있을 수 없기 때문이다. 며칠 전부터 짙은 회색 안개 속에 있는 것 같은 기분이다. 주변 세계를 인식하는 데는 문제가 없지만, 세계에 색이 없다. 나는 더 자세히 들여다보고 싶은 의욕이 없다.

소리가 잘 들리지 않는다. 더 정확히 말해 내가 귀를 기울이지 않는다. 그리고 주변의 목소리들이 윙윙 울리고 웅성대는 소음으로 불분명해진다. 나는 날카로운 아이들의 목소리에만 반응한다. 그럴 때마다 안톤이나 알리사의 목소리인가 해서 항상 주위를 두리번거린다. 집에서 나는 대부분 침대에 누워 있다.

시험 두 과목을 망쳤다. — 역사와 수학. 두 과목 담당 선생님들이 수업이 끝나고 나에게 와서 반년 동안의 점수에 그 시험을 고려하지 않겠다고 했다. 나는 선생님들의 말이 무슨 뜻인지 즉시 알아들을 수 없었다. 왜냐하면 나는 두 과목의 책을 아예 펼쳐 보지도 않았기 때문이다.

나는 선생님들을 쳐다보지 않았다. 그런 눈이 싫다. 나를 걱정하고 불쌍해하며 훑어보는 눈은 더욱 싫다. 선생님들은 내가 나갈 때 그런 눈으로 쳐다본다. 나는 그게 싫다.

투명 인간이 되고 싶다. 하지만 그건 엄마가 좋아하지 않을 거다. 엄마는 항상 말했다. 사람은 사람을 보고, 듣고, 체취를 느껴야 한다고.

그럴 때마다 나는 항상 '바딤보다는 덜 냄새를 풍겨도 된다'고 대답했다. 그는 물에 알레르기가 있나?

내가 어렸을 때 언젠가 학교에 있는 게 지루해서 벌떡 일어나 집에 와 버린 적이 있었다고 엄마가 말했다.

나는 지루하지 않다. 하지만 두 시간 일찍 집에 간다. 의자에 앉아 그대로 굳어 버릴 것 같은 두려움 때문이다. 안톤과 달리 나에게는 다시금 생활로 이끌어 줄 누이가 없다.

나는 내 자신이 누이고 언니다.

나는 회색 안개를 뚫고 전차를 타고 집으로 간다. 배낭에 신발 끈으로 묶어 놓은 운동화가 흔들린다. 배낭의 측면 주머니에 돌돌 말린 신문이 꽂혀 있다.

전차의 좌석 밑에서 난방 기능이 나온다. 나는 자리를 옮기지 못한다.

하지만 난방이 너무 뜨거워 아무튼 다른 방법을 찾아야 한다. 그래서 신문을 꺼내 활짝 펼친다. 나는 지역 신문만 따로 가려내지 않고 두툼한 뭉치 전부를 줄곧 들고 다닌다. 그냥 그렇게 한다. 신문지가 너덜너덜해져서 찢어진다.

바딤의 사진을 매일 여러 번 들여다본다. 그럴 때마다 참을 수 없이 몸이 근질거린다. 더는 근질거림을 없앨 수 없다. 그리고 그게 회색 안개에서 나를 끌어내는 유일한 것이다. 그것이 내가 가지고 있는 계획과 꿈만으로는 되지 않는다는 것을 일깨워 준다.

멍청한, 뇌가 없는, 맹목적이고 어리석은 여자, 당신

은 신문마다 간행 요목이 있다는 말을 들어 봤어? 거기에 무엇이 나와 있는지 알아? 내가 생각한다.

간행 요목에는 특히 주소가 나와 있다.

나는 전차에서 내려 마침 반대편에서 오는 전차를 탄다. 나는 중앙역까지 간다. 그곳에서 자동판매기로 차표를 사고 프랑크푸르트로 가는 도시 고속전철의 냄새 나는 좌석에 앉는다.

지도 없이 어떻게든 가야 한다.

그건 조금도 문제되지 않는다. 프랑크푸르트 중앙역에 지도가 하나 붙어 있다. 나는 길을 잘 찾는다. 나는 마리아가 아니고, 지도를 잘 읽을 수 있다. 별것도 아니다. 지하철을 타고 세 개 역만 가면 된다.

나는 지금 내 앞에 있는 건물이 훨씬 더 웅장할 것이라고 상상했다.

넓지 않고 높은 회색 상자 같은 건물이다. 입구 위에 건물 이름이 파란색 글자로 붙어 있다. 나는 유리문을 지나 카운터 같은 곳에 선다. 카운터에 젊고 아름다운 여자가 앉아 내게 미소를 짓는다. 그녀 옆에 좀 더 나이가 있는 아름다운 여자가 앉아 통화를 하면서 역시 내 쪽을 보며 미소를 짓는다.

내 마음속에서 수줍음 같은 감정이 일어난다.

"안녕하세요, 뭘 도와드릴까요?" 수화기를 들고 있지 않은 여자가 말한다.

나는 헛기침을 한다. 아주 잠시, 내가 무엇 때문에 이곳에 왔는지 잊어버린다. 여자는 진득이 미소를 짓고 있다. 그녀는 땀난 내 손에 들려 있는 돌돌 말린 신문에 계속 시선을 준다.

이렇게 생긴 곳이구나, 내 머리에 스쳐 지나간다. 이곳에서 만들어지는구나. 나는 경외감을 느낀다.

"문의할 게 있는지요?" 여자는 긴장을 늦추지 않는다. 미소도 전혀 가시지 않는다.

나는 내 자신을 현재 이 순간으로 되돌아가라고 떠민다. 최근 며칠 동안 자주 그랬던 것처럼 계속 안개 속에서 헤매지 않도록.

"어떤 사람과 이야기하고 싶어요." 나는 말하며 스스로 움찔 놀란다. 놀랄 만큼 목소리가 크게 나왔기 때문이다.

"정확히 어떤 사람이 있나요?"

"네. 수잔네 말러요."

"약속을 하셨어요?"

"아니오." 나는 대답하며 침을 꿀꺽 삼킨다.

"잠깐만요." 여자는 눈을 내리깔고 수화기를 집는다. 그녀는 작은 진주 귀걸이를 단 왼쪽 귀에 수화기를 대고 나를 다시 쳐다본다. 그녀가 뭔가 묻지만, 나는 그새 벌써 주의를 딴 데로 돌리고 있었다.

"뭐?" 나는 안톤처럼 묻는다. 그래서 내가 안톤의 틀린 말을 고쳐 주듯 내 말을 고친다.

"뭐라고요?"

"이름이 어떻게 되시죠?"

"사샤. 사샤 나이만. 저는… 저는 바딤 E.의 의붓딸이라고 전해 주세요."

"바딤 E.요? 사샤 나이만이라고요? 알겠습니다."

여자는 전화번호를 누르고 말하기 시작한다. 나는 그녀의 입술 움직임을 지켜보며 배낭에 매달린 운동화를 진자처럼 흔든다.

전화를 거는 여자가 목소리를 높이며 내 쪽을 쳐다본다. "바딤 E.라고 하셨어요? 사샤 나이만?"

"네."

이제 그녀는 잠시 듣고 나서 수화기를 내려놓는다.

나는 나를 당장 데리고 나갈 보안요원이 오나 해서 주위를 둘러본다.

바보 같은 생각이겠지만 마치 내가 신성 모독을 계획한 성전에 들어와 있는 기분이다.

여자는 벌써 또다시 내게 말을 건다. 나는 첫 부분을 알아듣지 못한다.

"말러 씨가 곧 당신을 데리러 온다고 합니다."

"데리러 와요?" 나는 잠시 흠칫 놀란다. 하지만 안내 데스크의 여자는 내 상상을 전혀 짐작할 수 없다.

"네. 즉시 말러 씨가 아래로 내려온답니다. 안 그러면 제가 당신을 응접실로 안내했겠지만, 이제 그럴 필요가 없네요."

"응접실이요?" 나는 바보같이 묻는다. 그리고 그때 측면에서 문이 열리고 그들이 보인다. 두 사람이다.

나는 누가 수잔네 말러인지 당장 알아본다. 다른 사람은 남자이기 때문이다. 나는 서서히 다가오면서도 상대적으로 한참 위에 있는 남자의 얼굴을 쳐다본다.

키가 큰 남자다. 아직 늙지 않았는데도 머리카락이 완전히 셌다. 청바지와 하얀색 셔츠, 그리고 그 위에 남색 재킷.

나는 남자들이 싫어. 내가 넋을 놓고 생각한다. 내가 남자를 싫어해?

그가 내게 손을 내민다. "나이만 씨?"

나는 고개를 끄덕이고, 문득 악수를 하는 게 좋겠다는 생각이 든다. 나는 축축한 오른손을 청바지에 닦고 그의 손가락을 가볍게 잡는다. 그가 악수를 하면서 소개하는 이름을 알아듣지 못한다. 이어 수잔네 말러와 악수를 한다. 그녀의 손은 차갑고 부드럽고 핸드크림을 바른 것 같다.

"이쪽이 말러 씨입니다." 남자가 말한다.

"그렇다고 생각했어요." 나는 쉰 목소리로 말한다.

말러는 키가 나와 비슷하다. 그녀는 이십 대 후반, 혹은 삼십 대 초반일 것도 같다. 그녀의 짧은 검은 머리가 살짝 곱슬머리로 보인다. 무척 빨간 입술, 눈을 살짝 찌푸리고 있다. 그녀는 몸에 딱 달라붙는 크림색 윗옷에 검은색 바지를 입고 있다. 무척 예쁜 얼굴이지만 자세히 들여다볼수록 얼굴이 미워진다. 허리 부분까지 흠잡을 데 없이 완벽해 보이고, 그 아래는 적정선보다 더 평퍼짐하다.

나는 그녀의 눈을 보고 알아챈다. 두려움이다. 그녀는 두려움을 숨기려고 눈을 더욱 찌푸리고 턱을 쳐든다.

대체 그녀는 무엇을 두려워하고 있을까, 나는 멍하게 생각한다. 그녀의 인생에 벌써 어떤 일이 일어났을까? 그러자 번뜩 깨달음이 특급열차처럼 빠르게 내 앞을 스치고 다시 지평선으로 사라진다. 그녀는 내가 불만을 토로하리라 생각한다. 이제 이해가 간다. 나는 사전 경고도 없이 찾아오고, 공격적으로 보인다.

사실 그녀의 생각이 전적으로 옳다.

말러와 남자는 나를 그들의 가운데에 두고 같이 엘리베이터를 탄다. 무례하게 보일지 모르지만 나는 입을 다물고 있다. 말러는 나에게 웃어 보이려 한다. 나는 정신을 집중하려고 애쓰면서 그녀를 보지 않는다. 나는 남자를 쳐다본다. 남자는 엘리베이터 버튼의 숫자에 새삼 흥미를 보이며 유심히 들여다본다.

남자가 내 기분을 파악한 것 같은 태도를 보이는군,

내가 생각한다. 상황이 이런 식으로 전개되면 내가 정신을 집중할 수 없게 될 거야. 하지만 나는 이 남자와 말러에게 뭔가 말해야 해. 이것도 못하면 어떻게 바딤을 죽이겠다는 기야?

그들은 나를 큰 창문이 있는 정사각형의 방으로 데리고 간다. 방 가운데에 원탁이 있다. 원탁에 찻주전자, 찻잔 세 개, 물병과 컵. 그 밖에 비스킷 접시.

남자가 의자 등받이를 잡고 끌어당긴다.

그런데 그가 앉지 않고 내게 앉으라고 하고는 원탁을 빙 돌아서 나와 비스듬한 방향에 앉는다.

말러는 앉을 의자를 직접 끌어와야 했다. 그녀의 얼굴에 당황한 빛이 역력해서 벌써 안타까운 생각이 든다. 내가 준비해 온 말을 조금 바꾸어야겠다는 생각이 든다.

"그럼, 나이만 씨. 마음에 담고 있는 게 무엇입니까?"
우리가 다 자리에 앉자 남자가 입을 연다.

또 그놈의 마음 타령이네. 나는 짜증나서 생각한다. 그런데 나는 평생토록 누가 나를 "나이만 씨"라고 부르는 소리를 들어 본 적이 한 번도 없다. 오늘까지. 게다가 연달아 몇 번씩. 혹시 내 뒤에 나이만이라는 다른 여자가 서 있는 건 아닌지 뒤돌아보고 확인했으면 싶다.

남자가 나를 유심히 쳐다본다. 말러는 의자에 앉아 몸을 약간 달싹댄다.

나는 배낭에서 신문을 꺼내 펼친다. 바딤의 얼굴이 내 눈앞에 놓인다. 나는 그 위에 주먹을 얹는다.

"나는 이것 때문에 왔어요. 이 기사를 읽었어요." 내가 말한다.

"말러 씨의 기사 때문에 왔다고요?" 남자가 날카롭게 요약한다.

나는 고개를 끄덕인다.

"기사를 어떻게 생각하십니까?" 그가 묻는다.

"사기죠." 내가 말한다.

말러는 웃어 보려고 하지만 실패한다. 내가 그녀를 본다.

"미안합니다. 당신을 개인적으로 공격할 뜻은 없어요. 하지만 당신이 쓴 기사와 관련되었을 경우는 물론 공격을 하지 않기가 어렵겠지요. 당신은 틀림없이 훌륭한 저널리스트겠지요. 하지만 이 기사는… 이 기사는 있을 수 없는 거예요. 당신이 그를 인간으로 생각하고 대화를 나눈다는 것은 있을 수 없는 일이죠. 당신이 그 대화를 무턱대고 그냥 쓸 수는 없어요. 그는 우리 엄마 그리고 또 하나의 사랑하는 사람을 총으로 쏘아 죽였어요. 무턱대고 그냥요. 그게 바로 그의 방식이에요. 그가 사람들을 대하는 방식이라고요. 만일 당신이 사전에 준비를 했다면, 당신이 법정 공판의 보고를 읽었다면 무슨 일이 일어났었는지 정확하게 알았겠죠. 그는 당신이 만난 사람들 가운데 가장 비루하고, 더럽고, 역겨운 인간쓰레기예요. 당신은 그의 편지가 인상 깊다고 썼더군요. 아니면 그림이었나. 그런 걸 읽을 때 내속에서 어떤 감정이 끓어오를지 한번 생각해 본 적이 있어요?"

말러는 립스틱을 빨갛게 칠한 입을 열고 수십만 독자가 어쩌고 하며 말을 꺼낸다. 그녀는 말을 하다 말고 끊는다. 나는 그녀를 쳐다보지만 왜 그녀가 입을 다물었는지 알지 못한다. 어쩌면 남자의 눈짓이 그녀의 입을 다물게 했을 수 있다. 아무튼 이 둘의 눈동자에 철사같이 팽팽한 연결선이 존재한다. 어쩌면 가시철조망 같은 것일지도.

내가 그들 사이에 직접적으로 끼여 있지 않아 다행이다.

"어떻게 말해야 할지 모르겠어요." 내가 말한다.

"짐작건대 내 생각을 당신에게 제대로 전달할 수 없을 것 같아요. 하지만 히틀러가 아직 살아 있다면 당신은 그도 찾아가서 그의 그림을 좋다고 할 건가요?"

나는 방금 너무 쓸데없는 말을 했음을 깨닫고 고개를 숙인다.

"나는…." 말러가 말을 하려다 말고 다시 입을 다문다.

"나이만 씨." 남자가 나지막이 말한다. 나는 깜짝 놀라 고개를 들고 그의 눈을 똑바로 쳐다본다. 그의 눈은 내가 그 속에 빠져 참으로 절망적으로 허우적대던 안개처럼 회색이다. "나이만 씨, 지금 내 마음에 일어나는 것을 전달하는 일도 마찬가지로 제대로 되지 않을 것 같습니다. 말은 공허한 것이라고 하죠. 진부한 표현이지만 안타깝게도 대체로 그렇습니다. 내가 바라는 것은 다만, 내가 당신의 감정을 충분히 이해한다는 것을 조금이라도 믿어 주었으면 하는 겁니다."

"내가 믿을 수 없는 무언가가 있다면, 그건 바로 당신도 내 감정을 털끝만큼이나마 이해할 수 있다는 거예요." 나도 마찬가지로 나지막이 말한다.

깜짝 놀란 말러의 입에서 "오"라는 감탄사가 불쑥 나온다. 동그란 입이 아주 잘 어울린다. 나는 잠시 그녀를 쳐다보다 다시 눈길을 거둔다. 남자가 고개를 끄덕인다.

"그 말에 대해서도 내가 당신에게 반박할 말이 별로 없습니다. 그 사건을 묘사하려는 모든 시도가 실패할 뿐이죠. 내가 '비극'이라는 단어를 입에 올리는 것조차 당신의 운명을 주제넘게 단어의 껍데기로 포장하는 일인 것 같습니다. 그건 당신의 운명에 결코 옳지 않은 것이지요."

"그 점에 있어서는 당신이 전적으로 옳아요." 나는 말한다.

"하지만 내가 무슨 말이든 해야만 하겠지요." 그가 말한다. 그리고 그 말이 절망적이고 무기력하게 들린다. 이제 말러는 나를 쳐다보지 않고 그를 쳐다본다.

그는 말러를 쳐다보며 고갯짓을 한다. 그녀가 일어

나 의자를 다시 밀어 넣고 억지로 웃음을 띠고 "또 만나요. 모든 게 잘되길 바랍니다."라고 하고 자리를 뜬다. 나는 놀라서 그녀를 지켜본다.

"사실, 나는 그녀와 담판 지으려 했어요." 내가 침묵을 깨고 말한다.

남자가 의자에 몸을 기대고 탁자에 손을 올려놓는다. "그녀에게 어떤 말을 하려고 했습니까?"

"그녀의 기사가 뻔뻔하고 거지 같았다고요."

"그건 이미 밝히지 않았습니까. 뿐만 아니라." 그는 뜸을 들이며 그와 나 사이에 있는 비스킷 접시를 민다. "뿐만 아니라 그녀도 이미 알고 있습니다."

"네? 뭐라고요?"

"그녀가 안다고요. 내가 이미 그 말을 했으니까요."

나는 쿠키를 자세히 쳐다본다. 네모난 쿠키, 초콜릿을 입힌 동그란 쿠키, 버터 쿠키, 과일 잼이 든 별 모양 쿠키, 소용돌이 모양의 쿠키가 있다.

"쿠키 좀 들어요. 마실 것을 드릴까요? 커피? 아니면 생수? 매점에 콜라도 있는데 내가 가져올 수 있어요." 그가 말한다.

나는 고개를 젓는다.

"편집에 대해 문외한인 사람들에게는 결코 이야기하지 않을 내용을 당신에게 알려 주고 싶어요." 남자가 말하며 동그란 쿠키를 하나 집는다.

"그러면 당신은 말러 씨가 우리 대화에 계속 참석하지 않는 이유를 좀 더 이해할 수 있을지도 모릅니다. 그리고 당신이 더는 그렇게… 너무 부당하다고 생각지 않을지도 모릅니다. 말러 씨는 수습기자입니다. 다시 말해 그녀가 우리 신문사에서 막 저널리스트 교육을 받기 시작했다는 뜻이죠. 그리고 ─ 지금 이건 정말 절대적으로 우리끼리 하는 말입니다. ─ 그녀는 우수한 수습기자가 아닙니다. 괜찮은 정도에도 미치지 못해요."

내가 그를 쳐다본다. 그는 쿠키를 한 입 베어 먹고 남은 조각을 손가락으로 돌린다.

"그 기사가 신문에 났을 때 나는 여행 중이었습니다." 남자가 말한다. "말러 씨는 그 기사를 교도소 방문 후에 흥분한 상태에서 재빨리 작성했고, 신문에 지면이 남아 있던 관계로 곧바로 다음 날 신문 기사로 채택되었습니다. 그래서 신문에 났죠. 당신에게 정보를 드리자면,

수습기자가 작성한 텍스트는 반드시 편집자가 읽습니다. 그리고 필요한 경우에 개작해야 합니다. 그런데 우리 신문사의 엄격한 규정 내에도 약간의 재량권이 있어요. 교정 없이 즉시 인쇄할 수 있는 것이죠. 각자의 상이한 여러 취향 문제나 시간적 촉박 등등 기타 수많은 요소는 차치하고 말입니다. 내가 시인할 수밖에 없는 건, 담당자가 그 기사의 편집 과정에서 세심하게 살피지 않았다는 사실입니다. 이 경우는 편집 과정이라는 것도 사실 완곡한 표현이죠. 왜냐하면 말러 씨의 기사에는 단지 몇몇 결함만 있었던 게 아니기 때문입니다. 그 주제를 반드시 택해야 했었다면 그런 식으로 써서는 안 되죠. 기사는 완전히 다르게 작성되었어야 했어요. 말러 씨가 기자로서 완전히 부적격자가 아닌가 하는 걱정입니다. 그녀의 기사는 용납될 수 없는 것입니다. 더욱이 당사자인 당신에게는 절대적으로 용납될 수 없는 것이죠. 그 부분에 있어서는 더는 할 말이 없습니다."

나는 마치 한 입 베어 먹은 쿠키가 빙글빙글 도는 것에 최면이 걸린 듯 잠자코 듣는다.

"결국 나는 당신을 상대로 내가 책임질 수 없는 일에 대한 책임을 져야 합니다. 당신이 우리를 계속해서 비난하는 것도 전적으로 당연합니다."

"왜 당신이 그래야 하죠?" 내가 묻는다.

"네?"

"왜 당신이 책임을 져야 하죠?"

"내가 신문사의 관할 국장이기 때문입니다." 남자는 무표정하게 말한다. "내가 이른바 지역란 편집부를 이끌고 있어요. 내가 휴가에서 돌아온 후 말러 씨는 작성한 기사 때문에 나에게 많은 소리를 들어야 했습니다. 기사를 실은 동료도 마찬가지였어요. 그래서 당신이 우리를 예고 없이 찾아온 것에 그녀가 좀 긴장했습니다. 나는 말러 씨에게 이미 이런 말도 했어요. '내가 우리 신문이 널리 퍼지지 않기를 바라는 것은 이번이 처음입니다. 또한 희생자 가족들이 마구잡이로 쓴 당신의 기사를 제발 읽지 않기를 바랍니다.' 그런데 내 소원이 이루어지지 않았군요. 정말 진심으로 사죄합니다."

그는 쿠키를 모두 입에 넣고 나를 보며 미소 지었다. 일그러진 미소였다. 쿠키에 의해 왼쪽 뺨이 불룩해졌기 때문이다.

입에 쿠키가 가득한 채로 그가 불쑥 말한다. "참으로 유감입니다. 나는 이 년 전에 보도된 신문 기사들을 쭉 지켜보았습니다. 직업상의 이유에서만은 아니었어요. 그 사건은 내 마음속에 경악과 당혹의 감정을 일게 했습니다. 그건 내가 지금까지 일을 하면서 겪어 온 것을 훨씬 초월하는 감정이었습니다. 참으로 유감입니다."

나는 고개를 끄덕인다.

이후 우리는 한동안 침묵한다. 나는 그가 쿠키를 씹고 꿀꺽하고 삼키는 소리를 듣는다. 이어 그는 커피를 따르고 생크림을 얹는다.

"내가 당신을 위해 어떤 일을 할 수 있습니까, 사샤? 이 또한 상투적으로 들릴지 모르겠습니다만. 당신의 생활이 어떻게든 좀 더 나아질 수 있도록 내가 아주 많은 노력을 기울이겠습니다. 내가 무엇을 해 드리면 좋을지, 혹시 생각한 게 있습니까?" 그가 묻는다.

나는 곰곰이 생각해 보려 한다. 실제로 어떤 생각이 있는 건 아니다. 하지만 예외적으로 너무 멍청해 보이지 않는 대답을 하고 싶다. 이 공간에서 내가 할 수 있는 가장 똑똑한 행동은 침묵이었다.

내 시야에 글자가 적힌 하얀 직사각형이 나타난다. 나는 손을 뻗는다. 손바닥에 직사각형이 놓인다.

나는 생각한다. 나이만 씨, 글을 읽을 줄은 알잖아. 너는 네 살 때 스스로 읽은 법을 깨우쳤어. 그 이후 손에 들어오는 건 죄다 읽었어.

이제 제발 읽어라.

그래서 나는 읽는다. 폴커 트레부어, 관할 국장, 지역 신문 편집, 주소, 전화번호, 이메일, 주소, 개인 전화번호.

나는 의아한 표정으로 남자를 쳐다본다.

"내가 당신을 위해 무엇을 하면 좋을지 생각나면 전화 주세요. 잠깐만요. 거기에 내 핸드폰 번호가 없군요." 그가 말한다. 그는 가슴팍 주머니에서 볼펜을 꺼내고, 내 손에 있는 하얀 직사각형을 가져가서 숫자를 적고는 조그만 카드를 내 손가락 사이에 어렵사리 다시 끼워 넣는다.

나는 명함을 바지 주머니에 집어넣으려 한다. 그러자면 일어서야 한다. 카드가 바닥에 떨어져 나는 몸을 숙이고 명함을 잡은 손을 꽉 주먹 쥔다.

"그럴 거죠?" 남자가 묻는다.

"네? 뭐라고요?"

"잘 생각해 보세요."

"생각이 떠오를지 모르겠네요. 제가 별로 창조적이지 못해서요." 내가 중얼거린다.

"내가 보기엔 그렇지 않은데요."

"마음대로 생각하세요." 나는 배낭을 어깨에 멘다. 남자가 황급히 일어난다.

"나를 여기로 데려와 주어서 고마웠어요. 나를 진지하게 대해 주었다는 기분이 들어요. 이제 갈게요." 내가 말한다.

"아래까지 배웅해 드릴게요." 그가 말하며 문을 열어 준다. 우리는 말없이 엘리베이터를 탄다. 내 주먹 속에서 명함이 사로잡힌 나비처럼 버둥댄다. 어쩌면 내 손이 떨리기 때문에 그냥 그런 느낌이 드는 건지도 모른다.

유리문 앞에서 나는 다시 한 번 남자 쪽을 향한다. 나는 조금 초조하게 악수를 기대한다. 나는 악수하는 것을 좋아하지 않는다. 앞으로도 익숙해지지 않을 것 같다.

그러나 작별의 악수는 없다. 남자가 잠시 내 어깨에 손을 얹고 말한다. "또 봐요."

"또 봐요." 내가 메아리처럼 되풀이한다.

나는 지하철, 도시 고속전철, 전차를 탄다. 내 손에 있는 명함이 조금 안정을 찾는다. 나는 다른 손으로 집의 문을 열고, 배낭을 현관에 걸려 있는 외투 아래로 휙 던진다.

그러고는 본다. ─ 신발을.

내가 신발에 걸려 비틀거리지 않았으면 알아채지 못했을 것이다. 신발 끈이 축 늘어진, 크고 지저분한 가죽 신발이다.

이건 뭐야, 나는 느릿느릿 생각하며 발로 밀어 신발을 옆으로 치운다. 나는 곧장 방으로 가려고 한다. 하지만 방문턱에 선 나는 다시 돌아서서 저쪽에 있는 신발을 본다.

이건 뭐 일종의 수수께끼군. 배, 바나나, 사과, 전기톱. 어떤 물건이 나머지 셋과 어울리지 않을까? 내가 생각한다.

회색 안개도 사실은 아주 아름답구나. 내가 생각한

다. 무릇 회색은 아름다운 색이다. 회색은 오랜 세월 하찮게 여겨지고, 무시당하고, 악명 높았다. 하지만 나는 앞으로 회색과 친해질 생각이다.

"마리아. 여기 신발이 있어!" 내가 소리를 지른다. 나 스스로 깜짝 놀란다.

대답은 빠르게, 아주 높은 목소리로, 왠지 놀라서, 큰 소리로, 단어로는 "어머!"로 들린다.

"뭐가 '어머'야?" 나는 공격적으로 묻는다.

부엌문에 마리아가 나타난다. 살구색 레깅스와 꽃무늬 블라우스를 입은 마리아가 금발의 곱슬머리를 황급히 매만진다.

"사샤. 오늘 왜 이렇게 일찍이야. 우리는… 아니, 나는 네가 올 줄은 전혀 생각지 못했는데." 마리아가 말하며 눈을 휘둥그렇게 뜬다.

"어째서 일찍이라는 거야? 일찍 온 게 아니잖아!" 내가 말한다.

"금요일에 항상 방가 후 공부가 있잖아." 마리아가 재빨리 말한다.

"방과 후." 나는 틀린 말을 고쳐 주고 마리아의 말이 맞는 것을 깨닫고 깜짝 놀란다. 금요일에는 오후 늦게까지 방과 후 철학 공부가 있다. 내가 잊어버렸던 것이다. "그래서 뭐? 내가 집에 오고 싶을 때 오지도 못해?" 내가 묻는다.

"아니, 아니. 물론, 물론이지." 마리아가 황급히 말한다.

어쩐지 마리아가 오늘 너무 창백해 보이는데. 내가 생각한다.

전기톱이 정답이다. 전기톱이 네 가지 물건 가운데 썩지 않는 유일한 것이다.

이제 나는 내 방으로 들어가지 않고 부엌으로 간다. 마리아가 가로막지만 내가 소리를 빽 지르자 결국 길을 터 준다. 나는 성큼성큼 걸어 들어가 드디어 위대한 깨달음을 얻는다.

우리 식탁에 그리고리가 앉아 있다. 안나의 친구 안젤라의 아버지다. 나는 그와 안면만 있다. 그러나 우리는 항상 인사를 주고받는다. 그는 작고 가냘프고, 검은 콧수염에 군데군데 흰머리가 섞이고 헝클어진 머리를 하고 있다. 트레이닝 바지를 입은 그가 찻잔 뒤로 몸을 숨기려 한다. 찻잔은 아주 크지만 그의 시도는 실패한다. 찻잔에서 김이 오른다. 그리고리는 마멀레이드 잼 그릇에 담겨 있는 찻숟가락을 꽉 부여잡고 있다. 이 정물화에 케이크와 동그란 빵이 담긴 접시가 곁들여진다.

"안녕하세요, 아저씨." 내가 기계적으로 말한다.

그리고리는 찻숟가락을 입에 넣고 핥는다. 아마 자기도 모르게 하는 전위 행동인 것 같다. "사샤, 안녕." 그가 재빨리 말한다. 어디서 버스럭대는 낯선 소리가 들린다. 나는 그게 식탁 밑에서 파란 양말의 그리고리의 발이 더듬는 소리임을 알아챌 때까지 이마를 찌푸리고 있다. 신발을 찾는 모양이다.

"신발은 복도에 있어요." 나는 꽤나 느긋하게 말한다. "아니면 혹시 벌써 우리 집에 아저씨의 전용 슬리퍼가 있기라도 한가요. 제발 내 슬리퍼를 신고 있다는 말은 하지 마세요. 지금까지 우리가 여기서 마주친 적은 한 번도 없었잖아요."

"네가 잘못 생각한 거야, 사샤." 그가 말한다. 그 말이 나의 분노를 확 끓어오르게 만든다. 왜냐하면 나는 사람들이 비논리적으로 아무렇게나 지껄이는 게 제일 싫기 때문이다.

"내가 정확히 무엇을 잘못 생각했어요?" 내가 묻는다. 마리아는 정오의 그림자처럼 싹 사라졌다가 그리고리의 신발을 들고 그만큼 재빨리 다시 나타나더니 섬기듯이 그의 발 앞에 신발을 내려놓는다.

"아예 신겨 주지 그래. 기왕 내친김에." 나는 벽에 대고 말한다.

그리고리는 신발 끈을 매려고 의자에서 내려와 쪼그리고 앉는다.

"사샤, 네가 지금 이러는 건 옳지 않아." 그가 말하며 주름진 얼굴을 쳐들고 나를 본다.

"뭐가 옳지 않아요?" 나는 꽤 큰 소리로 묻는다. 내가 벌컥 큰 소리를 내는 이유는 갑작스럽고 껄끄러운 연민이 내 분노를 밀어내기 때문이다. 내게 연민 따위 없어. 엄마의 유전자. 그것도 완전히 뜬금없는 순간에. 내가 생각한다.

그보다 차라리 엄마의 아름다운 눈을 가질 수는 없을까?

제발?

그리고리가 몸을 일으킨다. 그는 나보다 키가 작아서 일어서서도 나를 올려다보아야 한다. 그래서 그는 나를 올려다본다.

"뭐요? 내가 좀 전에 무슨 말을 했지? 안젤라는 어떻게 지내요? 걔를 본 지 한참 되었네요." 내가 묻는다.

"안젤라는 요즘 잘 지내지 못해. 사랑니를 뽑았는데 엉터리로 해 놓았는지 아이의 뺨이 일주일 내내 퉁퉁 부어 있어. 빨대로만 겨우 마실 수 있어. 아무것도 먹지 못하니 조금이라도 살이 빠진 게 아이의 유일한 낙이지. 안젤라는 몇 년 전부터 날씬한 애들이라면 죄다 부러워해. 특히 너처럼 말이야." 그리고리가 말한다.

나는 뭐라고 중얼거린다.

"내가 안젤라에게 바나나우유를 만들어 줘. 핸드 블렌더로 갈아서. 바나나우유는 차갑고 영양이 풍부해. 그건 안젤라가 마실 수 있지. 안젤라는 우유가 이제 목구멍까지 꽉 찼다고 투덜대. 하지만 내가 무슨 마법을 부려 퉁퉁 부은 붓기를 없앨 수는 없잖아!" 그리고리가 말하며 나를 올려다본다.

"안젤라의 이가 아파서 정말 안됐네요. 그런 줄 전혀

몰랐어요." 나는 진심을 담아 말한다.

그리고리는 어깨를 으쓱해 보이고 발을 질질 끌며 나간다. 마리아는 그를 따라 복도로 간다. 두 사람은 서로 아무 말도 하지 않는다. 마리아가 연보라색 트레이닝복을 입은 그의 굽은 등을 물끄러미 본다. 그가 나가고 마리아가 문을 닫는다. 어쩌면 그때 두 사람은 잠시 눈길을 교환할 기회를 가질 것이다.

그러고 나서 마리아는 나를 지나쳐 부엌으로 돌아간다. 나는 한동안 복도에 서 있다가 마리아에게 간다.

마리아는 식탁에 앉아 찻숟가락으로 마멀레이드를 젓고 있다.

"왜 정식으로 작별 인사를 하지 않아? 아무튼 난 관심 없지만. 당신네들 세대는 인사를 그렇게 해? 작별의 키스도 안 하고, 잘 가라는 말도 안 해?" 내가 흥분해서 묻는다.

마리아는 대답하지 않는다.

"벌써 얼마나 오래된 사이야?" 내가 묻는다.

마리아가 나를 올려다본다. 그녀의 작고 파란 눈에 눈물이 글썽인다.

"울지 마." 내가 경고조로 말한다. "그리고 내 동생들은 어디 있어?"

"알리사는 카차네 있어." 마리아가 얼른 대답한다.

"걔가 누구야?"

"알리사의 친구. 사 층에 살아. 둘이 자주 같이 놀아."

"그 애들이 요즘 자주 같이 논다는 거, 난 전혀 모르는 얘긴데."

"그리고 안톤은 축구 방가후를 하느라 학교에 있어."

"방과 후 수업의 줄임말이라니까."

"수업? 축구하고 수업하고 무슨 상관이 있지?"

나는 어깨를 으쓱해 보인다.

"사샤, 나는 아이들을 친자식처럼 생각하고 돌보고 있어. 실제로 내 아이들이기도 하고." 마리아가 애원하며 말한다.

"마리아의 자식이 아냐." 나는 딱 잘라 말한다.

"나는 결코 아이들을 소홀히 한 적이 없어. 나에게는 아이들이 일순위야. 나는 아이들에게 좋지 않은 일은 절대로 하지 않아."

"아이들을 밖에 내보내 놓고 집에서 남자와 그 짓거

리를 하고 있었잖아! 고맙게도 나는 일찍 집에 오지 않으니까! 만일 내가 두 사람이 그러고 있는 걸 목격했으면, 그 완고한 노인네가 신발만 안 신은 게 아니라 더러운 바지도 안 입고 있는 꼴을 봤다면 난 구역질을 그치치 못했을 거야!" 내가 소리를 지른다.

"네가 지금 이러는 거, 옳지 않아." 마리아가 슬프게 말한다. 나는 이 말을 오늘 집에서 이미 들었다는 게 떠오른다. 나는 돌아서서 내 방으로 간다. 침대에 몸을 던지고 베개에 얼굴을 파묻는다. 토할 것 같다.

내가 방금 쾅 닫은 문이 조용히 다시 열린다. "나가!" 내가 소리를 빽 지른다.

"사샤. 도대체 내가 진짜 뭘 잘못했니?" 마리아가 나지막이 말한다.

나는 벌떡 일어나 앉는다. 마리아는 마치 우리 속의 사자 위에 올라타는 사람처럼 조심스럽게 천천히 더 가까이 다가온다. 그리고 그녀는 침대 모서리에 앉는다. 거리가 너무 가까워 내가 마리아의 향수 냄새를 맡을 수밖에 없다. 향수 냄새에 속이 더 울렁거린다.

"사샤, 그는 무척 다정한 사람이야. 좋은 남자야."

"듣고 싶지 않아. 그딴 거 관심 없어." 내가 말한다.

"그런 게 아니야. 그러니까… 그러니까 오로지 그거 땜에… 잠자는 거 때문이 아니야." 마리아가 얼굴을 붉힌다. "하지만, 넌 다 큰 소녀니까. 그 일도 안 중요한 건 아니지."

"마리아. 내 방에서 나가. 섹스 어쩌고 하면서 나를 괴롭히지 말고. 난 비위가 약해." 내가 피곤한 투로 말한다.

"사람이 혼자 있는 게 어떤 건지 아니?" 마리아가 묻는다.

나는 그녀를 똑바로 쳐다본다. "누가 혼자야?"

"나." 마리아는 놀라서 말한다. 내가 너무도 당연한 것을 물었다는 듯이. "나는 진심으로 여기서 너희들과 함께 살면서 살림살이를 하고 싶어. 아이들도 진짜 소중하고. 하지만 사샤, 나는 성인 여자야."

문득 그녀가 쉰 살이 아니라 겨우 서른일곱 살이라는 생각이 떠오른다.

"브루투스, 너마저?" 내가 씁쓸하게 말한다. "성인 여자들은 대체 왜 그러는 거야? 왜 쭈글쭈글한 거시기를… 뭐, 내가 뭘 말하는지는 알겠지. 여자들은 그런 거 없이 가만히 살 수는 없어? 나는 마리아를 믿었어. 난 우리가 마리아의 가족이라고 생각했어."

"너희들은 내 가족이야." 마리아가 말한다.

"내가 그걸 진작 알았어야 했어. 마리아는 우리 땜에 이리로 온 게 아니었어. 이곳에서 남자를 찾으려 했던 거지. 노보시비르스크에서 구할 수 있는 남자보다 더 좋은 남자를 만나려는 목적이었지. 그런데 여기서 그리고리보다 더 좋은 남자를 전혀 찾지 못한 거야. 이젠 계획이 뭐야? 그 남자하고 결혼해서 집에서 나가려고? 아니면 그를 우리 집으로 들이려고? 아니면 그는 그냥 섹스하려고 잠시 들르는 거고, 마리아는 그 대가로 셔츠도 빨아 주어야 하는 거야?"

"못됐어. 네가 지금 말하는 거, 아주 못됐어." 마리아가 말한다.

"진실은 항상 못됐어. 여기 사람들은 이렇게 말해. 진실은 주먹보다 더 호되다고 말이야." 이 말은 내가 지금 즉흥적으로 만들어 냈다는 것을 마리아는 결코 알 수 없을 것이다.

"사샤, 들어 봐." 마리아는 말하며 회피하는 내 눈을 어떻게든 맞추려고 안간힘을 쓴다. "그리고리는 무척 좋은 사람이야. 그가 아주 오랫동안 홀아비로 살아온 건 어쩔 수 없었어. 게다가 그로서는 뚱뚱한 계집애를 데리고 사는 것도 쉽지 않은 일이야. 그는 자기 셔츠쯤은 스스로 빨 수 있어. 게다가 딸내미 안젤라의 치마까지도 다림질해. 그는 길이나 슈퍼마켓에서 나를 만나면 늘 나서서 도와주고, 나에게 많은 걸 설명해 주고……."

"…… 대체 내가 설명해 주지 않은 게 뭐가 있어?!"

"그가 우리 집에 찾아온 건 삼 개월이 되었어. 나는 그의 집에 가지 않아. 왜냐하면 내가 그의 딸을 좋아하지 않고, 그 애는 나를 더 싫어하기 때문에. 뿐만 아니라 나는 우리 집에 있는 게 더 좋아. 집에 있는 게 밖에 있는 것보다 좀 더 안전하다는 기분이 들어서. 내가 그에게 말했어. 아이들이 집에 없을 때만 오라고. 그도 그걸 지켜. 상황이 되면 내가 전화를 해. 나는 시간이 아주 많잖아."

"아이들이 집에 없을 때가 너무 드물어서 어쩌나."

내가 말한다. 그리고 마리아가 우는 것을 보고 깜짝 놀란다.

"왜 그래? 엉엉 울 이유가 있기라도 해?" 내가 화를 내며 묻는다.

마리아는 고개를 저으며 소매로 눈물을 닦는다. 그러더니 레깅스의 허리춤에 쑤셔 둔 커다란 꽃무늬 손수건을 꺼내 코를 팽 푼다. 그 소리가 중량급의 천둥소리처럼 울린다.

"나는 여기서 너무 외로워." 마리아는 손수건으로 얼굴을 가리고 숨을 헐떡인다. "이곳이 이처럼 끔찍하리라곤 미처 생각지 못했어. 이곳에선 내가 알아듣는 말이 하나도 없어. 텔레비전에서 나오는 말도 전혀 몰라. 우리 동네에 사는 몇몇 러시아 사람들은 모두 나를 아주 이상한 눈으로 쳐다봐. 그리고리만 늘 나를 친절하게 대할 뿐이지."

"동네 사람들이 왜 마리아를 이상한 눈으로 쳐다봐? 이곳에 오는 사람들 중에 한 명은 카자흐스탄 사람이잖아. 그런데 친구를 찾을 수가 없어?" 내가 놀라서 묻는다.

마리아는 물에 빠진 말처럼 고개를 세차게 흔든다. "아마 그 사건 때문인 것 같아."

"무슨 사건?" 내가 신경질적으로 묻는다.

"동네 사람들은 내가 그의 친척인 걸 알아. 그리고 너, 그거 아니? 사람들은 큰 불행을 겪은 가족을 피한다는 거 말이야. 그런 불행이 자기들에게 전염될 수 있다고 생각하는 것 같아. 노보시비르스크에서도 벌써 그랬어."

"노보시비르스크의 일이 나하고 무슨 상관이야." 나는 말하며 베개에 다시 눕는다.

"사샤, 나에게 화내지 마. 너는 네 지옥이 있고, 나는 내 지옥이 있어." 마리아가 말한다. 그리고 뜻밖에 위엄스레 덧붙인다. "그건 무거운 짐이지. 나는 그 짐을 짊어질 거야. 나는 아이들을 나 몰라라 하는 그런 여자가 아니야."

그리고 복도에서 그녀가 하는 말이 들린다. "그리고 리는 아주 사랑스러운 남자야."

빌어먹을, 베개를 가지고 스스로는 숨통을 막을 수 없다니. 도와 달라고 마리아를 불러야 하나? 내가 생각한다.

나는 이불을 뒤집어쓰고 한참 누운 채로 있다. 눈앞에 그리고리의 얼굴이 떠오른다. 그의 얼굴이 희미해지기 시작하면서 바딤의 얼굴로 대치된다. 나는 생각한다. 이제 또 그런 남자가 하나 나타났군. 맙소사, 여자들아, 남자 없이는 살 수 없는 거야? 너희 여자들은 왜 스스로에게 만족할 수 없지? 왜 그리고리나 바딤 따위의 남자에게 맞춰 살려고 해? 이 무슨 X-염색체에 대한 마조히즘이야?

초인종이 울리고 정적을 깨는 안톤의 밝은 목소리가 들린다. 삼십 분 후에 알리사의 날카로운 목소리가 더해진다.

나는 이불을 걷어 내고 책상에 있는 전화기를 쳐다본다.

나는 한 시간 전부터 그 생각을 해 왔다. 그리고 그 생각을 계속 몰아낸다. 내가 왜 이러고 있어야 하는지 도대체 알 수가 없다. 나는 혼잣말을 한다. ─ 그리고리 때문이야. 나는 그가 찾아오는 게 싫어. 어쩌면 마리아에게는 좋고 안톤과 알리사에게도 나쁘지 않을지도 모르지. 아무튼 나는 견딜 수 없어.

나는 무릎에 놓인 흰색 직사각형을 손으로 쓸며 전화 번호를 누른다. 지금은 적어도 여비서와라도 이야기를 나누고 싶은 생각이 든다.

나는 전화벨이 꽤 오래 울리게 놔둔다. 이제 전화를 끊을 생각이다. 전화가 음성 녹음으로 넘어가는 안내 멘트를 들은 후 끊고 나중에 다시 걸 것이다. 그때까지 전화할 마음이 사라지지 않는다면.

바로 그때 그가 전화를 받는다. 그는 막 뛰어왔는지 단숨에 자신을 밝힌다.

"안녕하세요." 내가 말한다. 순간적으로 당황스러움 이 덮쳐 온다.

"네?"

"사샤 나이만이에요." 내가 말한다. 이제 일은 벌어 졌다. 체면을 완전히 구기지 않은 채로 전화를 끊는 건 이미 글렀다.

꽤 오랫동안 저쪽에서 아무 소리도 들리지 않는다. 나는 손톱으로 명함을 박박 긁으며 알고 있는 온갖 저 주를 내 자신에게 퍼붓는다. 그러는 사이, 목소리가 다시 들려온다. 더 크고 더 편안한 목소리다.

"사샤? 뜻밖이군요. 이제 난 말할 수 있어요."

나는 하려던 말을 잊어버린다.

"별일 없어요? 아직 끊지 않았죠?" 그가 친절하게 묻
는다.

"네. 저기… 당신의 제안 때문에요." 내가 말한다.

"저의 뭐 때문이라고요?"

"무슨 문제가 있으면 연락하라고 했잖아요."

"아. 네, 물론이죠. 무슨 문제가 있습니까?" 그가 말
한다.

"전 집에 있을 수가 없어요." 내가 작정하고 말한다.

"왜요?" 그가 놀라서 묻는다.

"그런 일이 생겼어요." 내가 말한다.

"아, 네. 내가 뭘 해 주면 좋겠어요?"

나는 숨을 크게 들이쉰다. "제가 있을 데가 필요해요.
전 집을 나가야 해요, 적어도 며칠 동안." 내가 말한다.

이제 그는 꽤 오래 말이 없다. 나는 숫자를 센다. 10
까지, 15까지, 17을 세는데 그가 다시 말한다.

"호텔을 생각하고 있나요?" 그가 묻는다.

"상관없어요." 내가 말한다. 그리고 눈을 감고 혼란스러운 무언의 기도를 한다. 비록 종교를 가지지도 않았지만.

"아니면 혹시… 당신의 기분을 상하게 하려는 건 정말 아닙니다. 당신의 의향을 알고 싶어서 하는 말입니다만… 혹시 우리 집에 오는 건 어떻습니까?"

나는 눈을 번쩍 뜨고 딸꾹질이 나는 것을 꾹 참는다. "제가 그쪽의 집 상황이 어떤지 모르잖아요. 제 부탁이 너무 터무니없다고 생각하시면 솔직하게 그렇다고 하세요. 제가 어디로 가든지 그건 아무래도 상관없어요. 중요한 건, 반드시 집에서 묵지 않아도 된다는 거예요."

"우리 집에 손님방이 있어요." 그가 말한다. 그리고 "우리"라는 말이 내 귀에 아프게 꽂힌다. "내가 당신의 뜻을 오해하지 않는다는 것을 정말로 분명히 하고 싶습니다. 당신이 묵을 곳을 찾고 있고, 나에게 지원을 요청한다면 내 입장에서 쉽게 떠오르는 생각이라서요. 하지만 또 다른 가능성도 있어요."

"당신이 싫지 않다면 저는 쉽게 떠오르는 쪽으로 결정할 것 같아요." 내가 말한다. 갑자기 모든 게 아무래도 상관없다. "그런데 어디 사세요?"

"바트 조덴에 삽니다. 바로 그곳은 아니고요, 거기서 동쪽으로 조금 떨어진 곳이에요. 다섯 시 반쯤이나 되어야 내가 당신을 데리러 갈 수 있습니다. 오늘은 일을 조금 일찍 마치죠. 괜찮겠어요?" 그가 말한다.

나는 내 귀를 의심한다. "저를 데리러 오신다고요? 우리 집으로요? 어떻게?" 내가 묻는다. 그리고 지난 이 년 동안 가지지 못했던 행복감이 처음으로 뚜렷하게 느껴진다.

"그 후로 다른 데로 이사하지 않았지요? 당신이 대중교통을 이용하면 대략 두 시간 걸리겠고요. 내가 다섯 시 반 경에 그리로 데리러 가겠습니다."

"좋아요." 내가 말한다. 어느새 나는 내 작은 방에서 일어선 채 춤을 춘다. 펄쩍펄쩍 뛰며 노래를 부르고 싶은 기분이 들기 때문이다.

"그런데 당신의 주소가 필요합니다."

"제 뭐라고요? 아, 그렇죠." 내가 주소를 불러 준다. 흥분해서 주소를 뒤죽박죽으로 불러 주는 바람에 그가 제대로 받아 적기까지 여러 번 다시 수정해야 한다.

"좋습니다. 아 참, 그런데 한 가지 부탁이 있어요. 만일 마음이 바뀔 경우 전화를 주세요, 네? 핸드폰으로요. 내 핸드폰 번호, 가지고 있죠." 그가 침착하게 말한다.

"그럴 일 없어요. 당신의 생각이 바뀐다면 전화 주세요." 내가 말한다.

"그럼 나중에 봅시다." 그가 담담하게 말하고 전화를 끊는다.

나는 옷장을 열고 속옷, 청바지, 후드 티셔츠를 꺼내 침대에 던진다. 입을 만한 옷을 전부 배낭에 쑤셔 넣고 욕실에서 칫솔을 가지고 온다. 나는 당장 필요할 물건이 있나 해서 같은 자리에서 여러 번 빙빙 돈다.

하지만 아무것도 필요치 않다. 나는 다섯 시가 조금 지나서 팬케이크 냄새가 풍기는 부엌으로 들어간다. 마리아가 연기가 솟아오르는 철제 프라이팬을 지켜보고 있다. 알리사는 발판 위에 올라서서 만화영화라도 보는 것처럼 집중해서 프라이팬을 지켜본다. 안톤은 식탁에 느긋하게 앉아 그림을 그린다. 내가 어깨너머로 들여다보니 화염 속에 서 있는 새까만 탱크를 여러 대 그리고 있다.

"마리아, 레인지후드가 뭔지 들어 봤어?" 내가 말한다.

"뭐?" 마리아는 돌아보며 겁부터 낸다.

"알리사, 너도 이제 알아야 해. 마리아가 음식을 만들기 전에 저 위에 있는 비튼을 누르게 해. 그러면 집 안 전체에 생선 냄새나 콜리플라워 냄새나 태운 팬케이크 냄새가 퍼지지 않아. 우리는 며칠간 못 볼 거야. 나, 친구 집에 간다."

마리아라면 감히 물어볼 엄두를 내지 못할 거다. 하지만 알리사는 거침이 없다.

"어떤 친구?" 알리사가 물으며 잼이 묻은 조그만 얼굴을 내게로 돌린다. "친구가 있어?"

"응. 시내에 사는 친구야. 한번 놀러 가려고. 친구끼리 다들 그러는 거야."

"언제 돌아와?" 안톤이 묻는다.

"가서 봐야지. 내가 핸드폰을 가지고 가니까 무슨 일이 있으면 전화해." 내가 말한다.

"알았어." 알리사가 말한다. 마리아는 말을 잃은 것처럼 보인다.

"마리아, 팬케이크가 타." 내가 말한다. 마리아가 화들

짝 놀라 돌아서서 프라이팬을 잡고 흔든다. 팬케이크
가 휙 날아올라 공중에서 한 바퀴 돈 후에 프라이팬으
로 다시 떨어진다.

마리아는 그런 재주를 많이 가지고 있다.

"문까지 나를 배웅해 줄래? 괜찮지?" 내가 마리아에
게 말한다. "너희 개구쟁이들, 잘 지내. 간다."

"안녕." 안톤이 말한다. 알리사는 나무삽을 흔든다.
마리아는 고분하게 거실 문까지 나를 따라와서는 복도
에 있는 배낭을 뚫어지게 쳐다본다. 그녀의 입술이 달
싹인다.

"뭐라고 했어?" 내가 부드럽게 묻는다.

"그게…." 마리아는 들릴락 말락 하게 말한다. "나와
그리고리 때문에 이러는 거야? 맙소사, 사샤, 나는 이
럴 줄 몰랐어. 그게 너에게 이렇게까지… 제발, 사샤,
나한테 이러지 마!"

"마리아, 호들갑 떨지 마." 내가 단호하게 말한다.
"괜찮아. 그냥 친구네 집에 가는 거야. 난 다 컸잖아. 애
들이나 잘 보살펴. 텔레비전은 너무 많이 보지 않게 하
고, 책을 읽어 주고, 마리아가 잘 모르더라도 숙제를 다

했는지 살펴보고, 애들에게 과일을 많이 먹여."

"나는 이틀마다 싱싱한 과일을 사고…." 마리아가 말을 시작하지만 나는 손짓으로 입을 다물게 한다.

"무슨 일이 있으면 꼭 전화해."

마리아가 슬픈 눈으로 나를 바라본다.

"애들이 집에 없을 때에만 그리고리가 오는 거, 정말 좋은 생각인 것 같아. 알았어?"

마리아가 격렬하게 고개를 끄덕이는 바람에 이중 턱이 흔들린다.

"그럼, 뭐 다 된 거 같네. 다녀올게." 나는 배낭을 어깨에 둘러멘다.

"사샤, 나는 뭐 상관없지만, 그런데… 진짜 너, 여자 친구가 있어?"

나는 이게 무슨 소린가 해서 마리아를 쳐다본다.

"내가 그럴 줄 알았어." 마리아는 말하며 내 눈을 들여다보려고 바싹 다가온다. "넌 남자들을 싫어하잖아. 어쩌면 여자들하고 사귀는 게 더 좋을지도 모르지. 중요한 건, 누군가 같이 있다는 거야."

"뭐라고? 그런 여자 친구 아니야! 난 레즈비언이 아

니라고! 유감이지만 아니야! 절대 아니라고!" 내가 소리를 지른다.

"혹시나 해서 그러지." 마리아의 얼굴에 약삭빠른 표정이 떠오른다. "혹시, 남자 친구 아니니?"

나는 잠시 생각하다 고개를 끄덕인다.

"그래. 남자 친구야. 잘 있어."

나는 계단을 뛰어 내려간다.

6시 15분 전에 은색 아우디 차가 공동주택으로 들어온다. 나는 화분 위에 앉아 두근거리는 가슴을 진정시키려 한다. 번호판이 보일 때 나는 펄쩍 뛰어내린다.

그는 차에서 내려서 내가 올 때까지 기다린다.

"안녕하세요." 내가 말하며 어색하게 웃어 보인다.

"안녕하세요. 아직도 집을 떠날 생각인가요?"

"생각이 바뀌었으면 전화를 했겠죠."

"좋아요. 그러면 짐을 이리 줘요." 그가 트렁크를 연다.

나는 그에게 배낭을 넘겨준다. 그는 배낭을 들고 잠시 손으로 무게를 어림잡는다.

"이게 전부입니까?"

"네."

"좋아요." 그는 조수석 문을 열어 준다. 차 안에서 좋은 냄새가 난다. 새 가죽 냄새와 은은한 면도용 향수 냄새다.

그가 차를 탄다. "뛰쳐나갈 마지막 기회." 그가 진지하게 말한다.

나는 앉아서 두 손으로 좌석을 꽉 잡는다.

그는 그것을 보고 미소를 지으며 시동을 켠다. "그러면 가죠." 그가 말한다.

우리는 가는 내내 거의 말이 없다. 나는 너무 자주 그를 쳐다보지 않으려 애쓴다. 앞을 본다. 집, 나무, 가로등이 스쳐 지나간다. 차는 조용히 미끄러지며 아스팔트 위를 부드럽게 달리지만 나는 차 밖으로 나가떨어지기라도 하듯 여전히 두 손으로 좌석을 꽉 잡고 있다.

고속도로에서 그가 잠시 내 쪽을 쳐다본다.

"벨트 해." 그가 말한다.

"네?"

"안전벨트를 해."

나는 안전벨트를 잡아당겨 채우기까지 꽤 오래 더듬

는다. 그가 켠 라디오에서 6시 뉴스가 나온다. 나는 슬쩍 훔쳐본다. 그는 운전에 집중하고 앞을 보고 있고, 두 손을 운전대에 올려놓고 있다. 그의 손은 크고, 반지를 끼지 않았다.

내 배 속에 한기가 사르르 퍼진다.

"바트 조덴이 어디에 있는지 알아?" 그가 나를 쳐다보지 않은 채 묻는다.

"정확히는 몰라요. 여기 근처 어디겠죠."

"맞아."

삼 킬로미터 정체입니다, 라디오에서 말한다. 마치 음악 소리처럼 들린다. 이대로 계속되어야 한다.

나는 몸을 뒤로 기대고 차가운 가죽에 목을 댄다. 갑자기 엄청나게 피곤해진다. 집에서 그를 ─ 그리고 나를 ─ 기다리는 사람이 누구일지 약간 호기심이 생긴다. 하지만 아주 많이 궁금한 건 아니다. 곧 알게 되겠지.

"봐봐. 프랑크푸르트." 그가 말한다.

나는 고속도로 오른쪽의 콘크리트 건물이 즐비한 도시를 쳐다본다. 우뚝 솟은 고층 빌딩의 윤곽이 보인다.
"알아요. 멋있어요." 내가 말한다.

"뭐가 멋있어?"

"프랑크푸르트요. 전 대도시가 좋아요. 대도시가 어둠 속에서 빛을 밝힐 때가 가장 멋있어요. 그 광경을 어릴 때부터 좋아했어요."

그리고 다시 우리는 말이 없다.

나는 눈을 감고 웃음을 보이지 않으려고 한다. 그러다 삐익하고 긁히는 소리에 깜짝 놀라 몸을 움찔한다.

"와이퍼 소리야. 비가 와." 내가 똑바로 앉자 그가 말한다.

"하지만 해가 떠 있는데요."

"그리고 비가 와."

와이퍼가 앞 유리에 먼지 묻은 빗방울을 문질러 창을 더럽힌다. 회색 구름 사이로 눈부신 틈새에서 하늘이 비현실적으로 파랗게 드러난다.

"무지개가 있다고 생각하니?" 그가 묻는다.

"아뇨. 지금은 무지개가 너무 통속적이겠죠."

"인생 전체가 통속적이야. 통속과 진부함과 반복 그리고 훌륭한 시나리오라면 모두 삭제할 시시한 이야기와 대화에 지나지 않아. 프랑크푸르트 도시 스카이라인 위의 무지개, 그건 어떨까?" 그가 말한다.

"이건 그냥 눈먼 비예요." 내가 말한다.

"뭐?"

"눈먼 비라고요. 이 표현을 모르세요?"

"몰라."

"비가 오는 동시에 해가 날 때 그렇게 말해요."

"어디서 그렇게 말해?"

"우리 러시아요. 정말로 모르세요?"

"몰라. 들어 본 적 없어. 독일 사람들은 그런 표현을 쓰지 않거든."

그는 곧 고속도로를 빠져나온다. 차는 그 지역에서 한참 커브를 돈다. 놀랍게도 시골 풍경처럼 보인다. 풀밭에 양들이 서 있다. 밤에도 양들이 밖에 있는 게 신기하다. 그는 나를 건너다보며 입가를 아래로 축 늘어뜨린다. "대도시 풍경은 아니지." 그가 말한다.

"그러네요."

또다시 커브를 돌고, 길이 가파르게 올라간다. 비탈에서 그가 핸드브레이크를 확 잡아당긴다.

"다 왔다. 환영한다." 그가 말한다.

나는 조수석의 문을 연다.

큰 주택이다. 집은 몇몇 다른 주택들과 같이 비탈에 접해 있다. 그가 대문을 열어 주고, 우리는 현관문까지 계단을 뛰어 올라간다. 양쪽에 꽃이 피어 있고 뒤로 잔디밭에 펼쳐져 있다.

"아름답네요." 아무도 묻지 않았지만 내가 말한다.

복도는 어둡고 서늘하다. 나는 운동화를 벗으려 한다.

"그냥 신어도 돼. 바닥이 차가워." 그가 말한다.

"그러지 않을래요." 내가 말한다. 나는 지금 큰 거울 앞에 신발을 벗은 양말 차림으로 서 있다. 내 모습을 보고 싶지 않다.

그는 내 배낭을 어깨에 걸친다.

그리고 이제? 나는 생각한다.

내게 둘러대야 할 부모가 없다는 것이 문득 기쁘다. 무척 자유롭다는 기분이 든다. 내가 여기서 어울리지 않는 행동을 하든 말든 관심을 가지는 사람은 아무도 없다. 나는 무엇이든 할 수 있다. 내가 내 자신의 주인이다.

그런데도 불안하다.

집은 아주 아주 조용하다.

"피곤해? 일찍 자니? 보통?" 그가 묻는다.

"때에 따라서요. 다음 날 일찍 일어나야 하면 일찍 자요. 최근에는 낮에도 잠만 잤어요." 내가 말한다.

아주 영양가 있는 대화다.

"손님방을 보여 줄게. 가자." 그가 말한다.

그는 앞서서 걷고 나는 뒤에 따라간다. 집에 계단이 많다. 한 번 소리가 나는 걸 들었는데 무슨 소리인지 알 수 없다. 날카롭고 빠른 소리인데, 아주 멀리서 나는 것 같다.

"무슨 소리예요?" 내가 묻는다. 하지만 너무 작게 말해서 듣지 못한 모양이다.

"봐봐. 괜찮아?" 그가 말한다.

나를 위해 문을 열어 준 방은 내 방보다 두 배나 크다. 내 방은 겨우 8평방미터에 지나지 않는다. 창가에 침대가 있다. 침대보가 어둠 속에서 밝게 빛난다. 그 옆에 고풍의 무거운 서랍장, 작은 원형 탁자, 버들가지로 만든 의자.

나는 한 걸음 걸어 들어가 방 안에 선다. 공기를 들이마시자 갓 세탁한 침대보의 냄새가 난다. 두 번째 걸음을 걸어 유리로 된 문 앞에 선다. 정원으로 이어지는 문이다.

"저건 무슨 나무예요? 저기 아주 하얀 꽃이 피어 있는 나무요." 내가 묻는다.

"벚나무. 저기 저거는 안 보여? 그 뒤로 나무딸기가 있잖아. 그런데 열매는 팔월이 되어야 익어."

"전 나무에 대해서는 아는 게 없어요." 내가 입을 연다. "엄마는 많이 알았어요. 항상 이런저런 풀 이름을 알려 주었어요. 하지만 저는 그런 거에 전혀 관심이 없었어요, 풀을 가려내는 게 어려웠어요. 지루했거든요."

내 말의 대답으로 돌아온 그의 침묵이 무척 무겁게 느껴진다.

"고마워요. 방을 내주셔서. 아주 좋네요." 나는 당황해서 말한다.

"다행이다. 배고프니?" 그가 말한다.

나는 곰곰이 생각한다. 그도 생각한다.

"집에 빵과 치즈가 있는 것 같은데. 하지만 피자를 시켜 줄 수도 있어." 그가 말한다.

"안 먹을래요. 그냥 잘래요." 내가 말한다.

"그래도 뭘 좀 먹어야지. 넌 지금도 너무 말랐어."

"좀 피곤해요."

"그래. 서랍장에 수건이 있다. 저쪽에 욕실이 있어. 뭐 필요한 게 있니?"

"책이요. 읽을거리를 가져오지 않았어요." 내가 말한다.

"어떤 책을 좋아하지?"

"상관없어요. 죄다요." 내가 말한다.

"그럼 네가 직접 골라 봐. 가자, 거실을 알려 줄게. 우리는 거실에 문학 책이 있단다."

우리는.

"그보다 저에게 한 권 골라 주세요."

"오케이."

나는 침대에 앉는다. 그는 내 배낭을 조심스럽게 내 발밑에 내려놓고 나를 쳐다본다.

"조금 혼자 있고 싶어?"

나는 고개를 끄덕인다.

"필요한 게 있으면 불러라. 나는… 집 어디엔가 있다. 네가 읽을 책을 골라 보마."

"그럴게요."

그는 문을 닫는다. 나는 그의 신발 바닥이 널마루에 닿아 삑삑거리는 소리를 듣는다.

나는 양말을 벗는다. 이 집에 누가 더 살고 있을까? 부인이 있으세요? 얼마나 간단한 질문인가. 호기심이 죄는 아니지만 대단히 추잡한 것이라고 엄마가 항상 말했다. 그 또한 러시아 속담이다. 엄마는 호기심이 무척 많았다. 나는 호기심이 없다. 그리고 어쩌면 엄마의 호기심 때문에 내가 아주 일찍부터 많은 것을 겪게 되었을지도 모른다. 대부분 내가 좋아하기 전보다 더 일찍이.

2부
누가 나를 깨운다

　나는 배낭에서 잠옷을 꺼낸다. 서랍장의 서랍을 열고 차곡차곡 접혀 있는 부드럽고 새하얀 욕실 수건을 만져 본다. 그 중에 하나를 꺼낸다. 그러다 배낭에서 떨어진 핸드폰을 밟는다.

나는 핸드폰을 집어 들고 완전히 따뜻해질 때까지 손에 쥐고 있다. 그런 다음 번호를 누른다.

"지금은 통화 못 해!" 알리사가 지르는 소리가 내 귀에 꽂힌다.

"'알리사 나이만입니다'라고 먼저 말해야지."

"알아! 사샤 언니! 언제 와?" 알리사가 소리친다.

"곧. 하지만 지금 당장은 아니야. 왜 안 자고 있어?"

"우리가 지금 책을 읽고 있기 때문이야."

"무슨 책을 읽니?"

"빨간 모자."

"재미있어?"

"아니. 빨간 모자는 완전 바보야. 그 애는 그게 늑대지 할머니가 아니라는 걸 보면 몰라."

"어쩌면 빨간 모자는 알고 싶지 않을지도 몰라. 늑대가 무서우니까. 그래서 늑대의 말을 믿는 것처럼 행동할 수도 있어. 빨간 모자는 자기 자신을 속이는 거야. 그러면 늑대가 해치치 않을 거라고 생각하는 거지."

"빨간 모자는 완전 아기네."

"오히려 완전 어른이라고 봐야지. 식구들에게 인사

전해 줘. 알리사, 내가 또 전화한다고 해. 잘 자."

알리사는 인사도 없이 전화를 끊는다. 아마 힘차게 고개를 끄덕였을 것이다. 알리사는 전화로는 사람이 볼 수 없다는 것을 생각하지 못한다. 그래서 자기가 그린 그림을 자주 전화에 대고 보여 준다. 한번은 케이크도 전화기에 갖다 댄 적이 있다. 그러면서 알리사는 이렇게 말했다. "냄새를 맡아 봐. 금방 구운 거야."

나는 욕실까지 복도를 걸어간다. 욕실은 엄청나게 크고 번쩍이고, 절반은 거울로 되어 있다. 마치 내가 <프리티 우먼> 영화에 나오는 매춘부가 된 기분이다. 흥분의 기분이다. 나는 문을 잠그고 옷을 발 매트에 벗어 던진다. 뜨거운 샤워기 아래 삼십 분 동안 살이 발개질 때까지 서 있다. 그런 다음 욕실 수건을 두르고 머리를 빗는다.

나는 잠옷을 입고 벗은 옷을 뭉쳐 껴안고 방으로 뛰어 돌아온다. 다시 기이한 소리가 들린다. 뿐만 아니라 위층에서 사람들이 대화하는 것 같다. 나지막이 멀리서 들리는 목소리, 나는 그것이 두 사람 아니면 더 많은 사람들의 목소리인지 분간할 수 없다.

드디어 방에 들어와 문을 닫으니 한결 안도감이 든다.

서랍장 위에 책이 잔뜩 쌓여 있다. 나는 책을 훑어본다. ─ 마르셀 라이히 라니츠키 자서전, 존 어빙의 최신 소설, 막스 프리쉬의『호모 파버』, 프랑크 쉐칭의『변종』. 책 옆에 사과 두 개가 놓여 있다.

원탁에 생수와 컵도 있다. 역시 아까는 없던 것이다.

나는 주위를 찬찬히 둘러본다. 무릎을 꿇고 침대 밑도 살펴본다. 혹시 떨어져 있는 쪽지 같은 게 있지 않나 해서다. 내가 찾고 있는 게 정확히 무엇인지 알 수 없다. 혹은 나 스스로 인정하기 싫은지도 모른다.

하지만 아무것도 없다. 그래서 침대에 누워 핸드폰을 베개 밑에 넣고 이불을 뒤집어쓰고 눈을 감는다. 울지 않는다.

나는 금세 잠이 든다. 다시 깨어났을 때 밖이 깜깜하다. 핸드폰을 꺼내 시계를 본다. 3시 반이다.

나는 일어나 앉는다.

내가 있는 곳이 어딘지 잘 안다. 갑자기 화들짝 놀라서 아까 저녁때보다 더 흥분한다. 정원에 꽃이 활짝 핀 벚나무가 유리창에 나뭇가지를 드리운 모양이 으스스하다.

춥다. 머리카락이 아직 완전히 마르지 않았다.

혹시 욕실에 드라이어가 있을지도 모른다. 틀림없이 있을 것이다.

나는 이불을 걷어 내고 잠옷 위에 청재킷을 걸친다.

어두워서 양말을 찾을 수 없다. 스위치도 찾을 수 없다. 나는 발꿈치를 들고 복도로 나간다.

갑자기 너무나 집에 가고 싶은 충동이 뭉클 인다. 너무도 절실해 눈물이 나오려 한다. 나는 내 자신에게 말한다. 다음번에는 뭔가 행동하기 전에 먼저 잘 생각해 보도록 해. 그러는 게 좋아.

2층은 이 집 사람의 침실인 것 같다. 또는 이 집 사람들의 침실인가? 분명히 목소리가 들렸다. 혹시 텔레비전에서 나오는 소리였나?

나는 모퉁이를 돌아 거실로 들어가 손으로 얼굴을 가린다. 갑자기 밝은 텔레비전 빛에 눈이 부셨기 때문이다. 텔레비전 소리는 죽여져 있다. 화면에 크리스티나 아길레라가 춤을 추면서 금발의 레게 머리를 흩날리며 입을 크게 벌리고 있다. 목소리가 나오지 않아 절망스러워 하는 것처럼 보인다.

벽에 소파가 길게 펼쳐져 있는데 거대한 새우처럼 기이한 형태가 있다. 소파 위에 둔덕이 있다.

젠장, 내가 생각한다. 그리고 뒷걸음치려 한다.

그런데 둔덕이 솟아오른다. 그가 덮어쓴 껍질을 벗는다. 그건 이불이다. 나는 깜짝 놀라서 물러나다 리모컨을 밟는다. 그러자 크리스티나 아길레라의 목소리가 최대 음량으로 터져 나온다.

소리가 너무 크고 갑작스러운 나머지 나는 쪼그리고 앉아 두 손으로 귀를 막는다. 지금 고막이 터졌을 것이다. 그런데도 소리가 끔찍하게 크다. 소파 위에 있던 언덕이 사람으로 변신해 펄쩍 뛰어내리더니 주먹으로 텔레비전의 전원 스위치를 친다.

화면이 일시에 어두워진다. 정적이 너무도 갑작스레 찾아와 믿어지지 않는다. 나는 다시 일어난다. 내 앞에 서 있는 사람이 누구인지 어두워서 알 수가 없다.

하지만 한 가지만은 분명하다. 여자는 아니다.

"귀를 막지 않아도 돼. 내가 껐어."

"뭐?" 내가 묻는다.

그 사람이 귀를 막은 내 두 손을 잡고 떼어 낸다.

"안녕." 내가 말하며 붙잡힌 손목을 뺀다.

"안녕."

그는 한 걸음 뒤로 물러나 소파에 앉는다. 그리고 다리 위로 체크무늬 이불을 덮고 나를 아래서부터 훑어본다. 남자 녀석이다. 꽤 홀쭉하지만 일어서면 무척 커서 나보다 머리가 하나 더 있다. 나이는 몇 살인지 전혀 짐작이 가지 않는다. 풀어헤친 머리카락이 어깨에 닿아 있다.

"넌 그러니까…." 그가 말하며 이마를 찌푸린다.

"사샤."

"그래, 맞다. 폴커가 너에 대해 이야기했어. 저녁 내내 넌 코빼기도 비치지 않더라. 네가 어디에 처박혀 있는지 약간 궁금했어."

"난 피곤했어. 잤어."

"나 참, 그랬군."

나는 벽에 기대 그를 관찰한다. 그는 거리낌 없이 줄곧 나를 훑어본다.

"나는 펠릭스야. 내 말을 알아듣니?" 그가 말한다.

"그럼 너는 내 말을 알아들어?"

"내 말에 기분 상했어? 폴커가 그러던데, 네가 러시아에서 왔다고."

"그래서?"

"왜 넌 화가 많이 나 있니?"

"화나지 않았어."

"너 독일어를 잘하는구나."

"고마워. 너도 잘하네."

"난 여기서 잠이 들었었어. 아까는 잠이 너무 안 오더라. 그래서 바보상자 앞에 앉아 있었더니 나도 모르게 깜박 잠이 들었어. 네가 엄청 큰 소리로 나를 깨워야겠다는 생각을 할 때까지 말이야." 그가 부드럽게 말한다. 어둠 속에서 그의 치아가 반짝인다.

"넌 그 전에 깨어 있었잖아. 네가 몸을 일으키는 바람에 내가 깜짝 놀랐지."

"맞아. 나는 그 전에 살짝 깨어 있었어. 하지만 그 후로 완전히 깼어."

나는 의지와는 정반대로 웃을 수밖에 없다.

"나는 펠릭스야." 그가 말한다.

"벌써 말했잖아. 나는 건망증이 그리 심하지 않아."

"진짜 건망증이 없어? 나는 조금 있는데."

"네 목소리를 아까 들었던 것 같은데. 위층에서 목소리들이 들리더라. 그게 너였니?" 내가 조심스럽게 묻는다.

"나는 목소리가 하나밖에 없어. 아무튼 폴커 아니면 나였을 거야. 또는 컴퓨터나 바보상자에서 나오는 소리."

"폴커 아니면 너?" 내가 묻는다.

그가 나를 주의 깊게 쳐다본다.

"응. 두 사람 외에 여기 사는 사람은 없어. 다정한 유령들 몇몇 말고는. 그 유령들을 아직 보지 못했어? 손님방의 침대 밑에 우글거리는데."

나는 웃음으로 답한다.

"너, 캘빈과 호베스를 아니?" 그가 묻는다.

"아니."

"그게 그런 유령 만화야. 캘빈은 어린 남자애고, 호베스는 그의 봉제인형 호랑이야. 한번은 캘빈이 침대에 앉아 있다가 겁이 나서 이렇게 물어. '저기 있는 거, 내 침대 밑에 있는 유령들이야?' 그러자 침대 밑에서 말풍선이 솟아올라. '아니.' 그러자 캘빈이 몸을 떨면서 이렇게 말해. '저기에 만일 무언가가 있다면 그게 커? 아니면 작아?' 그리고 말풍선은 말해. '아~~주 작아.'"

"흠. 재미있군." 내가 말한다.

"내 방을 구경할래?" 펠릭스가 잠시 뜸을 들이고 묻는다.

"무엇 때문에?" 내가 의아해한다.

"그냥. 폴커는 네가 우리 집에서 며칠 있을 거라고 하더라. 자기 때문이라고, 하지만 이유는 말하지 않았어."

"그 일은 자신 쪽의 이유에서다."

"그런데 넌 몇 살이야?" 그가 미심쩍게 묻는다.

"열여덟."

그의 얼굴 표정에서 얼마간 긴장이 풀어진다.

"난 열일곱. 나는 네가 열여섯이라고 생각했어." 그가 말한다.

"어두운 곳에서는 짐작하기 어렵지."

"맞아. 네가 이십 대 말로 보였을 수도 있어."

"아주 고마워."

"아니, 내 말은 정말로 나이를 맞히기가 어렵다는 뜻이야. 여자애들은 나이가 많아 보이는 경우가 많고, 성인 여성들은 무척 어려 보일 때가 많아."

나는 어깨를 으쓱해 보인다. 그건 내 관심사가 아니다. 하지만 펠릭스는 그렇지 않은 것 같다.

"최근에 폴커가 한 여자를 데려왔는데, 난 이십 대 초반일 거라고 생각했어. 그런데 서른여섯 살이더라고! 그의 편집국 직원 가운데 한 사람. 수잔네라고."

"말러?" 내가 조그만 목소리로 묻는다.

"그 여자를 알아? 어떻게 알아? 너도 신문 관련 일을 해?" 펠릭스가 무척 반가워하며 묻는다.

"딱히 그렇지는 않아. 그 여자가 자주 집에 왔어?" 내가 말한다.

"수잔네? 두 번. 약 세 달 전에. 그 후론 더 이상 안 왔어. 근데 왜 묻는 거야? 그 여자가 결혼이라도 했어?"

"몰라. 너의 수잔네는 나와 아무 관계없어." 내가 피곤한 투로 말한다.

"그렇군. 사실 나도 상관없어. 이제 내 방을 구경할래?" 그가 다시 묻는다. 그리고 나는 그런 행동이 꽤 애

같다는 생각이 든다.

하지만 나는 아이들을 좋아한다.

"좋아." 내가 말한다.

우리가 같이 복도를 걸어갈 때 그의 큰 키가 더욱 두드러진다. 그는 구겨진 티셔츠와 펑퍼짐한 검은색 바지를 입고 있다.

"그런데 너희 집에 전등은 있니?" 내가 묻는다.

"왜 물어?"

"우리가 계속 어두운 데 앉아 있거나 돌아다니고 있으니까."

"그게 좋잖아."

"난 아냐."

"진짜?" 그가 손으로 벽을 더듬으며 스위치를 찾기 시작한다.

"됐어. 네 방까지 몇 킬로미터나 되는 건 아니잖아?" 내가 말린다.

"그렇지. 걸어서 갈 수 있는 거리지." 그리고 그는 긴 팔을 뻗어 내 코앞에 있는 문을 연다.

"난 여기서 살아. 함 봐봐." 그가 우쭐대며 말한다.

나는 놀라워하며 서 있다.

엄청나게 큰 방이다. ― 적어도 내 방보다 다섯 배나 더 크다. 침대는 나지막한 넓은 운동장이고 그 위에 이불이며 베개가 산더미로 쌓여 있다. 책상에 컴퓨터가 있고, 컴퓨터 앞에 자판과 게임기 두 개가 있다. 스테레오 기계가 번쩍거린다. 침대 위에 텔레비전이 설치되어 있고, 거기서 지금 뉴스가 나오고 있다.

"나쁘지 않네. 이 모든 전자기기에서 방출되지 않아?"

"무슨 말이야?"

"전자기파 말이야. 몸에 좋지 않다고 하던데."

"난 원래 건강하고 거리가 멀어. 약간의 전자기파 쯤은 나를 죽이지 못해." 펠릭스는 말하고 하하 웃는다.

"엄청나게 큰 침대 좀 봐. 침대 위에서 축구를 해도 되겠다!"

"그래, 다른 스포츠도." 그가 나를 보고 씩 웃는다.

나는 고개를 돌린다.

"다시 내 방으로 갈래." 내가 말을 다시 고친다. "손님방으로."

"그래? 그런 다음에는?" 그가 실망해서 묻는다.

"그런 다음에는 자야지." 나는 책을 읽을 생각이지만 그렇게 말한다.

"흠. 가는 길을 알려 줄까?" 그가 묻는다.

"고마워. 하지만 나 혼자 찾을 수 있을 것 같아." 내가 이 집 안을 돌아다닐 때 네글리제 차림의 여자와 마주치지 않을 것임을 알고 나서 좀 더 자유로워진 기분이 든다. 어쩌면 나는 남자만 싫어하는 게 아니라는 생각이 든다. 여자들도 싫다.

나는 다른 침실은 어디에 있냐고 감히 물어보지 못한다.

"폴커가 네 아버지야?" 내가 소심하게 묻는다.

"넌 무슨 생각을 하는 거야?"

"아무 생각도 안 해. 잘 자."

"잘 자." 그가 말한다. 그가 가는 나를 계속 지켜보고 있는 것 같은 기분이 든다.

나는 집 안을 좀 돌아다닌다. 발밑에서 나무 바닥이 삐걱대고, 여기저기 깔린 양탄자가 발소리를 둔하게 만든다. 먼지 냄새와 바닐라 향이 약간 난다.

나는 어떤 문인지 안다고 생각한다. 그런 기분이 든다. 나는 문 앞에 서서 생각해 본다. 문이 열리고 내가 멍청하게 서 있는 모습을 상상한다. 나는 정신을 차리고 아주 빠르게 조용히 계단을 내려가 내 방으로 들어간다. 핸드폰 화면을 본다. 전화도 문자도 없다.

나는 한 입 베어 먹은 사과를 손에 든 채로 잠이 든다.

아침에 롤 블라인드 틈새로 햇빛이 들어온다.

다섯 살 때 한 번, 할머니 집에서 잠을 잤을 때 이런 느낌이 들었던 적이 있다. ― 그릇이 달그락거리는 소리, 빛, 호박벌이 붕붕대는 소리, 부엌에서 나는 목소리, 갓 끓인 커피 향 그리고 할머니가 오븐에서 방금 꺼낸 빵 위에 얹힌 따끈한 계피 향. 이런 것들을 하나씩 느낄 때마다 더 큰 기쁨으로 다가온다면 그건 순수하고 해맑은 삶의 행복이다.

나는 오래 침대에 누워 모든 것을 내 안에 흡수한다. 옛날과는 완전히 다르면서도 또 아주 비슷하다. 이제 핸드폰을 본다. 10시가 조금 지났다.

옷을 입고 머리를 빗는다. 머리가 드디어 말랐다. 서

랍장 위에 커다란 거울이 있다. 마지못해 내 모습을 찬찬히 들여다본다. 나는 엄마와 완전히 다르게 생겼다. 엄마는 훨씬 더 체격이 다부지고, 얼굴 생김새도 나와 완전히 달랐다. 머리카락의 색은 말할 것도 없었다. 엄마는 모든 게 다 달랐다. 나는 눈동자 색마저 엄마와 닮지 않았다. 게다가 내 눈은 작다. 나는 약간 근시라서 작은 눈을 자주 찌푸린다. 화가 날 때도 눈을 찌푸린다.

나는 브러시를 배낭 속으로 던져 넣는다.

주방을 찾는 데 오래 걸리지 않는다. 어젯밤에 잠시 주방에서 길을 잃었기 때문이다. 주방이 거실로 연결되어 있다. 메탈 밴드 '아포칼립티카' 글자가 등에 적힌 티셔츠를 입은 사람이 식탁에 앉아 있다. 그에게서 어젯밤에 내가 본 녀석의 모습이 거의 보이지 않는다. 나는 이름을 다시 떠올리기 위해 곰곰이 생각해야 한다. 그래, 펠릭스. 라틴어로 행복한 사람.

밝은 곳에서 보니 그의 머리카락이 붉은 기가 섞인 금발이고 얼굴에 주근깨가 있다. 놀랍다. 햇빛 속에 그의 머리카락이 불붉은 것 같다.

나는 약간 놀란 눈치로 그를 쳐다본다. 그러자 그가

움찔하며 나를 돌아본다.

"좋은 아침." 내가 말한다. 헛기침을 하고 다시 한 번 인사를 해 본다. "좋은 아침."

"안녕." 그가 빠르게 대답한다.

어젯밤과 뭔가 다르다. 그가 나를 잠시 쳐다보더니 다시 몸을 돌린다. 얼굴에 긴장한 빛이 있다.

"앉아. 넌 어떤 걸 잘 먹어?" 그가 입을 연다.

"아무거나."

"봐봐. 이건 버터, 이건 마멀레이드 잼, 이건 치즈, 그리고 이건 우유. 너, 커피 마셔?"

"응."

"그리고 이건 오렌지 주스."

"고마워." 내가 앉는다. 그는 나에게 모든 것을 밀어 준다. 빵 바구니, 접시, 나이프, 찻주전자, 찻잔, 내 앞에 식탁이 가득 찰 때까지. 나는 식탁에서 팔꿈치를 내린다.

"고마워." 내가 되풀이한다.

"누텔라도 있어."

"난 그거 안 먹어. 암튼 고마워."

"누텔라를 안 먹는다고? 어떻게 그럴 수 있지?" 이제 그의 목소리가 약간 새벽 때와 비슷해진다.

"난 단거를 별로 좋아하지 않아."

"넌 좋겠다."

"어째서?"

"난 한 번에 누텔라 반 통을 먹을 수 있어."

"그럼 그렇게 먹어. 그게 뭐 잘못됐어? 언젠가 들었는데, 알코올 중독자는 단 음식을 좋아하지 않는대. 그걸 반대로 말하면 — 단걸 좋아하는 사람은 알코올 중독자가 될 위험성이 적다는 거지. 그러니까 넌 좋겠다."

그는 깜짝 놀라 나를 쳐다본다. "어디서 그런 소릴 들었어?"

"잘 모르겠어. 어디선가 읽었어."

나는 빵에 버터를 바르면서 나를 훔쳐보는 그의 눈길을 느낀다. 내가 쳐다보자 즉시 눈길을 돌린다.

"흠, 근데 대체 어디에…?"

"폴커?" 펠릭스가 대신해서 묻는다.

"응."

"오전에 스케줄이 있대. 나더러 너를 보살펴 주라고

했어."

"그래서 너는 그렇게 하는 거고."

"응." 그는 식탁에 눈길을 둔다.

나는 이제 알아챈다.

"펠릭스, 네 아버지가 나에 대해 무슨 이야기를 했니?" 내가 말한다.

그는 딴 데를 쳐다본다. 틀림없다.

"말해 봐. 내가 뭐라고 하지 않을게. 절대로 히스테리를 부리지 않을게." 내가 말한다.

그는 말이 없다.

"어서. 펠릭스. 아버지가 너에게 저기… 우리 엄마에 대해 이야기했어?"

펠릭스를 고개를 끄덕이며 나를 쳐다본다. "왜 웃어?" 그가 깜짝 놀라며 묻는다.

"난 어색할 때 항상 웃어. 그가 너에게 무슨 말을 했는지 내가 맞혀 볼까? 우리 엄마가 내 의붓아버지가 쏜 총에 맞아 죽었다고 했어. 그 사건이 큰 주목을 끌었다고. 전국에 머릿기사가 될 만큼 정말 큰 사건이었다고. 내가 불쌍한 고아라고. 하지만 똑똑하고 심지어 좀 뛰어난 아이라고. 그리고 너더러 이런저런 질문으로 내 신경을 건드리지 말라고 했지. 그렇지?"

펠릭스의 얼굴이 너무 창백해져서 주근깨가 완전히 도드라진다. "아버지가 그런 말은 하지 않았어. 그냥 네가… 너에게… 비극적 가족 상황인가 뭔가 있다고. 그게… 그 모든 게… 사실이니?" 그가 쉰 목소리로 속삭인다.

나는 한숨을 내쉰다. "어느 게 치즈라고? 난 잼은 잘 안 먹어." 내가 말한다.

펠릭스가 벌떡 일어나는 바람에 의자가 뒤로 넘어갈 뻔한다.

"여기 있어. 난… 에… 무슨 말을 해야 할지 모르겠다." 그가 말하며 경악한 눈으로 나를 쳐다본다.

"사람들 대부분이 그래. 넌 잘하고 있는 거야." 내가 말한다.

나는 그의 기분을 북돋우려 그에게 웃어 보이고, 그는 찡그린 얼굴로 답한다.

"야, 삶은 아름다운 거야. 가끔. 너, 누굴 닮았는지 알아?" 내가 말한다.

"알아. 해리포터 영화에 나오는 론을 닮았어." 그가 중얼거린다.

"하지만 완전히 닮지는 않았어. 후편에 나오는 론만 닮았어. 머리를 기른 론 말이야."

"넌 그런 영화를 보니?"

내가 진지하게 말한다. "응. 우리 엄마 때문에. 엄마가 해리포터를 좋아했어. 다른 사람들처럼. 다음 편이 나오기를 손꼽아 기다렸지. 그러다… 너도 이미 알지만… 마지막 편은 내가… 엄마 없이도…."

나는 일어나 창가로 간다.

내가 다시 돌아서자 커다란 펠릭스가 완전히 작아져서 의자에 앉아 있다. 그는 겁먹은 표정으로 나를 쳐다본다. 나는 다시 식탁에 앉는다. 펠릭스는 안톤처럼 의자에 앉아 몸을 흔들어 댄다.

안톤이 지금 무엇을 하고 있을지 상상해 본다.

"잠시 전화 좀." 펠릭스가 말하며 일어선다.

나는 고개를 끄덕이고, 지금 내가 그리고 있는 상상의 장면으로 빠져든다.

이후 나는 손님방에서 존 어빙의 책을 가지고 나와

주스 병에 기대어 놓고 책을 읽으면서 식사를 계속한다.

폴커 트레부어가 나를 깜짝 놀라게 한다.

그가 나를 너무 놀라게 한다. 그는 식료품이 든 큰 상자를 가지고 와서 거칠게 숨을 몰아쉬며 식탁에 올려놓고 내가 무슨 책을 읽나 해서 몸을 숙인다.

나는 화들짝 놀란다.

"내가 놀라게 했어요? 부러운 집중력이군요." 그가 웃으며 말한다.

"안녕하세요. 아뇨, 놀라지 않았어요."

"좋은 아침. 잘 잤어요?"

"네, 아주 잘 잤어요."

"내가 어제 말을 놓지 않았던가요?"

"그랬을걸요. 편안하게 말을 놓으세요."

"좋아." 그는 나의 맞은편에 앉아 두 손을 흔든다. "상자가 무겁네. 그러면 말을 놓을게. 나를 폴커라고 부르면 돼." 그가 말한다.

"사샤라고 부르세요." 나는 책을 덮는다. 문득 예의가 없는 것 같은 생각이 들기 때문이다. 그리고 나는 접시들을 식기세척기 안에 넣기 시작한다.

"사샤." 그가 생각에 잠겨 내 이름을 반복한다. "내가 경솔하게 묻는 것일 수도 있지만, 집에 무슨 일이 있었어요? 무슨 일이 있었어?"

"무슨 뜻이에요?"

"네가 급하게 집을 나와야 했잖아. 그런 일이 자주 있니?"

나는 사용한 포크와 나이프를 모은다. 그러면서 어깨를 으쓱해 보이려 한다.

"싸움이 있었어요." 나는 마침내 말한다. 하지만 그 말이 그다지 신빙성 있게 들리지 않는다.

"너, 정말로 벌써 열아홉 살이야?"

"거의요. 열여덟 살 이 개월 되었어요."

"보호자는 네가 지금 어디 있는지 알고 있니?"

"내 보호자는 안타깝지만 아무것도 몰라요. 전혀 몰라요. 나는 원하는 곳에 갈 수 있어요. 친구 집에 간다고 말해 두었어요. 집에 문제가 생기면 핸드폰으로 연락할 수 있어요." 내가 말한다.

"그래." 폴커가 말하며 팔을 뻗어 빵 바구니에 있는 크루아상의 귀퉁이를 뜯는다.

"그러니까 너는 지금 여기에 있는 게 아무 문제없다고 생각하는 거지?"

"그렇다는 건 아니고요. 있잖아요. 아동복지국에서 당신을 어린이 납치 건으로 고발하지는 않을 거예요."

"흠—흠. 무척 안심이 되는 소리구나."

"제가 여기 있는 걸 원치 않으시면 가면 돼요."

"쓸데없는 소리." 그리고 한 뜸 들이고 나서. "펠릭스와 이미 인사를 나누었더구나."

"네. 오늘 새벽에요."

"그래. 나도 얘기 들었다. 내가 귀마개를 하고 잔 게 얼마나 다행인지. 하지만 진동은 느꼈던 것 같다."

"어떤 진동이요?"

"네가 리모컨을 밟아서 텔레비전의 소리를 완전히 키워 놨을 때 말이야."

"아, 그때요." 내가 말한다. 내가 대체 무슨 생각으로 그랬지?

"월요일은 공휴일이야." 폴커 트레부어가 말한다.

"그래요? 무슨 공휴일이죠?" 나는 덤덤하게 묻는다.

"5월 1일."

"아, 네."

"하지만 화요일은 네가 다시 학교에 가야 한다."

"알아서 할게요."

"땡땡이치려고?"

"아직은 몰라요."

"병원 진단서를 써서 내려고?"

나는 한숨을 쉰다.

그의 눈이 웃고 있다. "내가 너를 성가시게 하니?" 그
가 묻는다.

"아뇨." 나는 말하며 그의 눈길에 빠져든다. "하지만
제가 당신을 성가시게 하는 거죠."

"전혀." 그가 진지하게 말한다. "펠릭스가 좋아하는
것 같더라."

"지금은 그렇지 않아요. 제가 비극적인 우리 가족사
를 대놓고 말해 버렸어요. 지금 쇼크를 받았어요." 내가
말한다.

폴커 트레부어의 표정이 굳어진다. "그 애가 혹시 먼
저⋯⋯?"

"그는 아무것도 묻지 않았어요. 제가 스스로 이야기

했어요. 저는 펠릭스가 이미 알고 있는 줄 알았어요."

"그래. 그 애가 받아들이기는 어려운 이야기지." 폴커가 느릿하게 말한다.

"벌써 괜찮을 거예요. 저도 괜찮은데요, 뭘." 내가 좀 거칠게 말한다.

"미안하구나. 정말 너무 미안해." 그가 말한다.

"괜찮아요."

나는 다시 책을 손에 잡는다. 무엇을 해야 할지 알 수가 없다. 이 자리에 다시 앉아 있어야 할지, 일어나 나가야 할지, 침대로 다시 가야 할지, 정원으로 가야 할지 결정할 수가 없다. 오늘 아침의 마법이 사라진다. 언제, 어째서, 모르겠다.

"나는 네 어머니를 알고 있었다." 폴커의 말이 내가 잠겨 있던 생각 속으로 끼어든다.

"네?" 내가 그를 올려다본다.

"전에 만난 적이 있어. 그녀가 하던 일에 그런 대가를 받다니." 그는 이마를 찌푸리며 손가락을 튕긴다. "명칭도 참 특이했지, 성공적 통합을 위한 원조인가 뭔가. 내가 심사위원단에 있었다. 가끔 의무로 해야 하는 일이라."

"힘드셨겠어요." 내가 말한다.

"그래, 힘들었지. 하지만 불평해서는 안 되는 일이었지. 그러니까, 그게 만남의 계기였다."

"그럼 우리 엄마를 그때 잠깐 봤다는 건가요? 엄마에게 흔쾌히 300유로가 든 후원금 봉투를 건네셨나요?"

"왜 그렇게 반항적이냐? 나는 네 엄마와 이야기를 나누었다. 특이한 여성이었어."

"그걸 당장 알아챘어요?" 내가 흥분해서 묻는다.

"그래. 그랬다." 그가 침착하게 말한다.

나는 책장을 넘긴다.

"그래서 나 역시 큰 충격을 받았다. 그 소식을 들었을 때. 그녀가……." 그는 망설이며 손가락을 꺾는다. 우두둑 소리.

"…… 총을 맞고 쓰러졌죠. 머리에, 배에, 그리고…." 내가 말을 잇는다.

그의 얼굴이 변한다.

"…… 다리에." 나는 계속한다. "다행히 그 순서였어요. 그래서 엄마는 틀림없이 고통을 덜 느꼈을 거라고 생각해요. 왜 그렇게 창백해요?"

그는 식탁 위에 있던 손을 무릎에 놓고 깍지를 낀다.

"어머? 당신이 처음 듣는 소리를 제가 했나요? 너무 끔찍하게 들려요? 당신은 직업상 언론 보도를 들었을 거라고 생각했는데요. 언론 보도에 총구멍마다 자세하게 설명되어 있었으니까요. 언론은 사람들에게 최신 정보를 주는 게 무엇보다 중요하잖아요." 내가 말한다.

"세부 사항은 모른다. 그 기사는 읽지 않았어." 그의 말이 거의 들리지 않는다.

"조금 아는 사람에게 관련된 일이면 평소와 완전히 다르게 느껴지죠. 그렇지 않나요?"

"그만해. 제발." 그가 말하며 일어선다.

"폴커. 혹시 우리 엄마를 좀 많이 알고 있었나요?" 내가 천천히 말한다.

그는 다시 털썩 앉으며 두 손을 겹친다. "그게 무슨 말이냐?" 그가 묻는다.

"그게 그렇잖아요. 세상이 참 좁네요." 내가 말한다.

"대체 무슨 말을 하는 거야?" 그가 힘겹게 묻는다.

"왜 그걸 인정하려 들지 않는 거죠?"

"나는 인정할 게 아무것도 없다. 사샤." 그는 말한다. 그리고 나를 쳐다본다. 회색 눈이 완전히 탁하다.

"수치스러운가요? 우리 엄마가 당신에게 충분히 훌륭하지 않았어요? 아니면 우리 엄마가 당신과 같이 있지 않으려 했나요? 엄마가 그랬으리라고는 전혀 생각할 수 없네요."

"사샤. 내게 원하는 게 대체 뭐냐?" 그가 크게 말한다. 나는 놀라서 움찔한다.

"제가 당신에게요?" 나는 신중하게 되묻는다. 그는 어깨를 축 늘어뜨리고 식탁에 앉아 엄지로 두 눈 사이를 문지른다. 몹시 피곤해 보인다.

그가 가엾어지기 시작한다.

"죄송해요. 저와는 전혀 관계없는 일이에요. 제가 무척 배은망덕했어요. 제가 접근해서 귀찮게 굴었는데도 당신은 정말 친절했고, 저를 여기에 데리고 와 주었어요." 내가 말한다.

"그런 쓸데없는 말은 할 필요도 없어. 하지만 네가 나에 대해 뭔가 오해하는 것은 원치 않는다." 그가 힘겹게 말한다.

"또 하나의 비밀." 내가 말하며 창밖의 벚나무를 쳐다 본다. "있잖아요, 우리 삶을 자꾸 힘들게 만들지 말아요. 우리 두 사람 다 뭔가 상처가 있는 것 같아요. 이 부분에 서."

오후에 그는 다시 나간다. 일이 있어서 나가야 한다고 말한다. 그가 나와 같이 집에 있을 수 없기 때문에, 내 질문이 두렵기 때문에 나가는 게 아니었으면 좋겠다.

나는 잠시 그의 머리카락을 만져 보고 싶다. 그의 머 리카락이 안톤처럼 부드러운지, 내 머리카락처럼 뻣뻣 한지 궁금하다.

내가 정원의 풀밭에 누워 구름을 쳐다보고 있으려니 펠릭스가 온다.

"너도 집에 있구나." 내가 놀라며 말한다.

"너도 집에 있네." 그가 말한다.

"넌 집에 자주 틀어박혀 있니?"

"항상. 너 혹시 나랑 같이 DVD 볼 생각이 있는지 물 어보려고." 그가 말한다.

"무슨 DVD?"

"나는 수천 개 가지고 있어. 최신 것도 좀 있고."

나는 벌떡 일어나 청바지에 묻은 잔디를 턴다.

내가 쭉 늘어선 그의 DVD 수집품 앞에 서 있는 사이, 텔레비전에서 어젯밤에 나왔던 똑같은 뉴스가 나온다.

"나는 액션은 좋아하지 않아. 그리고 로맨스 영화도 싫어해. 호러 영화도 싫어하고." 내가 말한다.

펠릭스가 신음 소리를 낸다. "도대체 네가 좋아하는 게 있기는 하냐?"

"이론적으로는 있지." 내가 말하며 계속 볼 영화를 찾는다.

"내가 좋아하는 영화를 볼래?" 그는 물으며 얼굴을 약간 붉힌다.

나는 제임스 본드가 나오는 영화나 <미션 임파서블>일 거라고 예상했는데 펠릭스가 나를 놀라게 한다. "사이더 하우스." 그가 쑥스러워하며 말한다.

"존 어빙. 그가 시나리오도 쓴 걸로 아는데." 내가 놀라며 말한다.

"그건 몰라." 그가 말하며 묻는 표정으로 내 얼굴을 쳐다본다. "생각 있어? 그거 좋은 영화야." 내가 고개를 끄덕이자 그의 얼굴이 환해진다.

그는 감자칩 봉지를 뜯고 DVD를 집어넣는다. 나는 그의 침대에 양반다리를 하고 앉는다. 그는 옆에 쭉 드러눕는다. 펠릭스가 무릎으로 한 번 나를 살짝 스치면서 감전이라도 된 것처럼 움찔한다. 난 너를 깨물지 않는다고 말하려다 그만둔다.

"영화가 좀 슬퍼. 모르겠어. 혹시 내가 그…… 너에게 너무……." 그가 5분이 지나자 말한다.

"어휴 맙소사. 영화 때문에 질질 울지 않아. 내가 지금까지 영화를 보고 울었던 적은 딱 한 번밖에 없어."

"그래? 어떤 영화를 보고 울었는데?" 그는 관심을 가지고 묻지만 눈은 화면에서 떼지 않는다.

"맥컬리 컬킨이 연기한 <마이 걸>이라는 영화 아니? 그가 영화에서 벌에 쏘이고 알레르기 때문에 죽잖아. 장례식에 어린 여자 친구가 뛰어 들어와서는, 그 애의 아버지가 장의사야, 여자애가 막 소리를 지르기 시작해. 친구에게 안경을 도로 씌워 줘야 한다고, 안경이 없으면 아무것도 안 보인다고 말이야. 남자애가 죽어서 누워 있잖아. 여자애가 소리를 질러. '그에게 안경을 돌려줘!' 난 그 장면만 보면 늘 눈물 콧물 다 흘리면서 엉엉 울어."

"오." 그가 말하며 잠시 옆에서 나를 쳐다본다.

"넌 항상 울었어? 아니면 울게 된 게 그 이후로……." 그가 입을 다문다.

"그건 우리 엄마가 돌아가시기 전이었어. 그 영화는 아주 오래된 거야." 내가 말한다.

"오." 펠릭스는 다시 말하고 칩 봉지를 부스럭거린다.

그 후로 우리는 제작진 소개가 나올 때까지 더는 이야기하지 않는다. "너도 거기까지 보니?" 펠릭스가 물으며 DVD를 케이스에 넣는다.

"어디까지?"

"제작진 소개까지. 모든 사람들의 소개가 다 나올 때까지."

"응. 늘 그랬어." 내가 놀라서 말한다.

"나도. 영화관에서도. 영화의 마지막 대사가 나오자마자 사람들이 벌떡 일어나 나가 버리는 거, 신경질 나. 나는 어떤 음악이 사용되었는지 등등도 다 읽고 싶어. 영화를 만들기 위해 무척 많은 사람들이 참여했으니 최소한 이름이라도 읽어서 존중을 해야지." 펠릭스가 말한다.

"나 영화관에 간 지 한참 되었어. 몇 년 동안 못 갔어." 내가 말한다.

"이 영화에서 눈에 띄는 거 없었어?" 펠릭스가 물으며 다시 얼굴을 붉힌다.

"눈에 띄는 거?"

"고아원에 있는 소녀, 왜 그 호메로스를 좋아하는 소녀."

"그 여자애가 왜?"

"그 애가 너랑 좀 닮았어."

"뭐? 그 이상한 여자가?" 내가 소리를 지른다.

"이상한 여자 아냐." 펠릭스가 벌컥 화를 내며 말한다.

"그 여잔 아주 예뻐. 여자가 좀 코믹한 연기를 했을 뿐이야. 하지만 연기를 아주 잘했어."

나는 눈썹을 치켜세운다.

"볼래?" 펠릭스가 묻는다. 그는 침대에서 벌떡 일어나 나를 컴퓨터 앞으로 민다. 그가 자판을 친다. 화면이 곧바로 밝아진다. 컴퓨터가 내내 켜져 있었던 거다. 나는

펠릭스 옆에 서서 그가 창을 클릭하고 다시 닫는 것을
지켜본다.

"정확히 뭘 보라는 거야?" 내가 입을 연다. 하지만 곧
보인다. Paz-de-la-Huerta 웹사이트다.

"뭐야? 파즈 데 라 후에르타가 뭐야?"

"이게 그 여자애야. 영화에 나온 여자. 그녀는 벌써
스물두 살이야."

"그 중에 이름은 어느 거야?"

"파즈."

"왜 이걸 나에게 보여 줘?"

"네가 보라고. 네가 그녀와 닮았다는 걸."

펠릭스는 포토 갤러리를 클릭한다. 나는 좀 더 가까
이 다가간다. 펠릭스는 나에게 의자를 밀어 주고 자신
은 바닥에 무릎을 꿇는다.

"봤지? 내 말이 맞지?" 그가 묻는다.

나는 갤러리를 여기저기 클릭한다. 갤러리는 우리가
방금 보았던 영화에 나오는 장면 사진으로 구성되어 있
다. 다양한 각도로 찍힌 검은 머리의 소녀. 52개 사진.

"글쎄. 뭐, 사실 아주 나쁘지는 않네. 특히 그녀가 웃

을 때." 내가 말한다.

"내가 말했잖아. 너처럼." 펠릭스가 우물거린다.

"뭐?"

"아냐."

"세상에나. 하찮은 조연급 영화배우 웹사이트를 만들겠다고 이렇게 공을 들이는 사람은 대체 누구야? 분명히 제법 정신이 나갔고 그 여자에게 푹 빠졌겠지. 게다가 그것 말고는 할 일이 없는 사람일 테고." 내가 말한다.

펠릭스가 아랫입술을 깨문다.

"내가 그녀를 좋아해." 그가 말한다.

"네가?"

"그래. 나. 이건 내 웹사이트야."

그 말에 나는 할 말을 잃는다.

"홍콩 출신의 녀석도 있어." 펠릭스가 말한다.

"녀석이 좀 도와줬어. 하지만 그 녀석은 나처럼 진지하지는 않아."

내가 무슨 말을 해야 할까. 방금 떠오른 생각은 절대로 말할 수 없다. 그러면 펠릭스가 즉시 기분 나빠할 것이다.

"넌 컴퓨터 앞에서 시간을 많이 보내는구나." 내가 마침내 입을 연다.

"그래. 무척 많이. 사실 난 모든 시간을 컴퓨터에 써. 아니면 DVD를 보고." 펠릭스가 무뚝뚝하게 인정한다.

"왜 가끔씩이라도 밖에 나가지 않니? 밖에 나가면 틀림없이 너랑 어울리는 예쁜 아가씨들이 있을 텐데. 너의 파즈보다 훨씬 더 예쁜 애들." 내가 말한다.

펠릭스는 대답하지 않고 대신 자판을 자기 쪽으로 당긴다.

"내가 상관할 바는 아니지만. 그런데 약간 외롭지 않아? 안 그래?" 내가 묻는다.

"그래서?"

"사람이 자신의 인생을 낭비하는 건 좋지 않다고 생각해." 내가 날카롭게 말한다. 그 말에 나 스스로도 놀란다. 하지만 펠릭스는 듣지 않는다. 그는 자판을 친다.

그리고 컴퓨터 화면에 글이 뜬다.

"그러는 너는? 너는 네 인생을 사니?" 내가 읽는다.

그가 자판을 내게로 밀어 준다. 나는 잠시 생각한 후

자판을 친다. "나는 좀 완전히 다른 인생을 살아." 그리고 더 크게 쓴다. "완전히 다른 인생. 너를 나와 비교하는 건 생각할 수도 없어."

"나도 비교하지 않아." 펠릭스가 재빨리 쓴다. 내가 자판에 손을 뻗지만 그는 자판을 내주지 않는다. 화면에 새 글줄이 붙는다.

"너, 그런데 남자 친구 있어?" 내가 읽는다. 그런 다음 자판을 받는다.

"없어. 난 남자 친구 생각 없어." 그리고 마리아 생각이 나서 덧붙인다. "그리고 여자 친구도 없어."

"예전에 있었어?" 펠릭스가 쓴다.

"뭐?"

"남자 친구."

"옛날에 학교 수련회에 갔을 때 한 번 결혼했어. 열여섯 살일 때. 재미로. 최근 2년 동안은 아무도 없었어."

"너의 엄마 때문에?"

"엄마와는 아무 상관없어."

"나는 파즈 같은 애를 사귀고 싶어. 아예 파즈라면 최고겠지."

"꼭 그렇게 되길 바란다."

"네가 사귀고 싶은 남자는 어떤 사람이야?"

"아무도 없어." 내가 쓴다. 하지만 완전히 옳은 말은 아니다. 내가 그의 아버지의 머리카락을 만지고 싶다는 말은 쓰지 않을 것이다.

"혹시 나이가 많은 사람?" 나는 이렇게 쓰고 펠릭스를 흘낏 본다. 그는 '왝' 하는 표정을 짓는다.

"너는 벌써 해 봤어?" 그가 적고는 말줄임표의 점을 열 개쯤 찍는다.

"뭘?"

"알잖아."

"섹스?"

그의 얼굴이 새빨개지고 귀까지 확 달아오른다. 그가 짧게 자판을 친다. "응."

"내가 아까 말했잖아. 아니."

"열여덟 살이라며 아직도?!"

"그래서? 너도 안 해 봤으면서."

"너는 그게 좀 웃긴다는 생각이 안 드니?"

"나는 절대적으로 웃긴다고 생각해."

"한번 해 볼 생각은 없었어?"

나는 거의 웃을 뻔한다. "너랑 하자는 거야, 뭐야?" 나는 이렇게 쓰고 뒤에 스마일 이모티콘을 붙인다.

펠릭스는 한참 생각한다. 드디어 짧게 자판을 친다. "왜 안 돼?"

나는 품하고 뿜는다. 하지만 나는 차마 그를 쳐다볼 용기는 나지 않았다. 그의 당황스러움이 이미 육체적으로 느껴질 정도다.

"하지만 나는 너의 파즈가 아니잖아. 아무리 내가 갈색 머리라도 말이야." 내가 쓴다.

"그건 상관없어." 펠릭스가 쓴다. 나는 잠시 그를 쳐다본다. 그는 화면을 뚫어지게 쳐다보고 있다.

"넌 예뻐." 갑자기 그가 뒤이어 쓴다.

"뭐? 너 미쳤니?" 나는 크게 소리를 지른다.

그는 나를 쳐다보지 않고 얼굴만 찌푸린다. 나는 입을 다문다.

대화는 게임 규칙을 어기는 거다.

나는 오랫동안 생각한다. 폴커 트레부어를 생각한다. 펠릭스는 그의 유전자의 절반을 가졌다. 하지만 그것

186

은 눈에 보이지 않는다.

"너의 아버지도 옛날에 빨간 머리였어?" 내가 쓴다.

펠릭스는 한참 글을 읽는다. 마치 질문을 이해하지 못한다는 듯이.

"응." 그가 마침내 쓴다. "왜?"

"그럼 하자."

"뭐?" 펠릭스가 쓴다. 그의 손가락이 공중에 떠서 기다린다. 나는 자판을 끌어당긴다.

"네가 하고 싶은 거. 하지만 막 신음 소리는 내지 않기."

"어떻게 그런 생각을 하는 거야?" 펠릭스는 머리 뿌리까지 얼굴이 빨갛게 달아오른다. 나는 꼼짝하지 않는다.

"시도해 볼게." 펠릭스가 쓴다. 오타를 얼른 수정한다. "마구 신음하지 않기를 시도. 잘될지는 모름."

그러고 나서 우리는 서로 쳐다보지 않고 적어도 5분은 그대로 앉아 있다.

펠릭스가 먼저 입을 연다.

"넌 자신이 없는 것 같다." 그가 말한다. 손가락이 책상 모서리를 할퀸다.

"그럼 너는? 너는 자신 있어?"

"물론."

"좋아. 그럼 옷을 벗어."

그는 천천히 내게로 고개를 돌린다. 사람이 그보다 더 지독히 빨개질 수는 없다. 그의 이마에 성냥을 대면 틀림없이 불이 붙을 것이다. "네가 먼저." 그가 말한다.

"싫어. 네 아이디어였어."

그는 바짝 긴장한 얼굴로 나를 쳐다본다. 그러더니 티셔츠를 홀렁 벗어 바닥에 던진다.

"이제 네 차례야." 그가 말하며 춥다는 듯 팔짱을 낀다. 그의 가슴팍에 흰줄이 길게 나 있다. 흰줄은 거의 흉골 아래쪽에서 끝난다. 팔이 흰줄을 완전히 가리지 못한다.

"그건 뭐야? 흉터야?" 내가 물으며 손가락으로 가리킨다.

"아무것도 아냐. 네 차례야. 나는 벌써 절반이나 벗었어."

"그건 비교할 수 없어." 나는 시간을 벌 요량으로 말한다.

"어째서? 나는 나체를 보고 흥분하는 게 완전히 과장되었다고 생각해. 모든 여자들이 다 똑같이 보여. 그리고 모든 남자들도 다 너나 나나 똑같고."

나는 숨을 들이쉬고 스웨터를 벗어 그의 티셔츠 위로 던진다.

"그거도." 그는 말하며 턱으로 가리킨다.

"오, 모든 물건을, 우리는 감히 이름을 대지 못하는구나." 내가 말한다.

"뭐라고?"

"아무것도 아냐. 괴테의 말이야." 나는 거짓말을 하고 그의 얼굴에 브라를 던진다. 그는 씩 웃으며 브라를 잡는다.

"뭘 그렇게 뚫어지게 쳐다봐?" 내가 묻는다. 그리고 오싹한 한기를 느끼고 조금 전에 그가 했던 것처럼 몸을 움츠린다.

"지금 생각해 보니까 사람들의 몸이 모두 다 똑같지 않은 것 같아." 그가 천천히 말한다.

나는 팔을 뻗는다. 그가 내 앞에 무릎을 꿇어서 그의

어깨에 내 손을 올려놓을 수 있다. 그의 손가락이 조심스럽게 내 갈비뼈를 스친다. 그의 얼굴이 너무 가까이 있다. 그래서 나는 눈을 감고도 그의 입에 키스할 수 있다. 아마 그가 내게 다가왔기 때문인 것 같다.

이제 나는 매우 놀라운 두 가지 발견을 한다. 첫째, 그의 머리카락, 다시 말해 햇빛에 반짝이는 뒤통수의 머리카락이 부드럽고 무척 따뜻하다. 둘째, 그는 팽팽하고 건조한 입술을 가졌는데, 입술의 느낌이 좋다.

나는 놀라서 뒤로 기대고는 눈을 뜨고 있는 그를 바라본다.

"그렇게 뚫어지게 쳐다보지 마." 나는 말하며 그를 무릎 사이로 끌어당긴다.

이후 우리는 이불 두 개와 적어도 다섯 개는 되는 베개 사이에 나란히 눕는다. 침대는 사실 바닥에 깔려 있는 아주 넓은 매트리스다. 나는 모기가 절망적으로 윙윙거리며 창유리를 부딪는 소리에 귀를 기울인다.

펠릭스가 사레들린다. "그래, 어땠어?" 콜록거리고 나서 그가 묻는다.

"뭐가 어때?"

"해 보니까 어땠어?"

"끈적거려. 너는?" 내가 말한다.

"엄청 강렬해." 그가 느긋하게 말한다. 그리고 의기
양양하게 덧붙인다. "나는 신음 소리를 전혀 내지 않았
어. 아마 필사적인 노력이었지."

"그런 것 같았어."

"그래서 거의 터질 것 같았어."

"다행히 거의였지."

"아니, 사실은 완전 그랬어."

나는 웃을 수밖에 없다.

"아팠어?" 펠릭스가 묻는다.

"아팠어야 해? 아니."

"나도 안 아팠어." 그가 말한다.

모기가 윙윙댄다. 나는 느긋한 평온을 누린다. 성가
신 것은 다만 펠릭스가 갑자기 수다를 떨고 싶은 욕구
에 사로잡힌 것이다. 그가 몸을 옆으로 돌리고 더 바짝
붙는다.

"만일 아주 좋지 않았다면, 그건 네가 아직 경험이 없
기 때문이야." 펠릭스가 내 귀에 대고 말한다.

"뭐? 연습을 해야 할 사람은 너야." 내가 소리를 지른다.

"좋아. 우리 더 연습하자." 펠릭스가 재빨리 말한다.

"하지만 나랑은 말고." 내가 말한다.

"그럼 누구하고 해?"

"혹시 파즈하고."

그는 살짝 거리를 둔다. "넌 아주 아주 치사해." 그가 마음이 상해서 말한다.

"알아. 그리고 넌 아주 아주 수다스러워. 남자들은 하고 난 다음 항상 잠이 든다고 알고 있었는데."

펠릭스가 조용히 듣고 있다가 말한다. "난 아냐. 나는 자지 않을 거야. 절대로 안 자."

"그러면 내 옷 좀 줘. 저기 바닥에 있어. 네 옷이랑 같이."

"왜 내가 줘? 왜 네가 직접 집어 오지 않고?"

"우리 둘 중에 네가 남자니까."

웃기게도 그 말이 펠릭스의 기분을 좋게 한다. "하지만 쳐다보지 마." 그가 단호하게 말한다. 그래서 나는 이불을 뒤집어쓴다.

"네 엄마는 어디에 있니?" 내가 이불 속에서 묻는다.

"여기." 펠릭스가 말한다. "쳐다보면 안 돼, 내가 말했지!"

"하지만 네가 '여기'라고 하니까 그렇지."

"내 말은, 저기."

나는 그가 가리키는 곳을 본다. 하루 종일 켜져 있는 텔레비전을. 남자와 여자가 뉴스를 읽는다.

"저기가 어디야?" 내가 묻는다.

"저기 저 여자. 저 여자가 우리 엄마야."

"아니잖아." 나는 말한다. 별로 놀랍지 않다.

"아니긴. 우리 엄마야."

그 순간 아나운서의 이름이 화면에 뜬다. 요한 켈러와 마르티나 트레부어.

"무슨 일이래. 왜 네 엄마가 바보상자에 들어가 있어?" 내가 말한다.

"저기서 일해. 네 눈에도 보이잖아. 베를린에서."

"부모님이 이혼했어?"

"그래, 아니면 왜겠어?"

"그런데 넌 왜 아버지와 같이 살아?"

"그러면 안 돼? 나는 베를린에 가고 싶지 않았어. 그리고 엄마의 새 남자도 싫어. 나는 이곳이 좋아. 여기에 내게 필요한 모든 게 있어." 펠릭스는 나에게 스웨터, 바지, 양말을 차례차례 던지고 텔레비전을 끈다.

"우리 같이 외출할까?" 저녁에 폴커가 묻는다.

"어디로?" 펠릭스가 불퉁하게 묻는다.

"저녁 먹으러 가자고. 펠릭스, 너도 최근에 좋다고 했던 이탈리아 식당에. 사람이 하루 종일 집에 틀어박혀 있을 수는 없지. 아니면 영화 보러 가든지. 사샤, 네 생각은 어떠니?"

"모르겠어요. 저는 아무거나 상관없어요." 내가 말한다.

"너는 모든 게 상관없구나. 너희 둘을 보면 꼭 축 늘어진 침낭 자루 같아. 너희들 나이에 나는 달랐다."

"아빠 어땠는데?" 펠릭스는 물으며 느긋하게 눈을 감는다.

"나는 주말에 절대로 집에서 빈둥거리며 시간을 낭비하지 않았어."

"집에 있는 게 최고야." 펠릭스가 말한다.

"네 컴퓨터를 내가 내다버려야 해."

"반드시 나도 같이 버려 줘."

"생각이 그러시면 저는 같이 나갈게요. 이탈리아 식당이든 영화관이든 아니면 둘 다 가던지요." 내가 말한다.

"그런데 넌 언제 내게 말을 편하게 놓을래?"

"언젠간요. 때가 되면요." 내가 말한다.

"둘이 나간다면 나도 같이 가. 난 어차피 늘 집에 혼자 있으니까."

"내 말이 그 말이다." 폴커가 말한다.

우리는 은색 아우디 차를 타고 작은 마을 영화관이 있는 이웃 마을로 간다. 펠릭스와 나는 뒷좌석에 앉는다. 누가 폴커의 옆자리에 앉느냐를 두고 둘이 합의를 볼 수 없었기 때문이다. 나는 창밖의 광경과 흰머리가 난 폴커의 뒤통수를 번갈아 본다. 펠릭스는 나를 지켜보고 있다. 나는 펠릭스 쪽으로 고개를 돌릴 수 없다. 그러면 펠릭스가 어색해하며 얼른 다른 데를 쳐다보기 때문이다. 펠릭스는 오늘 오전에 아무 일도 없었던

것처럼 무척 어색해한다. 마치 우리가 조금 전에 알게
된 사람처럼.

나는 그게 재미있다.

영화를 보기 전, 우리는 작은 피자집에 들어가 고동
색 나무 탁자에 앉는다. 폴커는 와인을 주문한다. "나
도." 펠릭스가 말한다. 그러면 나도 달라고 한다. 우리
는 피자 토핑을 맞바꾼다. 펠릭스는 내 치즈를 가져가
고, 나는 펠릭스의 버섯과 페퍼로니를 가져온다. 우리
는 많이 웃는다.

"거기 그거, 나 줘." 펠릭스가 폴커에게 말하며 포크
를 갖다 댄다.

"내 접시에서 손 떼. 나도 한 번쯤은 나만의 걸 가져
보자." 폴커가 말한다.

폴커는 호의적이지만 침울해 보이는 눈으로 우리를
지켜본다. 나도 갑자기 슬픈 느낌이 든다. 펠릭스가 우
스갯소리를 한다. 하지만 나는 웃어 주는 걸 잊는다.

"그런데 뭘 상영해요?" 내가 묻는다.

"영화? <브로크백 마운틴>. 동성애자인 카우보이에
대한 영화야. 이제 여기 사람들도 드디어 복사본을 구

했지. 다른 사람들은 벌써 두 번은 봤는데 말이야." 폴커가 말한다.

"영화관은 이제 끝났어. 더는 영화관에 갈 필요가 없어졌어. 곧 사라질 거야. 영화는 어차피 곧 DVD로 다 나오니까." 펠릭스가 말한다.

"그래도 나는 큰 스크린으로 보고 싶다. 넌 오늘 상영하는 영화는 싫다고 할걸. 여자들이 안 나오니까." 폴커가 말한다.

"한 명도 안 나와?" 펠릭스가 놀라서 묻는다.

나는 영화관에서 두 사람 사이에 앉는다.

구식의, 검붉은, 싸구려 벨벳 천을 댄 의자가 있는 영화관이다. 폴커가 어마어마하게 큰 팝콘 통을 내 무릎에 올려놓았다. 좌석이 꽉 찬다. 나는 팔꿈치로 살짝 폴커를 건드린다. 그는 팔을 빼지 않는다. 나는 갑자기 땀이 난다.

펠릭스는 계속 팝콘 통에 손을 넣는다.

"통을 가져가." 내가 속삭인다.

"싫어." 그가 속삭인다. 그러고 나서 그가 손을 가져가는 것을 잊어버려서 그의 손이 내 손 위에 그대로 놓여 있다. 그의 손은 뜨겁고, 축축하고, 팝콘 부스러기가 잔뜩 묻어 있다.

나는 살짝 손가락을 뺀다.

펠릭스가 손을 가져간다.

폴커는 그사이에 팔꿈치를 뺐다. 그의 눈은 스크린을 향해 있다. 나는 그의 옆얼굴을 꽤 오랫동안 본다. 그는 내가 쳐다보는 것을 모르는 척하거나, 아니면 실제로 알아채지 못하고 있다.

나는 무릎에서 펠릭스의 손을 신경질적으로 털어 낸다. 어느새 바지에 달라붙은 팝콘과 함께.

30분 후에 나는 모든 것을 잊는다. 영화가 갑자기 흥미로워진다.

영화가 끝나기 직전에 뒷줄에 앉은 여성이 훌쩍이기 시작한다. 그녀가 너무 크게 훌쩍이는 바람에 나까지 울컥해져 슬쩍 주위를 둘러본다. 그러다 폴커와 눈길이 마주친다. 그는 입가를 밑으로 축 늘어뜨리고 있다. 그의 입술이 '슬픔'의 단어를 표현한다. 나는 뜻을 알아채고 어깨를 으쓱해 보인다. 그는 눈으로 내 옆 좌석을 가리킨다.

나는 고개를 돌려 펠릭스를 쳐다본다. 그의 얼굴이 눈물로 범벅이다.

폴커의 입술이 다시 움직인다. "위로해 줘."

"아뇨." 내가 속삭인다.

펠릭스가 이상하다는 눈초리로 우리 쪽을 넘겨다보더니 손으로 얼굴을 가린다.

영화가 끝나고 우리가 제작진 소개를 전부 다 읽을 때까지 폴커는 진득하게 기다린다. 우리는 말없이 차가 주차된 곳으로 간다. 펠릭스는 눈이 빨갛다. 그가 울어서 창피해하는 것을 나는 안다.

"너희들, 영화가 어땠니?" 폴커가 묻는다. 한참이나 대답이 돌아오지 않는다.

"좋아요." 내가 마침내 말한다. 예의 없이 굴고 싶지 않기 때문이다. 나는 그냥 영화에 대해 곧장 이야기하고 싶은 생각이 없을 뿐이다. "아주 좋았어요."

"이 얼마나 편안한 사람들이냐. 이 얼마나 유쾌한 대화인가. 다음번에는 양로원에 사는 누군가와 약속을 해야겠다. 너희들에 비해 노인들의 반응이 절대로 더 느리지 않을 게다." 폴커가 중얼거린다.

차를 타고 집으로 오는 내내 우리는 말이 없다.

나는 손님방의 하얀 침대에 눕는 게 좋다.

더 이상 냄새도 그리 낯설지 않다. 문득 집에 전화를 한 번도 하지 않았다는 생각이 떠오른다. 집에서도 전화가 오지 않았다. 마리아에게 음성 문자를 보낼까 생각해 본다. 다시 말해 내가 문자를 입력해 놓으면 그것을 번역기가 마리아에게 읽어 주는 것이다. 러시아어로 쓰는 게 제일 좋다. 그러면 번역기가 옮길 때 아주 우스꽝스럽게 들린다.

나는 어떤 재미난 글을 쓸까 곰곰이 생각한다. 그때 문이 살며시 천천히 열린다. 그리고 갑자기 펠릭스가 티셔츠와 사각팬티 차림으로 내 침대 앞에 서 있다.

"너?! 난 하루에 두 번은 할 수 없어!" 내가 퉁명스럽게 말한다.

"그거 때문에 온 거 아냐. 넌 발이 차다고 했잖아. 폴커는 난방 온도를 항상 낮춰 놓아. 자기는 늘 너무 덥대." 펠릭스가 재빨리 말한다.

"내가 언제 그런 말을 했어?" 내가 묻는다. 그리고 실제로 내 발이 차다는 것을 깨닫는다.

펠릭스는 조심스럽게 침대 모서리에 앉으며 묻는 표
정으로 나를 쳐다본다.

"뭐 좋아." 나는 말하며 옆을 내주어 그가 내 옆에 드
러누울 수 있게 한다.

내 침대는 그의 침대보다 훨씬 좁다. 콧등이 서로 닿
는다. 나는 그의 신선한 숨결, 치약 냄새 그리고 기이하
게도 동시에 초콜릿 냄새가 나는 것을 느낀다. 방금 민
트초콜릿이라도 먹었을까. 어둠 속에서 그의 눈동자가
아주 크다. 그래서 거의 검은 눈처럼 보인다.

나는 그에게 이불을 덮어 주고 다른 쪽으로 몸을 돌
린다.

내 등 뒤에서 그가 조금 달싹댄다. 이어 나에게 몸을
붙인다. 곧바로 따뜻해진다.

그의 손이 내 배를 껴안는다. 나는 그의 손을 꽉 붙들
어 이리저리 움직이지 못하게 한다.

"이렇게 가만히 있어." 내가 말한다.

"이렇게?"

"응."

"그러면 이렇게는?"

"그렇게는 안 돼."

펠릭스는 내 귀에 대고 간지럽게 한숨을 내쉰다.

"잘 거야?" 그가 묻는다.

"응."

그가 다시 한숨을 쉰다.

나는 오랫동안 깨어 있다. 펠릭스는 내 머리카락에 대고 고른 숨을 내쉰다. 그가 숨을 쉴 때 머리카락이 날리는 게 느껴진다.

나는 두 카우보이 생각에 잠이 오지 않는다.

"펠릭스, 이야기 하나 들을래?" 내가 나지막이 말한다.

그는 즉시 깬다. 그가 눈을 깜박이는 소리가 들린다.

"몰라. 어떤 이야기냐에 따라." 그가 말한다.

"끝이 나쁜 이야기." 내가 말한다.

펠릭스는 잠자코 숨을 쉰다.

"옛날 옛적에 한 여자가 살았어. 아름다운 여자였는데, 자신의 방식으로는 똑똑했어. 하지만 다른 방식에서 보면 또 아주 멍청했지. 그녀는 자기 자신을 지킬 수 없었어. 그러던 어느 날, 그녀가 마법에 걸려서 눈이 좀 멀어 버렸어. 그녀는 남자와 결혼해서 두 아이를 낳았어. 그리고 그녀는 다른 남자에게서 낳은 큰딸도 하나 데리고 있었어."

펠릭스는 자신의 발 사이에 내 발을 끼운다. 그렇게 하니 좋다.

내가 이야기한다.

"그는 참 한심한 남자였어. 여자는 늘 그 남자와 헤어지려 했어. 하지만 그가 늘 애처롭고 불쌍하게 굴어서 여자가 과감하게 남자를 떠나지 못했지. 그랬다가는 남자가 완전히 망가질 거라고 생각했던 거야. 아마도 그녀는 자기 자신이 망가지는 편이 낫다고 생각했던 것 같아. 남자는 성질이 무척 불같고, 질투심이 많았어. 자주 소리를 버럭 지르고, 여자를 때리기도 했어. 어느 날, 가족이 전부 다른 왕국으로 옮겨 갔어. 그리고 그때 여자에게 씌워졌던 저주가 풀렸어. 그녀는 그 쓰레기를 문밖에 내쫓는 데 성공했지. 남자는 무시무시하게 분노해서 바닥을 쾅쾅 짓밟으며 난리를 부렸어. 그래도 여자는 자신의 뜻을 관철했어. 남자는 얼마간 진정하게 되었어. 그는 꼬박꼬박 옛 가족을 찾아왔어. 그가 옛 가족이라고 불렀어. 특히 친 두 자식을 보러 왔어. 친딸이 아닌 큰딸과는 결코 사이가 좋지 못했어. 큰 딸은 늘 그를 미워했고, 그는 그 사실을 알고 있었어. 또 큰딸을 무서워하기도 했어. 남자는 큰딸이 보는 앞에서 아이들을 건드리거나 또는 큰딸 자신이나 여자를 건드렸다간 즉시 경찰을 부르리라는 것을 잘 알고 있었지. 어느 날 여자는 왕자를 알게 되었어. 왕자는 마법에 걸려 있었어. 그래서 그녀 말고는 아무도 그가 원래 왕자라는 걸 아는 사람이 없었어. 그리고 여자는 한동안 무척 행복했고 아이들도 행복했어. 왕자가 정말 좋은 사람이었기 때문이야. 그가 찾아오면 모든 게 좋았어. 물론 전 남편은 행복하지 않았지. 그는 옛 가족이 자신을 빼놓고 잘 지낸다는 것을 알아챘어. 그리고 옛 자식들도 왕자를 좋아한다는 것도. 아이들이 자기 아버지가 실제로 얼마나 쓰레기인지를 알게 될까 봐 두려웠어. 그는 아이들이 사실을 알지 못하게 하려고 했어. 그는 뭔가를 해야겠다고 마음먹었지. 그리고 아주 좋은 생각이 떠올랐어. 그는 아이들에게 줄 초콜릿을 사서 옛 가족을 찾아왔어. 남자가 그날 재킷 속에 권총을 넣고 있다는 것은 아무도 몰랐어. 그는 아이들에게 초콜릿을 주었어. 여자도 집에 있었고, 왕자도 같이 있었어. 남자는 두 사람에게 욕을 해 대기 시작했어. 그래서 여자는 남자에게 가 달라고 했어. 남자는 갔어. 하지만 멀리 가지는 않았지. 밖에서 어슬렁거리던 남자가 다시 찾아왔어. 그는 초인종을 눌렀어. 여자는 그를 다시 들어오게 했어. 큰딸이 그때 집에 왔어. '대체 원하는 게 뭐야?' 여자가 물었어. '진정된 다음에 다시 와.' 그때 남자는 권총을 꺼내 쐈어. 한 번, 두 번, 세 번, 네 번. 큰딸은 소리를 지르기 시작했어. 얼마나 소리를 크게 질렀는지 유리창이 밖으로 날아갔어. 큰딸은 엄마를 일으켜 세우려 했어. 하지만 엄마는 너무 무겁고 축 늘어져 피바다 속에 누워 있었어. 그러자 큰딸은 권총을 들고 있는 남자에게 달려들어 주먹으로 마구 패다가 코뼈를 부러뜨렸어. 큰딸은 그가 왜 자신도 쏘지 않았는지를 지금도 알 수 없어 해. 남자는 큰딸을 확 밀치며 으르렁거렸어. '그놈은 어딨냐?' 왕자를 찾는 거였어. 왕자는 그때 어린아이들과 함께 부엌에 앉아 있었어. 곧 왕자도 나와서 경악과 공포로 몸을 떨었어. 아이들이 뛰어나와 엄마를 보고 비명을 지르기 시작했어.

남자는 다시 권총을 들었어. 그러자 왕자는 침실로 달아났어. 왕자는 문을 닫았지만 남자가 쏜 총알이 문을 뚫었어. 큰딸은 두 아이를 데리고 밖으로 뛰어나가 이웃집 초인종을 눌렀어. 큰딸은 계단참에서 또 두 발의 총소리를 들었어. 이웃사람들이 급하게 아이들을 안으로 끌어들이고 문을 재빨리 닫았어. 그 후 남자는 총을 들고 밖으로 나와 이웃집 초인종을 눌렀어. 하지만 이웃 사람들은 그에게 문을 열어 주지 않았지. 남자는 이웃에게 경찰을 부르라고 말했어. 그때 이웃도 경찰을 부를 생각이 막 떠올랐어. 남자는 체포될 때까지 계단참에서 기다렸어. 그는 순순히 권총을 내놓고 자백했어. 그는 법정에서 이렇게 말했어. 아내가 짜증나게 했다고, 항상 그랬다고. 펠릭스, 자니?"

나는 그의 아래팔에 난 소름을 쓰다듬는다. 그는 말이 없다. 숨소리가 들리지 않는다. 아마 숨을 참고 있는 모양이다.

"내 이야기를 듣기는 했어?"

"네 아버지는 어디 있어?" 그가 갑자기 묻는 바람에 나는 깜짝 놀란다.

"몰라. 어쩌면 이 나라 어딘가에 있겠지."

"그게 무슨 말이야?"

"나는 아버지에 대해 아는 게 없어. 알고 싶지도 않고. 엄마는 가끔 아버지에 대해 이야기해 주려 했지만 내가 항상 잘라 버렸어."

"난 이해를 못 하겠다." 펠릭스가 내 귀에 대고 속삭인다.

"펠릭스 아가, 네가 어떻게 이해하겠니? 그는 내가 태어나는 걸 원치 않았어. 내가 엄마의 말을 끊기 전에 엄마가 아버지에 대해 말할 수 있었던 딱 한 가지가 그 말이었어. 그는 엄마가 낙태하기를 바랐고, 그러라고 상당히 많은 돈을 주었대. 그 돈으로 괜찮은 의사를 개인적으로 구할 수 있도록. 여자들을 컨베이어 벨트에 눕혀 놓고 배 속을 긁어내고 마취제도 주지 않는 일반 클리닉에 가지 않도록 말이야. 우리 엄마는 그를 좋은 사람이라고 했어. 애인의 낙태를 챙겨 줄 수 있는 괜찮은 남자라고 몇 번이고 말했지. 물론 반농담이었어. 엄마는 병원에 갔고, 옷을 벗어야 하는데 갑자기 그런 생각이 들더래. 아무튼 엄마 말이 그랬어. '나는 여자아이를 가지고 싶어. 아이를 사샤라고 부를 거야. 지금 절대로 아이를 죽이지 않을 거야. 그가 뭐라고 하든 아이는 이미 살아 있는 거니까. 나는 아이를 낳을 거야.' 그리고 엄마는 다시 옷을 주워 입고 돈 봉투를 집어 들고 도망쳤어. 그러자 여의사는 지금 여자가 완전히 미쳤다고 생각했어. 엄마는 집으로 오는 내내 정신없이 달렸어. 여의사가 쫓아올 거라고 생각했기 때문에. 엄마는 남자도 절대로 다시 만날 생각이 없었어. 그가 억지로 낙태를 시킬지 모른다는 두려움 때문이었어. 이미 그런 경우가 몇 번 있었대. 엄마는 처음에 남자에게 돈을 되돌려주려 했지만 나중에 그 돈으로 아기 물건을 샀어. 그런 이유로 나는 아버지의 이름을 몰라. 출생신고서에도 아버지의 이름이 나와 있지 않아. 나는 이제 물어볼 사람도 없어. 엄마가 돌아가셨으니까. 누가 알아. 혹시 그 남자가 작년에 노벨상을 탔는지. 하지만 나와는 아무 상관없는 일이지. 넌 어떻게 생각해, 펠릭스?"

펠릭스는 대답하지 않는다. 내 귀에 아주 나지막하고 가느다란 피리 소리만 들린다. 이 소리가 어디서 나는 거지. 고장 난 핸드폰에서 나는 소리인가, 내가 생각한다.

그리고 갑자기 나는 잠에 빠진다.

한밤중에 누가 나를 깨운다.

무슨 영문일까. 펠릭스가 내 옆에 드러누워 무슨 말을 하려고 애쓴다. 그가 자신의 몸을 마구 더듬는 게 이상해 보인다. 내가 그의 손을 꼭 잡는다. 손이 차고 떨린다.

"뭐야? 너, 왜 그래?" 내가 말한다.

그는 입을 벌리고 숨 가빠한다.

나는 갑자기 신경이 곤두선다. "왜 그래? 제발 말 좀 해 봐!" 내가 외친다.

그의 두 손이 가슴팍으로 떨어져 힘없이 놓인다. 흰 티셔츠 위에서 그의 손가락 끝이 움직인다. 마치 눈에 보이지 않는 자판을 치는 것처럼 보인다. 입술이 달싹거린다. 나는 그에게 몸을 굽힌다. 그가 내 귀에 대고 숨을 내쉰다.

"폴커. 폴커 불러." 그가 말한다.

나는 벌떡 일어나 펠릭스를 넘어 바닥에 뛰어내려 복

도로 뛰어나간다. 폴커의 침실이라고 생각했던 문으로 미친 듯이 뛴다. 나는 문을 벌컥 연다. 하지만 그곳에는 침대가 없고 탁자와 수많은 캐비닛뿐이다.

"폴커! 어디 있어요? 폴커!!" 내가 소리를 지른다.

나는 온 집을 뛰어다니며 보이는 문마다 확 열어젖히고 외친다. 이 순간이 영원처럼 느껴진다. 문을 열면 어둠, 곰팡이 냄새. 한번은 위에서 다림판이 떨어지며 내 머리를 내려친다. 아픈 느낌도 들지 않는다. 미로에서 길을 잃은 것 같은 기분이 든다. 모든 게 빙빙 돌기 시작한다. 나는 벽을 꽉 붙들지만 벽마저 손에서 쭉 미끄러진다.

"폴커, 제발! 펠릭스가 이상해요! 어디 있어요?"

나는 막 울기 시작한다.

폴커가 복도 끝에서 나타난다. 그는 맨발에 웃통은 벗은 채로 한 손으로 급하게 바지를 여미고 있다. 그는 나를 쳐다보지도 않고 그냥 지나쳐 뛰어간다.

"그쪽이 아니에요! 그는 내 방에 있어요." 내가 외친다.

폴커는 순간 멈추고 돌아서서 계단을 뛰어 내려간다. 나도 뒤따라 뛰어 내려간다. 그가 나보다 더 빠르다. 나는 계단에서 미끄러져 넘어질 뻔한다.

손님방에서 폴커가 펠릭스를 일으키려 한다. 나는 불을 켠다. 펠릭스의 얼굴이 창백하고, 입술이 파랗고, 눈에 공포가 서려 있다. 폴커는 그의 어깨를 꽉 잡고 있다.

"물, 차가운 물." 폴커가 내 쪽을 돌아보며 말한다.

나는 부엌으로 뛰어가 찬장을 열어젖히고 물컵을 찾아 물을 부으면서 절반은 흘린다. 펠릭스가 물을 마시려 한다. 그의 치아가 유리컵의 가장자리에 탁탁 부딪힌다.

"뭘 더 가지고 와야 해요? 약은 어디에 있어요?" 내가 급하게 묻는다.

"젠장, 차로." 폴커가 말한다.

"차에 가서 찾아봐요?"

"아니, 우리가 차로 가야 해. 진정이 되질 않아. 병원으로."

펠릭스가 입술을 달싹이며 나를 쳐다본다. 나는 가까이 다가가 그의 앞에 쪼그려 앉는다. 그가 하는 말이 잘 들리지 않는다. "같이. 제발." 펠릭스가 말한다.

나는 급하게 청바지를 입는다. 폴커는 셔츠를 훌렁 입는다. 폴커가 펠릭스를 일으키자 거부한다.

"옷을 입을래." 펠릭스가 이 사이로 내뱉는다.

폴커는 눈을 크게 부릅뜬다. "정신 나간 소리 하지 마." 그가 말한다. 하지만 나는 재빨리 달려가 펠릭스의 방에서 옷장 문 하나를 확 열고 청바지의 바짓가랑이를 잡고 끄집어낸다.

차 안에서 나는 다시 뒷좌석에 펠릭스의 옆에 앉는다. 펠릭스가 내 목을 끌어안고 있는 사이 폴커는 페달을 밟는다.

우리는 고속도로를 시속 200킬로미터로 달린다.

지금 이게 무슨 일인지 알 수가 없다. 나는 펠릭스의 왼손을 잡고 있다가 손목을 짚고 내 손가락 아래에서 뛰는 맥박을 느낀다. 나는 그의 맥박이 사라지지 않기를 바라는 마음으로 맥박이 뛰는 부위를 손가락으로 꼭 누른다. 다른 손으로는 제발 귀를 막았으면 싶다. 펠릭스의 입에서 삑삑거리는 소리가 날 때마다 등에 소름이 쫙 끼친다.

펠릭스의 몸이 내게 기울어지기 시작한다.

"폴커, 펠릭스가 더는 버티지 못해요!" 내가 소리를 지른다.

폴커는 자신의 핸드폰을 내 무릎에 던진다.

"전화해. '병원'이라고 되어 있는 번호로. 우리가 간다고 해. 이름을 대."

나는 핸드폰을 켠다. 핸드폰이 내 것보다 훨씬 복잡해서 연락처에서 병원 번호를 찾느라 애를 먹는다. 드디어 찾은 '병원' 번호를 누르고 핸드폰을 귀에 댄다. 고속도로의 소음이 너무 커서 아무 소리도 안 들릴까 봐 걱정이다.

저쪽에서 전화를 받는다. 나는 '기도'라는 말을 떠올린다. 내가 몇 마디 더듬는다. 펠릭스의 이름을 댄다. 성이 뭔지 떠오르지 않는다.

"트레부어." 폴커가 앞에서 말한다.

"펠릭스 트레부어." 나는 전화에 대고 소리를 지른다.

"다시 호흡 곤란. 우리가 해결할 수 없다." 폴커가 할 말을 알려 준다.

나는 메아리처럼 그 말을 따라 한다.

나는 저쪽에서 뭐라고 대답했는지 알아듣지 못한다.

그러더니 전화가 완전히 끊긴다.

"끊었어요. 폴커, 전화 받던 작자가 끊었어요. 어떡해요?" 내가 절망적으로 외친다.

"괜찮아. 고마워." 폴커가 너무도 침착하게 말한다. 뒷좌석에 사람이 쓰러져 있고, 한밤중에 비에 젖은 고속도로의 1차선을 달리면서 어떻게 이처럼 침착할 수가 있을까.

"저쪽에서 뭐라고 했는지 알아듣지 못했단 말이에요!"

"상관없어. 그 사람들은 지금 우리가 간다는 것을 알아. 우리를 잘 알아."

나는 펠릭스의 머리 밑에 손을 받쳐 좀 더 편안하게 눕게 한다.

우리는 고속도로를 벗어난다. 나는 지금 우리가 어디쯤에 있는지 둘러보지 않는다. 나는 펠릭스만 본다. 가로등의 흐릿한 불빛에 펠릭스의 얼굴이 사람에게서 아직 본 적이 없는 색을 띠고 있다. 나는 펠릭스가 지금 죽었다고 확신한다. 그러다 그의 입술에 손가락을 갖다 대 본다. 손가락에서 따뜻한 숨결이 느껴지는 게 믿어지지 않는다.

나는 앞에서 차단기가 올라가는 것을 본다. 이어 모
든 게 더욱 빨라진다. 펠릭스는 차에서 끌어내려 들것
에 실려 사라진다. 폴커는 내 위팔을 꽉 잡고 황급히 뒤
따라간다. 나는 질질 끌려간다. 무릎이 꺾일 지경이다.

곧이어 우리는 복도에서 플라스틱 의자에 앉아 있다.
다급함이 지난 후에 참으로 오랫동안 시간이 멈춰서 버
린 것 같다. 번쩍이는 네온 빛이 폴커의 살갗을 노란색
으로 물들인다. 그는 다리를 쩍 벌리고 고개를 뒤로 젖
히고 눈을 감고 앉아 있다. 셔츠의 첫째 둘째 단추가 풀
려 있다. 상당히 엉망으로 보인다. 그 모습이 어울리지
않는다. 나는 그에게 그 말을 하거나 아예 직접 매무새
를 가다듬어 주고 싶은 마음을 억지로 참는다.

"폴커. 내 얼굴은 지금 무슨 색이에요?" 아주 아주 한
참 만에 내가 묻는다.

그는 나를 보기 전에 눈을 비빈다.

"녹색." 그는 말하고 다시 몸을 기댄다.

"폴커, 지금 우리가 있는 곳이 어디에요?" 내가 묻는다.

"대학병원." 그는 눈을 감고 말한다.

"폴커. 왜 여기에 와 있어요?"

그는 손을 높이 들어 눈을 감은 채로 용케 내 어깨를 잡더니 톡톡 두드린다.

내 어깨에 소름이 오싹 돋는다.

"폴커, 펠릭스는 대체 무슨 병이에요?"

"펠릭스가 가지고 있지 않은 병이 뭐냐고 묻는 게 더 낫지." 폴커가 말한다.

나는 그 말에 뭐라고 대답해야 할지 알지 못한다.

폴커가 입을 연다. "펠릭스는 가끔 말썽을 부리는 폐를 가지고 태어났어. 태어나서 열 살 때부터 거의 두 달에 한 번꼴로 병원에서 세월을 보냈지. 그런 다음에 펠릭스는 이식수술을 받았다."

"어머, 세상에." 내가 말한다.

"너희들이 같이 잤다면 넌 소리를 들었을 거야. 조용할 때 그의 숨소리가 가느다란 휘파람 소리같이 들려."

밤에 잠들기 전에 내가 의아해했던 소리가 떠오른다.

"저는 그 소리에 핸드폰이 고장 났나 했어요." 나는 말한다. 그리고 내가 엄청나게 크고 빨간 귀를 가진 기분이 든다. 그래서 귀를 만져 보기까지 한다. 귀가 뜨겁기는 하지만 크기는 보통이다.

"나는 처음에 그 소리에 결코 익숙해지지 못할 것 같다는 생각이 들었다. 하지만 사람은 모든 것에 적응하기 마련이지." 폴커가 말한다.

"무슨 말이에요?"

"그 숨소리. 우리가 언젠가 같이 여행을 가서 같이 호텔에서 잠을 잤는데 그때 난 그 소리에 완전히 미치는 줄 알았지. 그 후로 나는 늘 귀마개를 하고 잔단다. 그 때문에 오늘 밤에 네가 외치는 소리를 듣는 데 시간이 걸린 거야."

"전 그다지 나쁘다는 생각은 들지 않아요. 그 삑삑 소리 말이에요." 내가 말한다.

사방의 모든 것이 더없이 고요하다. 다만 저 멀리 수많은 문 뒤에서 나는 발소리만 들린다.

"흰 줄이요. 펠릭스의 가슴에 흰 줄이 있던데요." 내가 말한다.

"그게 수술 자국이야. 펠릭스에게 엄청나게 수치스러운 자국이지. 그래서 수영장에도 가지 않아. 펠릭스는 모두가 자기를 쳐다본다고 생각해." 폴커가 말한다.

"헛소리. 사람들이 보기는 뭘 봐요." 내가 말한다.

"나도 펠릭스에게 늘 그렇게 말하지. 하지만 말을 듣지 않아."

"맙소사." 갑자기 내가 부끄러워진다.

"미안해요." 내가 말한다. 그러자 폴커가 어리둥절해하며 한쪽 눈을 뜬다.

"뭐가 미안해?"

"우리가 지금 이렇게 병원에 있잖아요. 전 두 사람에겐 만사가 다 좋은 줄만 알았어요. 저는 두 사람이 아무 문제도 없는 행복한 사람들이라고 생각했어요."

폴커가 피식 웃는다.

"그렇게 긴 수술 자국." 내가 말한다.

"그곳을 절개해야 했거든. 흉골을 톱으로 썰어 내야 했어. 그래야 기관지에 닿을 수 있으니까. 그 후 오랫동안 중환자실에 있어야 했지. 어린애가 수많은 관을 붙이고 있었어. 미안, 너무 감정적인 소리지만 그럴 때 사실 정말 견딜 수가 없단다. 자기 자식이 그런 일을 겪을 때." 폴커가 말한다.

"당연하죠. 어떻게 견디겠어요? 저는 안톤을 생각만

해도 몸이 오싹해지는데요."

"나는 이 년 전에 담낭에 뭐가 생겼어." 폴커가 말한
다. "담석, 아주 평범한 거지. 나도 병원에서 수술을 받
았다. 최소침습 수술. 그건 폐 수술에 비하면 정말 간단
한 거야. 하지만 마취에서 깨어나 누워 있는데 세상에,
죽을 것처럼 무척 아픈 거야. 나는 그때 진통제를 달라
고 말 그대로 애원했다. 그리고 내내 펠릭스를 생각했
지. 당시 애는 전혀 울지 않았어. 하지만 흉곽을 톱으로
자르면 얼마나 아픈지, 넌 상상할 수 있겠니? 너의 폐를
여기저기 절단하면? 그 후로 숨을 쉴 때마다 어떤 고통
이 오는지 상상할 수 있니? 펠릭스는 아파서 비명을 지
르지 않으려고 아주 얕게 숨을 쉬곤 했었다."

폴커는 나를 보지 않고 앞을 보고 있다.

"펠릭스는 결코 불평을 하지 않았어. 그 애가 인간적
으로 아주 단순한 애는 아니야. 하지만 수술한 걸 가지
고는 절대로 징징대지 않았어. 수술 전에는 펠릭스가
많은 것을 할 수 없었지. 스포츠도, 거친 놀이도. 중병
을 앓는 아이와 마찬가지였어. 수술을 받은 후 나아졌
다. 장기 이식에 의해 보통 사람들의 생활을 할 수 있었

어. 아무튼 그 전과 비교하자면 말이야. 펠릭스는 약도 계속해서 엄청난 양을 먹어야 했지. 거부 반응을 없애기 위해, 피가 너무 끈적거리는 상태가 되면 안 되기 때문에. 가능한 한 모든 것을 지속적으로 조절해야 했어. 펠릭스는 여기 대학병원이 제2의 집이라고 농담을 한단다." 폴커가 말한다.

"그런데 지금 우리가 병원에 온 이유는 무엇 때문이에요? 이식한 게 거부 반응이 일어나요?" 내가 묻는다.

"천만에, 무슨 소리야? 그렇지 않아. 그런데 이상하게 몇 년 전부터 심각한 호흡 곤란 증세가 나타나는구나. 원인은 알레르기 때문일 수도 있고 아닐 수도 있어. 계속 발생, 아주 갑자기. 기관지가 오그라드는 거야. 기관지를 조절하는 신경이 가끔 아주 이상하게 행동을 취하는 거지." 폴커가 말한다.

"신경이요?" 내가 불안해져 묻는다.

"네가 생각하는 그 신경이 아니야." 폴커는 말하며 피곤하게 웃는다. 그는 손가락을 쫙 펴서 나에게 보여준다. "봐라. 이게 기관지야. 그리고 여기에 폐엽이 있겠지. 이곳을 이식했단다. 육체적 긴장은 호흡을 빠르게 만들어. 그건 정상이야. 그러나 펠릭스의 경우는 모든 게 그냥 이런 식으로 수축이 돼. 그러면 공기를 얻지 못해. 신체에 공기가 제대로 공급되지 않아. 호흡 곤란. 아까처럼."

"왜 그런 일이 일어나요?" 내가 묻는다. 갑자기 내가 잘못했다는 기분이 든다.

"그건 아무도 몰라. 무척 불규칙해. 하지만 거의 밤에만 그래. 내가 원인을 정확히 무엇이라고 짚어서 말할 수 없어. 그 현상에 규칙성을 찾을 수 없단다." 폴커가 말한다.

"그럼 의사들은요? 의사들은 원인을 알 수 있나요?" 내가 묻는다.

"아니. 의사들은 더 모르지. 우리 펠릭스는 거대한 수수께끼야." 그가 씩 웃는다. "특히 의학계의 수수께끼지. 펠릭스가 검사해 보지 않은 알레르기는 아마 없을 거다. 아마 희귀한 유전자 결함 때문일 거라고 추측해. 그런데 호흡 곤란은 종종 그냥 없어지기도 해. 때로 호흡 곤란을 진정시킬 수 있는 몇 가지 방법이 있어. 예를 들면 차가운 물 같은 것. 하지만 이번에는 그것도 듣지 않았어."

"만일 호흡 곤란을 진정시키지 못하면." 나는 말하다 말고 손으로 입을 가린다.

"그래. 그 경우는 안 좋지. 아주 안 좋은 상황인 거지." 폴커가 우울하게 말한다.

"저 안에서 의사들이 펠릭스를 데리고 뭘 그렇게 오래 해요?" 내가 이로 깨물고 있던 손을 다시 뺀 후에 묻는다.

"나도 당장은 몰라. 의사들은 약을 가지고 있고, 그걸 써 보는 거지. 하나씩 하나씩. 첫 단계의 약이 듣지 않으면 다음 약을 시도해 보는 거야. 의사들은 펠릭스에게 인공호흡을 두 번 해야 했어. 왜냐하면 기도를 이완시켜 주기 위한 이완제를 이미 너무 많이 투여받았기 때문에. 이완제가 뭔지 아니?"

"네, 근육을 느슨하게 만드는 약이라서 스스로는 호흡을 할 수 없죠." 내가 말한다.

"그래. 그래서 펠릭스도 숨을 쉴 수 없었어." 폴커가 말한다.

속이 메슥거린다. "왜 이렇게 오래 걸리죠?" 내가 묻는다.

폴커는 대답하지 않는다.

"폴커, 내 잘못인 것 같아요." 내가 말한다.

그가 놀라며 나를 쳐다본다.

"그래요. 우리가 그걸 하지 않았어야 했던 것 같아요." 내가 말한다.

"뭘?" 폴커가 묻는다.

내 얼굴이 확 달아오른다. 마치 말벌 열댓 마리에 쏘인 것 같은 느낌이다.

"아하, 그거." 폴커가 말하며 빨갛게 달아오른 내 뺨을 대놓고 훑어본다. "네가 오늘 밤에 내 아들의 동정을 가졌다는 사실을 넌지시 알리고 싶은 거냐?"

"아니요." 내가 말한다.

"아니라고? 그리고 나서 바로 호흡 곤란이 일어난 것 같은데?" 폴커가 의아해한다.

"오늘 밤이 아니고요. 아침이었어요." 내가 말한다.

갑자기 폴커가 크게 웃는다. 그의 웃음이 텅 빈 병원의 복도에 끔찍하게 쩌렁쩌렁 울린다.

"아이들을 감시하지 않으면 그런 일이 생기지." 그가

말한다.

"우린 아이들이 아니에요." 내가 말한다.

"걱정하지 마라. 나는 그 때문에 호흡 곤란이 일어났다고 생각하지 않는다. 펠릭스는 이전에도 이미 그랬어. 그런데, 벌써 오래전부터 이렇게 격렬한 경우는 나타나지는 않았는데." 그가 옆에서 나를 쳐다본다.

"어쩌면 펠릭스가 좀 더 조심했어야지요." 내가 어색하게 말한다.

폴커가 또 크게 웃는다. "가엾은 펠릭스. 그런데 말이야, 녀석이 하겠다는 걸 못 하게 하는 건 불가능할 거야. 나는 한 번도 성공해 본 적이 없어." 폴커가 말한다.

"그만 좀 웃어요. 제발. 그 소리에 소름이 끼친단 말이에요. 여기서는 웃음소리가 너무 무섭게 들려요." 내가 말한다.

폴커는 믿을 수 없어 하며 고개를 흔든다. "꼬맹이 펠릭스. 누가 그럴 줄 알았겠냐." 그가 말한다.

그의 어조도, 내용도 듣고 있기가 불편하다.

그 순간 문이 열린다. 키가 작고 짙은 갈색 피부에 짧고 검은 머리의 의사가 폴커에게 오라고 손짓한다.

나는 의자에 몸이 딱 붙은 채 천천히 하지만 뚜렷하게 가슴이 철렁 내려앉는 것을 느낀다.

폴커가 내 어깨를 흔들며 묻는다. "너 지금 정신을 어디에 두고 있니? 너 또한 나에게서 항상 멀어지는 사람이구나. 펠릭스는 병동으로 이동했다."

"그러면 다시…?"

"그 정도면 괜찮아 그래. 펠릭스는 더 지켜볼 게 있어서 병원에 있어야 해."

"그런데 펠릭스는 아무것도 가져오지 않았잖아요."

"펠릭스도 대뜸 그 소릴 할 거야. 가자. 가서 잘 자라고 인사해 주자."

"그래도 돼요?" 나는 불안해서 묻는다.

"괜찮을 것 같아. 가자."

우리는 한 층 더 올라간다. 그곳은 벽이 더 하얗고, 고요한 정적이 더욱 으스스하다. 벽 한쪽에 소리가 크게 나는 문이 있다. 문이 하나 열리며 간호사가 우리에게 들어오라고 손짓한다.

"조용히 해 주세요." 간호사가 말한다.

우리는 병실에 들어선다. 나는 이제 무엇을 보게 될

지 두렵다.

병실에 침대가 두 개 있다. 창가 쪽 침대에 사람이 자고 있는 것 같다. 베개 위에 검은 머리카락이 보인다. 다른 침대에 펠릭스가 앉아 분노에 이글거리는 눈으로 폴커를 노려본다. 나는 펠릭스가 아주 생생해지고 더는 파란색으로 보이지 않는 게 좀처럼 믿어지지 않는다. 나중에야 비로소 그의 티셔츠 밑에 있는 케이블이 언뜻 보인다. 케이블은 침대 옆의 무시무시한 기계로 이어진다.

"집에 갈래." 펠릭스가 말한다.

"넌 이제 어린애가 아니야." 폴커가 말한다.

"내가 여기서 뭐 해?" 펠릭스가 씩씩댄다.

"의사들이 널 지켜봐야 한단다."

"지난번에는 안 그랬잖아."

"지난번에는 너 역시 의사들 손에서 죽을 뻔하지도 않았다." 폴커가 강하게 말한다.

펠릭스는 입을 벌렸다가 다시 다문다.

그는 침대 시트 위에 앉아 있다. 내가 옷장에서 끄집어낸 바지를 입고, 입고 자면서 내 등에 닿았던 티셔츠를 입고 있다. 당장이라도 뛰어내릴 것처럼 보인다. 한 손은 주먹을 꽉 쥐고 있다. 다른 쪽 검지는 빨래집게같이 생긴 기구에 꽂혀 있다. 그것이 펠릭스를 또 다른 기계와 연결하고 있다.

"내가 내일 일찍 오마. 우리. 우리가 내일 일찍 올게." 폴커가 말한다.

"여기 내 물건이 아무것도 없어. 칫솔, 컴퓨터, 잠옷, 하나도 없어."

"다 내일 가지고 올게."

"하지만 당장."

"아브라카다브라, 펠릭스가 당장 가져오란다. 제길. 봤지, 오늘은 마법이 안 통하네."

"헛소리 좀 그만해."

나는 문에 몸을 기댄다. 내가 전혀 필요 없는 것처럼 느껴진다.

하지만 내가 움직이자 펠릭스가 알아챈다. 그는 나를 쳐다본다. 그의 얼굴에 한없는 실망감이 나타난다.

"이제 한숨 자라. 우리는 집에 가서 잔다. 잠을 자는 게 우리 모두에게 좋을 거야." 폴커가 말한다.

펠릭스는 침울하게 눈을 끔벅인다. 그리고 나를 자꾸 쳐다보지만 아무 말도 하지 않는다. 그의 눈짓이 내게 무엇을 전달하려는지 알 수가 없다. 부디 내가 여기서 그와 함께 밤을 보내기를 바라지 않기를.

폴커가 문손잡이를 돌린다.

"새벽 네 시. 대체 무슨 밤이 이러냐. 옷 벗고 제발 그만 자. 넌 이제 다 큰 사내잖아." 폴커가 말하며 하품한다.

"재수 없어." 펠릭스가 중얼댄다.

폴커가 나보다 먼저 나가려고 하는 것 같다. 그렇게 해서 단둘이 남을 때 펠릭스가 내게 뭔가 말할 수 있는 기회를 주려고 말이다. 그런데 이상하게도 나는 아무 말도 듣고 싶지 않다.

"잘 자. 내일 봐." 내가 재빨리 말한다.

복도에서 나는 몸을 숙여 폴커의 팔 밑으로 쏙 들어간다.

그는 나를 데리고 유리문 쪽으로 간다.

"어딜 가려고? 그쪽 문이 아니야." 폴커가 부드럽게 말한다.

나는 방향을 돌려 폴커의 옆으로 뛰어나간다. 밖에서 신선한 공기를 한껏 들이마신다.

"대체 무슨 밤이 이러냐." 폴커가 되풀이한다. "봐라. 별."

"네. 아주 많네요." 내가 말한다.

돌아오는 길은 꿈처럼 흐른다. 잔잔한 흔들림에 잠이 온다.

폴커가 CD 플레이어를 튼다. "디도. 아니?" 그가 말한다.

"네." 내가 말한다.

"무척 좋지, 안 그래?"

"그냥 그래요. 나는 그녀를 많이 좋아하지는 않아요." 내가 말한다.

폴커는 CD 전환 버튼을 누른다. "메리 J. 블라이즈. 좋아해?" 그가 말한다.

"괜찮아요. 그보다 더 못한 가수들도 있으니까요."

"맙소사. 도대체 네가 좋아하는 사람이 있기는 하니?" 폴커가 발끈하며 묻는다.

"있어요. 당신, 오직 당신만." 내가 잠결에 말한다.

그 후로 나는 아무 소리도 듣지 못한다.

열린 차창으로 불어오는 바람에 나는 잠에서 깬다. 폴커가 손을 내민다.

"집에 다 왔다. 아니면 넌 차에서 계속 잘래?" 폴커가 말한다.

나는 그의 손을 잡는다. 그가 나를 끌어낸다. 그런 다음 그가 재빨리 내 손을 놓는다.

싫으면 말라지. 나는 거의 무심하게 생각한다.

우리는 현관문으로 향하는 돌계단을 걷는다. 열쇠 꾸러미가 짤랑거린다. 나는 복도에서 한 손으로 벽을 짚고 다른 손으로 신발 끈을 푼다.

문득 폴커가 내 옆에 서 있는 게 눈에 띈다. 그가 불을 켜지 않았다는 것도.

내가 휘청거리다 그의 어깨에 이마가 닿는다. 그는 땀을 많이 흘렸는데도 셔츠에서 풍기는 냄새가 좋다. 면도용 스킨 냄새와 벤진 증기가 섞인 땀 냄새가 기분 좋게 느껴진다. 거기에 병원 냄새도 묻어 있고, 오늘 저녁에 갔던 술집의 담배 냄새와 술 냄새도 섞여 있다.

나는 그의 어깨에 이마를 문지른다.

폴커는 잠시 내 머리카락을 훑고는 똑바로 서도록 나를 밀어내고 불을 켠다.

싫으면 말라지. 나는 또다시 생각한다. 그리고 나는 그에게 등을 돌리고 천천히 계단을 오른다.

그는 나를 앞서 가더니 주방으로 꺾어져 들어간다.

갑자기 무언가가 나도 그쪽으로 끌어들인다.

나는 벽에 기대어 서서 그가 적포도주 병을 따고 잔에 따르는 것을 지켜본다. 포도주 잔이 천천히 비고 다시 술이 따라진다. 그리고 또 한 잔. 그리고 또 한 잔.

그러고 나서 그가 나를 발견한다.

"너도 마실래? 아니면 오늘 저녁에 마신 것으로 충분하니?" 그가 묻는다.

"충분한 이상이죠. 사실 전 술을 마시지 않아요." 내가 말한다.

"그런 안타까운 일이 있나. 왜 안 마셔?" 그가 말한다.

"몰라요. 어쩌면 너무 많은 사람들이 술 때문에 죽는 나라에서 왔기 때문인지도 모르죠." 내가 말한다.

폴커가 잔을 탁자에 내려놓자 잔이 쨍하는 소리를 낸다.

"넌 아직 너무 어려. 넌 생각을 세 번은 더 바꾸게 될 거다." 그는 말하며 나를 지나쳐 밖으로 나간다.

나는 그럴 것 같지 않다. 하지만 그에게 말하지 않는다.

나는 마치 연결된 것처럼 그의 뒤를 따라간다. 마침내 나는 그의 침실이 있을 문을 본다. 그는 문 뒤로 사라진다. 그는 내가 뒤따라온 줄 모른다. 신발을 신지 않은 나는 소리를 완전히 죽이고 걷는다.

그가 침대에 앉아 두 손으로 머리를 감싼다.

"더블베드네요." 놀랍게도 내가 말한다. 나는 무엇을 기대하고 있을까.

그가 놀라서 쳐다본다. 어두워서 나를 곧바로 알아보지 못할지도 모른다.

"너? 또 너냐?" 그가 기진맥진해서 묻는다.

나는 그의 옆에 앉는다. 따뜻한 그의 엉덩이가 느껴진다. 그는 비키지 않는다.

이제 어떻게 될지 알 수 없다. 갑자기 그가 두 손으로 내 머리를 꽉 잡는다. 그는 내 입에 키스를 한다. 생각했던 것보다 훨씬 더 강하게. 그리고 나를 베개에 눕힌다. 그의 손가락이 내 머리카락을 헝큰다. 영원처럼 오래, 고통스럽게.

나는 떨리는 것을 참고 그에게 맞서 단호하게 두 손으로 셔츠 속의 그의 등을 쓴다.

그러고는 좋던 기분이 사라진다.

그의 키스는 너무 급하고 너무 탐욕적이다. 그의 손목시계가 스웨터 속에서 내 살을 긁는 것, 그가 다른 손으로 내 머리카락을 잡아당기는 게 싫다. 게다가 그가 나를 다른 사람으로 착각하고 있다는 느낌이 짙게 든다.

나는 이런 불편한 상황에 있지 않은 지 오래되었다.

그가 내 귀에 대고 거친 숨을 내쉰다. 그의 입에서 나는 술 냄새에 숨이 막힌다. 나는 몸을 빼지만 그는 집요하게 나를 쫓는다. 내가 몸을 계속 굴려서 빠져나가면 그는 즉시 뒤따라와 나를 껴안는다.

아마 그는 자신이 사냥꾼이 된 게임을 한다고 생각하는 것 같다.

나는 더 이상 하고 싶지 않다는 뜻을 그에게 어떻게 말해야 할지 난감하다.

이제는 그가 싫다는 뜻이 아니다. 다만 그가 나를 놓아주었으면 좋겠다.

하지만 그를 밀쳐 내거나 오금을 차 버리고 싶지는 않다. 그러기에는 내가 그를 너무 좋아하기 때문이다. 비록 지금 막 그의 멋진 이미지가 대부분 깨졌지만 말이다.

나는 목재 침대 헤드에 닿을 때까지 굴러간다. 더 이상은 갈 곳이 없다. 폴커에게 등을 돌린 자세에서 내 얼굴과 두 손이 차가운 나무에 눌린다.

그러자 그가 나를 놓는다.

내가 놀라서 어깨 너머로 돌아보자 그는 앉아서 얼굴을 문지른다. "미안하다." 그가 쉰 목소리로 말한다. "너무 너무 미안하다. 부디 용서해라. 너를 놀라게 했니?"

나는 침대 헤드에서 몸을 떼고 조심스럽게 앉는다.

"왜 놀라요? 저는 잘 놀라는 성격이 아니에요." 내가 말한다.

"부디 용서해. 내가 그래선 안 되었는데. 대체 오늘 밤은 왜 이러냐." 그가 말한다.

그의 목소리는 완전히 경악한 것 같다. 그는 연신 얼굴을 문지르고 머리를 두 손으로 감싸 쥐고 있다.

"아무 일도 아니었어요. 괜찮아요." 내가 말한다.

"제발 용서해." 그가 되풀이한다. 이제 슬슬 그의 사과가 부담스러워진다.

"맙소사. 괜찮다고요. 내가 먼저 시작했잖아요." 내가 말한다.

"내가 너를 거의……." 그가 말하며 몸서리친다.

"그러지 않았어요. 나는 나를 지키는 법을 알아요." 내가 침착하게 말한다.

"안다고? 어떻게?" 그가 물으며 창백한 얼굴을 내 쪽으로 돌린다.

"폴커, 사실 그 모든 걸 다 알고 싶은 게 아니잖아요?" 내가 피곤한 투로 말한다.

그는 대답하지 않는다.

나는 깔고 앉은 침대보를 잡아당겨 몸을 덮는다. 제일 가까이 있는 베개를 끌어당겨 벤다. 이렇게 푹신한 침대에 눕는 건 아무튼 크나큰 기쁨이다. 내 입꼬리가 올라간다. 나는 상황에 어울리지 않는 행복한 미소를 억누를 수 없다.

"무슨 생각이냐?" 폴커가 잠긴 목소리로 묻는다.

"자려고요." 내가 말한다.

"여기서?!" 이제 그는 완전히 녹초가 된 것 같다.

"네. 이 집에서 내가 혼자 자지 않을 거라는 걸 아셔야 해요. 이 집에서는 계속 무슨 일이 일어나요. 거의 우리 집과 다름없어요." 내가 말한다.

"그러면 나는? 나는 어디로 가라고?" 폴커가 묻는다.

"침대가 넓잖아요. 내가 옷을 벗지 않을게요. 그래야 오해가 생기지 않으니까." 내가 말한다.

"너 좀 미친 것 아니냐." 그가 말한다.

나는 어둠 속에서 씩 웃는다.

"지금 도망간다. 자기 자신을 믿지 못한다. 나를 무서워하기 때문에. 내기해요." 내가 말한다.

"네가 졌어. 내 베개나 돌려주렴. 그거 없으면 난 잠을 못 자. 대신 이걸 베." 폴커가 말한다.

"폴커, 있잖아요." 나는 잠이 들기 직전에 말한다.

"뭐?" 멀찍이 떨어져 있는 그가 중얼거린다.

"저는 벌써 나이가 들었다고 생각했어요." 나는 말하

며 하품을 한다. 하품을 하느라 말이 끊겨 다시 반복해
야 한다. "저와 어른들이 차이가 없다고 생각했어요. 예
를 들면 당신과 나."

"흠-흠."

"그런데 이제 알겠어요. 나이 든 사람은 우리들과 달
라요. 뭔가 다른 속도로 움직여요. 저는 아직 늙지 않았
어요. 저의 속도도 완전히 다르겠죠?"

"뭐? 대체 무슨 얘기를 하는 거냐?" 그가 중얼거린다.

"섹스에 대해서요." 내가 말한다.

"대체 얼마나 어려운 어휘냐, 이 얼마나 곤혹스런 밤
이냐. 이제 쉬자. 제발 자라." 폴커가 말한다.

하지만 나는 곧 다시 잠에서 깬다.

폴커의 침실에 시계가 있다. 내가 일어날 때 시계는
7시를 가리킨다. 나는 기분이 아주 상쾌해졌고, 동시에
몸은 무척 피곤하다. 날이 환하다. 새들이 지저귀는 소
리가 열린 창문으로 들어오고, 폴커의 얼굴에 해가 비
친다. 잠이 든 그의 얼굴은 지치고 늙어 보인다.

그는 똑바로 누운 채 입을 반쯤 벌리고, 표정은 긴장
이 풀어져 있고, 한 손으로 머리를 베고 있다. 더 이상

아주 젊지 않은 남자, 오늘 아침에 나는 그의 얼굴을 꽤 찬찬히 바라본다.

무언가 내 안으로 슬며시 들어와 마음을 갉아먹으며 점점 커지기 시작한다. 내가 알고 있는 감정, 전염병만큼이나 싫은 감정이다. 연민이라는 이름의 감정. 나는 밤에 펠릭스를 신고 고속도로를 질주하고, 병원 복도에서 기다리고, 나중에 혼자 집으로 돌아온 폴커를 원치 않는다.

나는 생각한다. 어떻게 이런 사람과 이혼할 수 있을까. 이렇게 머리가 세고, 잘생기고, 품위 있고, 위트 있는 남자와. 어떻게 사람이 그렇게 아픈 아이를 남겨 둘 수 있을까? 주근깨와 빨간 머리 그리고 셔츠 아래 큰 수술 자국을 가진 아이를?

너무도 간단하게.

그러자 문득 어떤 생각이 떠올라 나는 벌떡 일어난다. 잠결에 폴커가 움찔하는 바람에 경솔한 내 자신을 욕하면서 발끝으로 살금살금 침실을 벗어난다. 발밑에서 느껴지는 쪽마루가 따뜻하고 매끄럽다. 맨발이라 미끄러지지 않는다. 나는 손님방으로 뛰어가면서 불과

몇 시간 전에 여기서 엉엉 울면서 허둥대며 폴커를 소리쳐 불렀던 기억이 되살아난다. 그 일이 몇 년이나 지난 악몽 같다.

하지만 펠릭스는 지금 병원에 누워 있다. 아니면 침대에 앉아 눈을 부릅뜨고 창밖을 내다보거나 아침 식판을 밀어내고 있을 것이다.

내 핸드폰이 베개 밑에 있다. 나는 불안한 마음으로 핸드폰을 들여다본다. 핸드폰은 내가 걱정했던 것을 보여 준다. 어제 저녁부터 전화가 열한 통이 와 있다. 영화관에 핸드폰을 가져가지 않았다. 그 후부터 나는 핸드폰을 들여다보지 않았다.

집에 무슨 일이 있어났던 거다. 어젯밤이 아직 끝나지 않는 것 같다.

걸려 온 모든 전화가 다 집에서 온 것이다.

나는 떨리는 손가락으로 번호를 누른다. 벨이 한 번 울린다. 그리고 마리아의 목소리가 들린다.

"여보세요?" 그녀가 겁먹은 목소리로 말한다. 완전히 잠에서 깬 목소리다.

"마리아, 무슨 일이야, 마리아?" 내가 속삭인다. 마치 내 옆에서 잠든 펠릭스가 깰까 봐 여전히 걱정하고 있는 것처럼.

"사샤." 마리아가 나를 부르더니 울기 시작한다.

나는 참을 수 없는 한기를 느끼기 시작한다. "마리아, 무슨 일이야?" 나는 믿을 수 없을 만큼 차분하고 딱딱하게 말한다.

마리아는 훌쩍이며 애써 울음을 억누른다.

나는 소리를 버럭 지른다. "마리아, 왜 그래? 안톤에게 무슨 일이 생겼어? 알리사에게? 애들에게 무슨 일이 났어? 사고가 났어? 교통사고? 맹장염? 아이들 중에 누가 병원에 갔어? 바딤이 출소했어? 마리아, 제발 말을 해, 아니면… 아니면 내가 돌아갈까."

"사샤, 제발 돌아와. 아가." 마리아가 꽉 잠긴 목소리로 속삭인다.

"이제 제발 말을 좀 해. 대체 왜 그래, 말하는 걸 잊어버렸어?"

"제발 돌아와."

"마리아, 날 완전히 나가떨어지게 만들고 있어." 내 머릿속에 모스크바에서 보았던 낡은 울타리와 공동주택 벽에 끄적대어 놓은 속된 단어들이 하나씩 하나씩 떠오른다. 그 단어들만으로도 나는 알프레트-델프-학교에서 당장 퇴학당할 것이다. "너, 이 머저리야." 그래도 처음에는 조심스럽게 시작한다. "진짜 말 안 할 거야, 무슨 일이야?!"

마리아는 내 말을 계속 듣고 있을수록 점점 더 안정을 찾아간다. "알렉산드리아," 마리아가 마침내 단호하게 말하고 마지막에 코가 막혀 숨을 가쁘게 쉰다. "오히려 네가 먼저 말하는 게 좋아. 언제 오니?"

"안톤과 알리사는 어디에 있어?" 나는 소리를 지르며 펄쩍펄쩍 뛴다. 내가 아직 뭐라도 할 수 있는 곳이면 어디라도 즉시 달려갈 기세다.

"침대에. 아니면 어디에 있겠어?" 마리아가 당당하게 말한다.

"거기서 뭐 해?" 나는 바보같이 묻는다.

"자지. 아니면 뭘 한다고 생각하니?" 마리아가 말한다.

"애들이 아파?"

"왜?" 마리아가 의아해한다. "애들은 아주 건강해. 안톤은 숙제를 전부 혼자서 다 하고. 수학은 모두 정답이고, 나는 다른 건 이해하지 못해. 알리사는 자기 이름을 썼어."

"알리사는 그것도 어려워. 자기 이름 쓰는 거 말이야." 내가 말한다.

"그리고리는 더는 오지 않아." 마리아가 조그맣게 말한다.

"아, 그런데 왜?" 내가 말한다.

"넌 언제 와? 내가 어젯밤에 계속 전화했어. 걱정 많이 했어." 마리아가 말한다.

그러자 내 마음을 짓누르던 무거운 돌이 떨어진다.

"그럼 그것 때문에 전화한 거구나. 안톤이 학부모 편지를 집에 가져왔는데 번역해 주지 않으려 해서 뭐라고 써져 있는지 알고 싶어서 말이야." 나는 아무렇게나 입에서 나오는 대로 말한다.

마리아가 한숨을 내쉰다. "그래서이기도 하지." 그녀가 말한다.

"집에 갈게. 어쩌면 오늘 갈 수도 있어." 내가 말한다.

그러자 마리아는 기뻐서 또 울기 시작한다. 이번에는 나지막하게 운다. 나는 우는 걸 알아채고 얼른 전화를 끊는다.

"가족이란 정말 끔찍하게 신경이 쓰이는 거네요." 내가 나중에 폴커에게 말한다. 폴커는 펠릭스의 방에서 노트북과 DVD를 몇 가지 챙기고 있다.

"그래. 가족은 무척 변화무쌍한 자연재해지. 다음 생에 나는 불교의 중이 될 거다. 식솔도 없고 소유물도 없고 머리를 빡빡 민 중. 너는?" 폴커가 말한다.

"미국의 대통령이요. 저는 펠릭스가 오늘 집에 올 수 있다고 생각했어요." 내가 말한다.

"내 경험으로는 아냐. 의사들이 어제 펠릭스에게 말하지 않았을 뿐이야. 펠릭스가 화가 나서 비싼 기계들을 때려 부술까 봐. 자기 침대에서 곧장 병원 침대로 옮겨 가는 건 모든 사람이 겪는 일은 아니지. 오늘 아침쯤이면 펠릭스가 조금은 안정되었겠지. 내 희망 사항이다. 그런데 정말 벌써 가려고?" 폴커가 말한다.

"그러면 좋겠어요. 전 사실 아주 멀리 떠나고 싶어요. 외딴섬으로요. 사방이 바다고, 야자수가 높이 자라고, 갈매기가 휘휘 하늘을 날고, 흰 모래와 모기가 있고, 햇볕에 살이 까맣게 그을리는 곳." 내가 말한다.

"그리고 바카디." 폴커가 말한다.

"왜 바카디예요?" 내가 의아해서 묻는다.

"왜냐하면 바카디가 지금 네가 막 이야기한 것과 똑같은 광고를 하거든. 랩스커트를 입은 여자들이 춤을 추고. 랩스커트가 너에게도 잘 어울릴 거야."

"전 춤을 못 춰요." 내가 말한다.

"네가 춤을 출 수 있다면." 폴커가 말한다. 그는 <사이더 하우스> DVD를 손에서 돌린다. "펠릭스는 예전에 이 영화를 좋아했어. 영화에 나오는 금발 머리 아가씨에게 푹 빠졌었지. 샤를리즈 테론. 혹시 지금도 그 애가 그녀를 좋아하나?" 그가 말한다.

"펠릭스는 다른 여자에게 빠졌었어요. 검은 머리의 여자. 나는 질문에 대답할 수 없어요. 시대는 무척 빠르게 변하고 취향은 더 빠르게 변해요." 내가 말한다.

"그래그래." 폴커는 말하며 노인처럼 한숨을 쉰다.

"네가 가 버리면 펠릭스가 무척 실망할 텐데. 짐작건대." 그는 나를 쳐다보지 않고 말한다.

"인사 좀 잘 전해 주세요." 내가 부탁한다.

"그러마. 네가 작별하면서 눈물을 철철 흘리고, 펠릭

스의 사진에 키스를 했다고 하마. 네가 기념물로 땀에 젖은 러닝셔츠를 빨래 바구니에서 슬쩍해 갔다고 할게. 아니다, 그보다는 내가 너에게 돈을 많이 받고 그걸 팔았다고 하는 게 낫겠다. 네가 지금부터 집에서 전화기만 쳐다보고 있다고 할게. 펠릭스가 너를 그냥 가게 놔두었다고 나를 미워할 거야." 폴커가 말한다.

"폴커. 지금 나에게 아부하고 있어요." 내가 말한다.

그는 손을 뻗어 내 머리카락을 쓴다.

"너는 엄마를 정말 많이 닮은 것 같다." 그가 말한다.

3부
나는 꿈을 하나도 꾸지 않는다

나는 집 문을 열고 배낭을 내려놓는다. 양파를 넣은 감자구이 냄새가 난다. 내가 좋아하는 거다. 욕실에서 물이 흐른다. 안톤과 알리사가 거실에서 싸우는 소리가 들린다. "똥꼬야, 그거 내 카드잖아." 알리사가 크게 소리친다. "아메바." 안톤이 반격한다.

나는 슬며시 나오는 웃음을 그칠 수 없다.

갑자기 아이들이 아주 조용해진다.

"무슨 소리가 들렸어. 너도 들었어?" 안톤이 말한다.

"응. 아닌가." 알리사가 말한다.

나는 꼼짝하지 않는다. 아이들을 볼 수 없지만 지금 어떤 표정을 짓고 있는지 정확하게 안다. 아이들은 발끝으로 서서 두 손을 내리고, 눈을 크게 뜨고, 오리걸음으로 살금살금 복도를 걷고 있다. 알리사가 앞에, 안톤은 겁을 먹고 뒤에.

벌써 문이 열린다.

그리고 이어 귀청이 떨어지는 소리가 들린다. 마치 요란한 북소리, 엄청난 작품의 초연에서 터져 나온 기립 박수, 유난히 멋진 골을 넣은 후 광팬들이 울리는 환호 같다.

"사샤!!!" 아이들이 외치며 내 품에 뛰어든다.

나는 한 학년 전체에서 가장 좋은 점수를 받는다. "뭐 이런 우스꽝스러운 점수가 있어." 마리아가 말한다. "갑자기 이런 웃긴 점수를 받다니. 전부 15점이네. 눈이 다 어지럽네. 왜 우리 러시아처럼 간단하게 매기지 않을까. 1점에서 5점까지로 말이야. 그럼 넌 완전 5점 만점만 받은 거구나. 그걸 '올 만점짜리 학생'이라고 하지."

"자기가 올 만점이면서." 내가 말한다.

알리사가 뒤에서 뛰어올라 내 어깨에 매달린다.

"난 크면 아기를 셋 가질 거야." 알리사가 내 귀에 대고 크게 말한다.

"소리 지르지 마. 셋, 그건 너무 많아." 내가 말한다.

"난 많은 게 좋아. 그럼 나는 세 번 결혼해야 해?" 알리사가 말한다.

"아이-아이-아이." 마리아가 말하며 정말로 너무 당황스러워한다.

"그럴 필요 없어. 네가 원하지 않으면 결혼은 아예 하지 않아도 돼." 내가 단호한 목소리로 말한다.

"결혼하지 않고도 아기를 가질 수 있다고?"

"그래. 물론이지. 결혼하고 아기하고 무슨 상관이 있니?" 내가 말한다.

"나도 알고 있었어." 알리사가 말한다. "그렇지, 마리아, 결혼하지 않아도 된다는 거, 나도 알고 있었지. 하지만 꼭 어떤 사람하고 키스해야 해?"

"그건 말이야, 키스를 꼭 할 필요는 없어. 하지만 키스한다고 해서 나쁠 건 전혀 없어." 내가 말한다.

"그런가. 그렇담 나는 언니하고 키스할래, 좋지? 아니면 안톤하고." 알리사가 말한다.

"그래." 내가 말한다.

저녁에 벨이 울린다.

"사샤, 전화!" 마리아가 외친다.

"마리아가 받아. 녹색 버튼을 눌러." 내가 말한다.

"네가 받아. 아가."

"마리아, 나 지금 막 다운받고 있어!"

"뭐?"

"녹색 버튼! 마리아가 할 수 있어! 마리아, 신경질 좀 나게 하지 마!"

"네가 받으라니까." 마리아는 정말 어쩔 줄 몰라 하며 말한다. 그래서 나는 의자에서 벌떡 일어나면서 전선에 걸려 비틀대는 바람에 콘센트에서 전선이 쑥 빠

진다. 그리고 나는 마리아의 손에서 번쩍거리고 윙윙
대는 수화기를 집는다.

누가 이처럼 오랫동안 전화를 울리고 있는지 뻔하다.

"안녕, 공부벌레, 수학 좀 가르쳐 줘. 지금 하나도 모
르겠어." 펠릭스가 말한다.

"메일로 숙제를 보내. 그럼 볼게." 내가 말한다.

"그건 그렇고, 내가 너를 위해 시를 썼어." 마치 숙제
가 내 문제고 자신의 문제가 아닌 것처럼 펠릭스가 대
답한다. "왜냐하면 넌 아주 교양이 많은 사람이니까. 잘
들어 봐." 그는 과장되게 헛기침을 하고 어두운 목소리
로 읽는다.

"우리 부엌에 앉자/하얀 석유등의 냄새가 그윽하게
나는 곳,/우리 초밥 통을 열자/그리고 한 병의 진 전부,
/이어 무거운 짐을 싸자/그것도 터질 듯 가득히,/비행기
는 벨트를 채우고 이륙한다./남쪽의 환상 산호초를 향
해ㅡ. 어때, 지난번보다 더 낫지? 내가 너에게 시를 읽
어 줄 때 웃으면 안 돼. 그건 내 재능을 모욕하는 거야.
네가 나를 설득했잖아. 내가 시적 재능이 있다고 말이

야. 알렉산드라!"

나는 웃느라 배가 아파서 몸을 굽힌다. 눈물을 닦아
낸다.

"그거 어디서 났어?" 내가 묻는다.

"내가 너를 위해 쓴 거야. 지금 막. 아니, 오늘 밤에."

"헛소리하지 마. 그거 만델스탐의 시를 패러디한 거
잖아."

"무슨 스탐?"

"그 시를 어디서 찾았어?"

"인터넷에서. 시 포털 사이트에서, 이 바보야." 펠릭
스는 이제 될 대로 되라는 식으로 말한다.

"기다려. 내가 책을 가져올게." 내가 말한다.

"어이가 없네. 뭐, 좋아. 만일 셰익스피어의 소네트를
패러디했다면 혹시 네가 이미 읽었던 시라고 짐작할
수 있겠지만. 이처럼 전혀 알려지지 않은 시라면? 이런
시를 네가 안다는 건 뭐지?" 펠릭스가 중얼거린다. 그
사이 나는 엄마의 시선집이 있는 책꽂이 앞에 쪼그리
고 앉는다.

"완전 우연이지, 나의 영웅님." 내가 말하며 재빨리

얇은 시집을 훑는다. "그런데 그 시는 제법 유명한 시야. 아마 엄마가 나에게 줄곧 책을 읽어 주었을 때 들었던 시일 거야. 여기 있다. '우리 부엌에 앉자/하얀 석유등 냄새가 그윽하다.' 그런데 물론 초밥이 아니라 날카로운 칼, 빵 한 덩어리 그리고 뜨개실과 바구니…."

"… 무척 흥미진진하다." 펠릭스가 중얼거린다.

"그들은 달아나려 했어. 기차역으로 가려고 했어. 아마 체포될까 두려웠었나 봐. 시는 1931년에 나온 거야."

"달아난다는 말이 나와서 말인데. 내가 왜 전화했는지 알아? 폴커가 묻더라. 네가 여름 방학 때 우리와 같이 테네리페로 갈 생각이 있냐고." 펠릭스가 예의 바르게 끝까지 듣고 난 후에 재빨리 말한다.

"뭐라고? 테네리페?" 나는 시집을 계속 읽고 있던 터라 다시 묻는다.

"그래. 테네리페. 섬이야. 카나리아 제도에 있는 섬. 사방에 바다가 펼쳐져 있지. 우린 거길 가려고 해. 같이 가자."

"누가 그랬어? 폴커가 그러자고 해?" 나는 미심쩍어

묻는다.

"당연히 그는 좋다고 하지."

"폴커가 그렇게 말했어?"

"에이, 그래. 그건 내 아이디어였어. 하지만 폴커도 좋다고 했어. 폴커의 말은, 늘 우울한 내 기분을 포함해 나를 자기에게서 떼어 놓아줄 누군가가 있으면 좋겠다고 하더라. 또 같이 온 사람에게 넉넉하게 시급을 쳐서 주겠다는데. 그러면 최소한 자신의 휴가는 살릴 수 있다고 말이야."

"그가 그런 말을 했다고? 정말?" 내가 묻는다.

"뭘 그렇게 바보같이 묻냐? 당연히 그가 말했지. 폴커가 너를 엄청 좋아해. 2주 동안. 네가 같이 간다면 참아 줄 만한 기간이지."

"말은 잘하네." 내가 산만하게 말한다.

모래에 펠릭스와 폴커 사이에 누워 있는 나를 상상한다. 내가 눈에 띄지 않게 슬며시 발을 폴커에게 붙이는 동시에 펠릭스에게 선크림을 발라 주는 모습. 나는 파도 소리와 갈매기가 우는 소리를 듣는다. 그리고 바카디 광고의 멜로디를 듣는다.

"왜 웃어?" 펠릭스가 묻는다.

"그냥. 생각해 볼게. 오케이?" 내가 말한다.

"그런데 너무 오래 생각하지는 마. 안 그러면 폴커가 가 버려!"

"폴커가 너랑 같이 간다는 뜻이겠지."

"아니. 네가 같이 가지 않으면 나도 안 가."

"펠릭스, 또 시작이다." 내가 말하며 시계를 본다. 나는 선택 과목 신청지를 작성해야 한다.

"그런데 말이야. 우리가 연습을 안 한 지 벌써 오래되었어." 펠릭스가 말한다.

"연습은 무슨, 펠릭스. 너는 이미 피터 브뤼겔이나 마찬가지야." 내가 말한다.

"누구 같다고? 넌 왜 계속 나를 약 올리려 하냐?" 그가 묻는다.

"약 올리는 게 아냐. 나는 그냥…. 너는 벌써 노련한 대가나 마찬가지라고. 우리 내일 전화하자. 오케이?" 내가 말한다.

"내일? 넌 매번 그래. 넌 항상 시간이 없지." 펠릭스가 말한다. 그의 목소리에 담긴 한없는 실망감이 내게는 크게 다가오지 않는다.

"어휴, 잠시 해야 일이 있어서 그래." 내가 말한다.

펠릭스는 말이 없다. 기분이 상했다.

"아이, 자기야, 울지 마. 선탠하면 잘 어울릴 거야." 내가 말한다.

"그 전에 햇볕에 화상이나 입겠지." 펠릭스가 말한다.

"그럼 선크림을 발라." 내가 조언한다.

"난 너에게 선크림을 발라 주고 싶단 말이야."

"펠릭스, 슬슬 짜증 나려고 해 좀. 나는 아르바이트를 해야 해, 알았어? 사실 난 휴가 못 가."

"아르바이트? 왜 그걸 곧바로 말하지 않았어? 그럼 관둘 수는 없어?"

"아까 말했어야 했는데. 잊어버렸어."

"대체 넌 날 얼마나 바보 취급하는 거냐?"

"네가 테네리페 섬에서 호흡 곤란이 생기면 어떻게 해?" 내가 묻는다.

"그딴 얘기 말고⋯⋯."

"그럴 경우에 어떻게 되는지 말해 봐."

펠릭스는 단번에 대화에 흥미를 잃는다.

"내일 전화하자." 그가 말한다.

"펠릭스, 난 대답을 듣지 못하는 걸 싫어해."

"그걸 왜 묻냐? 네가 내 걱정이라도 한다는 거야?"

"무슨 말이 그래. 무슨 대답을 듣고 싶은 거야? 그래! 그래! 그래! 내가 걱정한다고." 내가 말한다.

"설명해 줄게. 우리는 항상 병원 근처에 있어야 해. 거기도 도시가 있는지 모르지만, 만일 테네리페에 병원이 없으면 폴커는 그리로 가지 않겠지. 그렇게 간단한 거야. 그는 서류와 약을 싸고 위급 상황을 대비해 대학병원 리스트를 가지고 가. 보통은 그보다 작은 병원에서도 처치할 수 있어. 게다가 다른 의사들이 처치할 수 없는 경우 내 주치의하고 전화로 항상 연결할 수 있어. 이제 뭘 더 알고 싶니?" 신경질이 난 펠릭스가 착 가라앉은 목소리로 말한다.

"고마워, 네가 나를 안심시켜 줘서. 정말 진심으로 하는 말이야." 내가 말한다.

"사실은 내가 너를 좋아하지 않는다는 거, 벌써 말하지 않았냐? 마지막으로, 정말로 절대로 못 가?" 펠릭스가 묻는다.

"벌써 자주 말했어. 파즈에게 안부 전해 줘." 내가 말한다.

펠릭스가 수화기를 쾅 내려친다. 탁자에 대고 쳐서 내가 소리를 듣도록 말이다. 그리고 전화를 끊는다.

나는 알리사를 친구 카차의 집에서 데리고 오기 위해 4층으로 뛰어간다.

공동주택은 벽이 얇다. 알리사의 목소리는 6층에서도 들린다. 목소리가 높고 카랑카랑하고 크고 발랄하다. "미래의 소프라노 가수." 알리사가 아주 어렸을 때 우유병을 달라고 악을 쓰며 울 때부터 엄마가 말했다. "초음파야. 돌고래처럼. 소리가 뇌를 바로 뚫고 들어와." 내가 대꾸했다.

내 목소리는 완전히 다르다. 내 목소리는 더 낮고 거칠다. "네가 배 속에 있을 때 내가 담배를 피워서 그래." 엄마가 말했다.

"나라면 임신했을 때 담배를 피우지 않을 거야."

"너는 나보다 더 똑똑해."

"그래서 나는 아이를 가지지 않을 거야."

"나도 예전에는 그렇게 말했어. 내가 너를 가지기 전

까지. 너를 낳은 후 그런 행복은 다시 가져야 한다는 것을 알게 되었지."

"그러면서 담배를 피웠고."

"지금은 나도 옛날에 그랬던 게 너무 안타깝구나. 사랑하는 아가. 지금이라면 그러지 않았을 거야. 담배 때문에 네가 신장병이라도 걸렸으면 어쩔 뻔했니."

"그래서 지금 내 목소리는 낮은 베이스 톤이야. 엄마가 담배를 피웠기 때문에."

"베이스라기보다는 테너 쪽이지. 네 아빠가 베이스였어. 아빠가 강의할 때 어땠게. 내가 한번 강의를 들었던 적이 있었는데. 그때 딱 한마디를 알아들었어."

"어떤?"

"그리고."

"엄마, 그거 알아? 하나도 재미없어."

"네 아빠도 항상 그렇게 말했어. 내가 한 모든 말에."

안톤은 높지도 낮지도 않은 목소리를 가졌다. 사실 목소리가 없는 셈이다. 그래서 안톤의 목소리는 나지막이 바스락거린다. 안톤의 전체 모습은 거의 눈에 보이지 않고, 얇고, 금발이고 부드럽고, 불안스럽다.

나는 생각한다. 안톤, 나의 안톤. 너에게 목소리와 시냅스를 비롯해 나의 모든 것을 주고 싶구나. 네가 잘 살아갈 수 있도록 말이야. 하지만 그게 너에게 무슨 도움이 되겠니. 네가 정말 큰 걱정이다. 네가 세상에서 잘 살아갈 수 없으리라는 것을 나는 알아. 이런저런 심리 치료를 받겠지. 그래서 내가 너무 좌절하게 될 테고. 네가 운이 좋으면 나중에 커서 하리 같은 사람이 될 거야.

만일 네가 바딤 같은 사람이 되면 내가 너를 죽여 버릴 거야.

사랑하는 나의 어린 동생 안톤, 네 부모님이 담임 선생님과 첫 번째 학부모 상담을 하고 왔을 당시에 말이야, 그날 너는 무척 힘든 저녁을 겪었지. 네 아버지가 너 때문에 무척 화가 나서는 빌어먹을 넥타이를 연신 잡아늘였어. 엄마가 무척 애를 써서 매 주었던 넥타이를 말이야. 마치 넥타이가 목을 조르기라도 하는 것처럼.

그 넥타이의 청회색 땡땡이 무늬가 낙인처럼 영원히 내 기억에 남았어. 그리고 그 넥타이 무늬 위로 분노에 찬, 벌겋게 달아오른, 눈이 아주 가늘어진 바딤의 얼굴.

그리고 말, 그가 내뱉은 말.

"네가 감히 어떻게 — 내 아들이 — 학교에서 그렇게 형편없을 수 있냐 — 대답을 못 하다니 — 머저리, 실패자, 축 늘어진 거시기 — 창피해 죽을 뻔했다 — 쬐그만 바보 — 입 닥쳐, 너, 지금 여기서 너한테 물어본 사람 없어 — 너한테 진짜 경고하는데, 지금 내가 말하고 있잖아 — 제발 부탁이다, 네 계집애에게 말해. 주둥이 닥치라고. 안 그러면 일 날 줄 알아 — 절대로, 절대로, 절대로 넌 세상에서 성공할 수 없을 거다. 너 같은 걸 옛날에는…."

안톤은 소파 모서리에 몸을 딱 붙이고 있었다. 창백한 얼굴에 여릿한 눈썹, 핏기 없는 입술, 커다란 눈으로 바딤을 쳐다보고 있었다. 비현실적으로 거대한 몸집의 바딤은 방 한가운데에 우뚝 서서 험악한 손짓 발짓과 말과 침을 잇달아 뱉었다.

그러더니 그의 짧은 손가락이 단 몇 번의 동작으로 가죽 허리띠를 풀었다. 허리띠가 공중을 가르며 휙휙 소리를 냈다. 그리고 내 기억에 따르면 그가 버릇처럼 하는 말. "그러니까 옛날에, 군대에서, 그때 우리는 허리띠 버클을 납으로 만들었어. 그걸로 두개골을 박살 냈지." 그러고는 큰 웃음. 말에 이어 항상.

그때 나는 상황을 잘못 판단했다. 문득 그 허리띠의 버클도 납이고 그것이 곧 안톤의 금발 머리를 박살 낼 것이라고 생각했다.

물론 그건 그냥 중저가 매장에서 파는 일반 허리띠였다. 내가 안톤과 바딤 사이에 끼어들면서 얼굴에 맞은 허리띠의 느낌은 좋지 않았다. 그때 안톤을 제외한 모두가 비명을 질렀다. 나는 안톤이 소파 구석에서 한참 전에 죽었다고 생각했다.

한편 나는 안톤이 죽은 것이 너무도 자연스러운 일이라 생각해서 조금도 충격을 받지 않았다. 그것은 내 얼굴을 가로질러 찌르는 통증과 마찬가지로 만물의 이치였다. 다만, 엄마가 그렇게 소리를 지르는 것은 도무지 이해가 가지 않았다.

엄마는 평소에 절대로 소리를 지르지 않았다. 정말로 결코.

그런데 지금 엄마가 바딤의 얼굴에 대고 소리를 질렀다. 이제 다 끝났어. 끝이라고, 끝. 충분히 괴롭혔어. 절대로 다시는, 절대로 다시는 아이를 때리면 안 돼. 당장이 집에서 꺼져. 엄마는 이혼하겠다고 했다. 나가!!!

바딤은 허리띠를 잡은 손을 축 늘어뜨리고 입을 헤벌리고 듣고 있었다.

"나가!!!"

그때 나는 생각했다. 이제 그가 허리띠로 엄마를 때릴 거야. 그러니까 내가 재빨리 머리를 짜서 그가 엄마를 죽이지 않도록 해야 해. 전화기는 대체 어디에 있지, 엄마는 정돈이라곤 몰라, 수화기를 제자리에 둔 적이 한 번도 없어.

"나가!!!"

갑자기 바딤이 리놀륨 바닥에 무릎을 꿇고 울었다. 허리띠를 여전히 움켜쥔 채, 다른 손은 허공에서 부들부들 떨렸다.

그 모습이 꼭 토하는 것처럼 보였다.

나는 곁눈질로 엄마를 쳐다보았다. 하지만 엄마는 내가 아니라 바딤을 보고 있었다. 엄마는 두 눈을 역시 아주 가느다랗게 뜨고, 손에는 수화기가 들려 있었다.

"나가. 내가 번호를 이미 돌렸어. 더는 한마디도 듣지 않겠어." 엄마는 아주 나지막이 말했다.

그러자 바딤이 일어서려고 했다. 그는 옆으로 쓰러질 것처럼 좀처럼 균형을 잡지 못했다. 그는 지금 자신이 얼마나 우스워 보이는지 아는 것 같았다.

"지금?" 그도 마찬가지로 나지막이 말하며 엄마의 얼굴에서 무엇이라도 읽어 내려 했다. 그리고 엄마의 얼굴에 나타난 뜻은 그의 마음에 들지 않는 것이었다.

엄마는 고개를 끄덕이며 수화기를 귀에 갖다 댔다. 바딤은 고개를 저으며 그만두라고 손을 젓고 소매로 콧물을 닦았다. 그리고 천천히 허리띠를 다시 바지에 끼워 넣기 시작했다. 그게 그에게도 성가신 일이었다. 그는 끼우다 포기해 축 늘어진 허리띠를 질질 끌면서 엄마를 지나쳐 밖으로 나갔다. 그때 그가 엄마를 또 한번 때릴까 봐 내가 벌떡 일어났는데, 의식조차 하지 못하고 한 행동이었다.

나는 그가 갔다는 것, 문이 닫히는 소리를 한동안 믿을 수 없었다. 나는 바딤이 여전히 복도에 서서 우리가 한 사람씩 나오기를 기다리고 있다고 생각했다.

내가 마침내 마비 상태에서 깨어났을 때 엄마는 이미 소파에 앉아 안톤을 무릎에 앉혀 놓고 있었다. 안톤은 눈을 여전히 둥그렇게 뜬 채로 얼굴은 초콜릿으로 범벅이 되어 있었다. 엄마가 초콜릿을 마치 생명을 구하는 약처럼 안톤의 입에 쑤셔 넣었다.

나는 두 사람을 쳐다보면서 엄마가 맥없이 말할 때까지 한참이나 멍하게 눈을 끔벅였다. "그가 그 짓을 했어. 또 그랬어. 내 아이를 때렸어."

나는 기계적으로 대답했다. "과장하지 마. 그는 안톤을 때리지 않았어."

"안톤을 말하는 게 아니야. 그가 너를 때렸어. 감히 너를 때리려 하다니." 엄마가 말했다.

그리고 내가 엄마 옆에 앉고, 내 손에서도 초콜릿 조각이 녹고 있을 때 엄마가 말했다. "그는 다시는 찾아오지 않을 거야."

15분이 지나고 엄마가 말했다. "사샤, 너는 어찌 그렇게 대담할 수 있니? 넌 두려움이라고는 없니? 어떻게 그래? 넌 어째서 그래?"

나는 손에서 녹은 초콜릿을 가만히 들여다보았다. 사실 초콜릿을 먹을 생각이 없었기 때문에 바지에 닦았다.

"다시는 그러지 마. 절대로 다시는, 끝났어, 끝." 엄마는 말하며 안톤을 꼭 껴안았다.

"나! 나! 나! 나!" 알리사가 계단참 전체를 쩌렁쩌렁 울린다.

나는 알리사에 대해서는 걱정하지 않는다. 알리사는 세상에 나왔을 때부터 완전하다. 알리사는 구급차에서 태어났다. 엄마가 미처 병원까지 갈 수 없었기 때문이다. 빽빽 울어 대는 새빨간 갓난애. 칠흑같이 검은 머리카락이 난 정수리 그리고 놀랍게도 태어나자마자 또렷한 짙푸른 눈빛. 그림처럼 예쁘고 에너지로 가득한 아기. 나는 막 태어난 아기를 팔에 안고 있고, 그사이에 엄마는 한순간에 임신에서 해제된 몸이 되어 엘리베이터를 타고 다시 올라가 침대에 누웠다. 이후 엄마가 그토록 행복해하는 것을 다시는 보지 못했다.

"여자애야, 사샤." 엄마는 하루 종일 읊었다. 엄마는 딸인지 아들인지 미리 알려고 하지 않았다. 엄마는 행복에 흠뻑 취한 것 같았다. "있잖아, 사샤. 내가 한 번도 말하지 않았지만 여자애이기를 무척 바랐단다. 여자애가 세상을 살기가 더 쉬워."

"그건 꼭 그렇다고 할 수 없을 것 같아." 내가 말하며 알리사의 주름진 빨간 얼굴을 찬찬히 들여다보았다. 알리사는 살피는 눈으로 나를 관찰했다. 알리사는 침대에 눕히려 하면 눈을 질끈 감고 입을 쫙 벌리고 공동주택이 쩌렁쩌렁 울리도록 울어 댔다.

"괜찮아. 그냥 누워 있어. 아기는 내가 볼게. 아기가 나랑 잘 있어." 내가 말했다.

"나도 한번 안아 보자. 아기 이리 줘. 아기 이리 줘. 내가 말했지. 여보세요, 누가 아기를 낳았지, 너야, 나야?" 엄마가 말했다.

내 작은 동생은 절대로 가만히 누워 있으려 하지 않았다. 며칠 지나지 않아 모두가 아기가 원하는 대로만 움직였다. 바딤조차 이번에도 의젓한 아들을 얻지 못했다는 실망을 극복하고 텔레비전 소리를 작게 틀고 기저귀가 잔뜩 젖을 때까지 알리사를 안고 돌아다녔다. ─ 아이의 똥귀저기는 남자가 치우는 게 아니야. ─ 그리고 알리사의 조그만 얼굴에서 자신의 할아버지 모습을 발견하고는 알리사를 "내 공주님" 그리고 "귀여운 아기 토끼"라고 부르며 분홍색 옷을 입은 인형을 사 주기도 했다.

나는 검지를 초인종 위에 올려놓는다.

알리사를 곧 보는 게 기쁘다.

문에 페터 대왕이 서 있다. 나는 어린 카차가 그의 여동생임을 잊지 않았다. 다만 그 사실을 곰곰이 생각해보지 않았을 뿐이다.

"안녕." 내가 말한다. 그는 고개를 끄덕이고 나를 집에 들어오게 한다.

"너희 여동생은 마치 사이렌 같아. 귀가 윙윙 울려." 페터가 인사 대신 말한다.

그는 팔을 뻗어 벽을 짚고 나를 위에서 아래로 그리고 다시 아래서 위로 훑어본다. 그의 표정을 읽을 수 없다.

나는 눈길을 돌리지 않는다. 그런 일은 없다.

페터 대왕은 정말로 거대하다. 2미터에 달하는 근육과 여드름, 아드레날린, 테스토스테론, 본드 냄새, 유난히 통이 좁은 청바지, 하얀색 러닝셔츠. 러시아 게토의 말론 브란도. 길고 검은 속눈썹이 그의 얼굴에 여성적인 분위기를 부여한다. 아마 그 때문에 페터는 그토록 끈질기게 몸무게를 자꾸 늘리는지도 모른다. 밝은 파란색 눈, 약간 잔주름이 있는 붉은 입술, 굵은 금목걸이와 그보다 더 굵은 팔찌. 작은 손가락에 낀 두꺼운 반지와 팔 윗부분의 문신. 문신에 반드시 들어가는 머리가 없는 나체 여자, 독수리, 내가 알지 못하는 상징.

아니, 본드는 아니군. 내가 생각한다. 본드를 들이마시기에는 그의 눈이 너무 맑고 계산적이다. 기껏해야 어쩌다 맥주를 조금 마시거나 마리화나를 피울 것이다. 하지만 그것도 주말에만 말이다. 그는 그럴 수 있다. 왜냐하면 자제할 줄 알기 때문이다. 그리고 아마 단백질 음료와 비타민 알약을 먹을 것이다.

그는 나보다 어려. 아마 겨우 열일곱이지. 내가 생각한다.

이 세상에 빌어먹을 열일곱 살 소년들이 참으로 많이 존재한다.

"어떻게 지내냐?" 그가 묻는다.

"아주 잘 지내. 너는?" 내가 말한다.

문이 벌컥 열리고 알리사가 뛰쳐나온다. 알리사는 바비 인형 셋이 누워 있는 인형 유모차를 밀다가 나를 보

더니 인사로 비명을 지르고 유모차를 밀고 나와 페터를
지나 모퉁이를 돈다.

"카차, 이리 와. 이제 좀 와 봐." 알리사가 소리 지른다.

카차가 온다. 카차는 알리사보다 한 살 더 많다. 벌써
여섯 살이다. 얼굴은 동그랗고 신고 있는 분홍색 타이츠
가 뒤틀려 있다. 타이츠가 너무 조인다. 카차는 신문 머
릿기사에 정기적으로 등장하는 비만 유아들 가운데 하
나다. 나는 초콜릿 바를 가지고 있지 않은 카차를 본 적
이 드물다. 지금도 입에 초콜릿이 묻어 있다. 지금은 알
리사의 입도 마찬가지다.

"카차, 안녕. 너희들, 무슨 놀이를 하고 있니?" 내가 말
한다. 그러자 카차가 놀라서 움찔하더니 나를 뚫어지게
쳐다본다.

"몰라." 카차가 속삭인다.

"뭐, 모른다고? 너도 같이 놀고 있잖아."

"포뮬러 원 경주. 우리는 자동차 경주 놀이를 하고 있
어. 카차, 빨리 와." 알리사가 다른 방에서 소리친다.

카차는 엄지를 입에 집어넣는다. 아이의 눈은 페터와
마찬가지로 물기가 촉촉한 파란색이다. 금발 머리에 대

략 스물여섯 개의 머리핀이 꽂혀 있다.

나는 카차에게 윙크를 한다. 아이는 입에 넣고 있던 엄지를 빼서 등 뒤로 숨긴다.

"왜 넌 우리 집에는 놀러 오지 않니? 알리사가 좋아할 텐데." 내가 묻는다.

카차는 아무 말도 하지 않고 페터를 힐긋 올려다본다. 페터는 위에서 나를 지켜보며 역시 아무 말도 하지 않는다.

"가면 안 돼." 카차가 속삭인다.

"왜 안 되는데? 누가 그런 말을 했니?" 내가 묻는다.

"엄마가." 카차가 말한다.

나는 고개를 들고 페터의 눈을 똑바로 본다.

"왜 카차가 우리 집에 오면 안 돼? 너의 엄마는 우리가 어린아이들을 잡아먹는다고 생각하니?" 내가 묻는다.

페터의 입꼬리가 씩 올라간다. "내가 알게 뭐야. 내 생각에는 카차가 너희 집에 놀러 가야 해. 그래야 내가 집에서 조용하게 있을 수 있지."

"가면 안 돼." 카차가 고집스럽게 말한다.

나는 카차 앞에 쪼그리고 앉는다. "내가 엄마에게 네

가 우리 집에 와도 되는지 물어볼게, 그럼 됐지?"

카차는 소심하게 고개를 끄덕인다. 이어 다시 한 번 힘차게 고개를 끄덕인다. "알리사의 로봇을 보고 싶어." 카차가 말한다.

"내가 네 엄마에게 물어볼게." 내가 다시 한 번 말한다. "엄마가 언제 집에 오셔?" 내가 페터에게 묻는다.

"관둬. 엄마는 일곱 시에 와. 하지만 네가 그러지 않는 게 좋아." 페터는 말하며 몸을 쭉 편다. 그러자 팔이 천장에 닿는다.

나는 몸을 일으킨다. 나도 역시 최대한 몸을 쭉 편다. 그런데도 나는 그의 어깨까지밖에 닿지 않는다. "어째서? 우리가 네 엄마에게 무슨 짓이라도 했어?" 내가 날카롭게 묻는다.

"노인네들이 어떤지 너도 잘 알잖아. 엄마는 여전히 불안해해. 너희 집에서 난리가 났던 저녁에 엄마가 집에 있었어. 나는 너희 꼬맹이가 우리 집에 놀러 와도 되는 것조차 웬일인가 싶을 정도야. 노인네들은 비겁하고 멍청해." 페터가 말한다.

"그건 바딤이었어. 바딤이 총을 쐈어. 내가 아니고.

마리아가 아니야. 왜 카차가 우리 집에 오면 안 된다는 거야?" 내가 말한다.

페터는 우람한 어깨를 으쓱한다.

"난 아무래도 상관없어. 우리 엄마가 그러는데, 십이 층에 여전히 불행의 냄새가 난대. 엄마는 좀 불길하다고 생각해. 우리 엄마는 검은 고양이를 보면 왼쪽 어깨 너머로 침을 세 번 뱉어. 그래야 재수 없는 일이 일어나지 않는다더라." 그가 말한다.

"이유가 그거야? 단지 네 엄마가 미신을 믿기 때문에?" 내가 묻는다.

"있잖아. 내가 엄마에게 물어본 적은 한 번도 없지만. 내가 너희라면 나는 이사를 가겠다." 페터가 말한다.

"어째서?"

"왜냐하면 너희 집의 공기에 독이 스며 있기 때문이지. 구 년 전에 구 층에서 어떤 사람이 칼에 찔려 죽었어. 그때 너희들은 아직 없었을 때인데, 그래서 구 층은 지금까지 딱 한 집만 세가 나간 거야."

"너, 그 말 진심은 아니지."

"너희 집 문에 지금도 핏자국이 있어."

"그건 다른 얼룩이야."

"거짓말 마."

"만일 네 아빠가 엄마를 죽이면 넌 이사를 갈 거야? 네가 엄마와 같이 살았던 집에서 나갈 거야? 너의 가 정이었는데? 그리고 네 엄마의 마지막 집이었는데? 그 래도 넌 도망칠 거야?" 내가 말한다.

"우리 엄마에게는 그런 일이 절대로 일어나지 않을 걸." 페터가 말한다.

그때 갑자기 통증이 느껴진다. 나는 잠시 뒤에야 비 로소 통증이 오는 곳을 알아챈다. 꽉 쥔 주먹에서 손톱 이 살을 파고들었던 것이다. 손바닥에 반달 모양의 손 톱자국이 빨갛게 났다.

"네 엄마. 그래, 너네 엄마에게는 아마 아무 일도 일 어나지 않겠지." 내가 말한다.

"뭐야? 너, 지금 무슨 뜻으로 한 말이야?" 페터가 묻 는다.

"그럼 넌 좀 전에 무슨 뜻으로 한 말인데?" 내가 묻 는다.

이어 나는 페터가 생각보다 더 똑똑하다고 생각한다.

물론 그는 대답하지 않는다.

아이들의 목소리가 들리지 않는다. 문이 열려 있던 페터의 방에서 갑자기 음악 소리가 흘러나온다. 내가 아는 노래다.

술에 취한 의사가
말했지,
너는 더 이상
존재하지 않는다고.
소방관이 말했지,
너의 집이 다 타 버렸다고.

"그럴 리가. 네가 노틸러스 퐁피루스의 노래를 들어?" 내가 말한다.

"그럼 뭘 듣겠냐? 디 롤리팝스? 너, 왜 그래?" 페터가 적대적으로 묻는다.

나는 아무렇지도 않다. 나는 그 자리에 서서 숨을 쉬려고 애쓴다. 모든 게 내 눈앞에서 녹아 버린다.

"네가 그 노래를 들어?" 나는 멍하게 또 묻는다.

"어휴, 맙소사. 아니, 나는 그 노래를 듣지 않아. 나는 그걸 먹어." 페터가 짜증 내며 말한다.

마치 명치를 세게 때리는 것 같은 노래다.

페터가 이미 오래전에 잊힌 우랄 출신의 옛 고딕 밴드의 음악을 틀어 놓았을 리는 없어, 내가 생각한다. 엄마가 좋아했던 밴드다. 엄마는 팝과 록, 샹송과 뮤지컬과 오페라를 많이 들었다. 엄마는 결코 꽉 막힌 생각을 하지 않았다.

나는 생각한다. 어떻게 이럴 수 있지? 이런 집에서, 양배추 음식 냄새가 나고, 반질반질하게 청소되어 있고, 옷장이며 선반마다 뜨개질한 레이스로 덮여 있고, 창문턱에 시클라멘 꽃이 피어 있고, 벽마다 근처 슈퍼마켓에서 세 장에 6유로에 파는, 발그레하고 못생긴 아이들의 싸구려 복사본이 붙어 있고, 창문에서 바둑판 무늬의 빨간색 커튼이 펄럭이는 이런 집에서 어떻게 페터가 이 음악을 틀어 놓을 수 있지?

흰 침대 시트가 있는
낯선 방에

소망과

믿음과

사랑에 대한 권리.

나는 바둑판무늬 커튼에 눈을 고정시킨다.

우리는 커튼이 없었다. 엄마가 커튼을 싫어했다. 아마 엄마가 절대적으로 거부한 유일한 게 커튼이었을 것이다. 엄마는 창문을 열어 두려 했다. 햇빛이 안으로 들어와야 한다고 했다. "햇빛이 들어오게 해. 비가 올 거니까." — 엄마는 '판타스틱 4' 밴드그룹도 좋아했다. 마리아는 이곳에 와서 제일 먼저 커튼을 만들어 달았다. 커다란 꽃무늬의 무척 알록달록한 커튼이었다.

그리고 내가 학교에 갔다 왔더니 마리아가 어느새 커튼을 다시 떼어 버렸다. 그리고 그것으로 자신의 블라우스와 알리사의 블라우스를 만들었다.

알리사의 블라우스는 이어 아주 빠르게 인형 옷 세 벌이 되었다.

술에 취한 의사가

말했지,

너는 더 이상

존재하지 않는다고.

페터는 근육이 빵빵한 팔을 뻗어 검지로 나의 맨살이
드러난 윗팔을 톡톡 친다.

"뭐야?" 내가 물으며 한 걸음 뒤로 물러난다.

"너는 왜 유리공원에 놀러오지 않냐? 너도 알잖아.
떡갈나무 아래." 페터는 나를 쳐다보지 않고 묻는다.

"너희들이 떡이 되도록 술을 마시고 약에 취하는 장
소? 그리고 너의 세 떨거지들이 수풀 속에서 여자 하나
를 서로 나누어 하는 장소? 내가 거기 가서 뭘 해?"

"그야 뭐… 그런 거 같이 하자는 거지."

"난 사양하겠어."

"세 명이서 한 여자를 나눠서 했다는 건 잘못된 얘기
야. 너는 어디서 그런 소릴 들었어? 그건 딱 두 번밖에
없었어. 그리고 그 여자가 진짜로 자기가 원했어."

"아무튼, 나는 안 한다고."

"무섭냐?"

나는 그에게 아주 바짝 다가가 발끝으로 선다.

"잘 알아 둬. 나. 결코. 무서움. 없어." 내가 말한다.

"그러면 와. 뭐가 문제야?"

"너희들이 나를 지루하게 해. 그게 문제야."

"아. 너는 더 좋은 걸 원하는구나." 그는 침착하게 말하며 고개를 갸웃한다.

"바로 그거야." 내가 말하며 그의 얼굴이 변하는 것을 지켜본다. 마치 칼에 찔린 것 같은 표정이다.

곧이어 그가 다시 표정 관리를 한다.

"내가 너라면 그 말을 하지 않았을 거야. 보복을 당할 수도 있어." 그가 느릿하게 말한다.

"벌써 너무 겁이 난다. 무서워서."

"똑똑해."

"알리사, 얼마나 더 기다려야 해? 얼른 집에 가자." 내가 크게 말한다.

대답이 없다.

"그가 섹스를 잘하냐?" 페터가 갑자기 물으며 내 얼굴을 빤히 들여다본다.

"누가?" 내가 놀라서 묻는다.

"그 부자 아빠, 내가 여기서 한번 본 적이 있지. 그 남자가 차로 너를 데려다줬잖아. 머리가 허옇게 늙고 고집 센 남자. 난 네 정체를 알아. 너는 우리를 죄다 최악의 쓰레기로 취급하지. 그런데 사실은 네가 누구보다도 최악의 걸레야. 그 작자가 섹스를 잘해?"

"아, 물론. 완전 대단하지. 다음번을 기다릴 수가 없을 정도야. 알리사! 나는 간다!" 내가 말한다.

알리사가 모퉁이에서 쏜살같이 달려 나와 뜨겁고 끈적끈적한 손가락으로 내 손을 꽉 잡는다.

"팔찌는 네가 가지고 있어도 돼." 알리사가 카차에게 말한다. 카차는 약간 기운 없이 손을 흔든다.

"그거 너에게 줄게. 잠깐! 내가 누를래! 바딤이 누구야?" 알리사가 엘리베이터에서 묻는다.

"바딤?" 나는 되물으며 알리사를 번쩍 들어 올려 버튼을 누르게 해 준다. "아무도 아냐."

나는 다시 조깅을 시작한다. 날이 더 어두워지고 서늘해지는 저녁이 제일 좋다. 나는 슈퍼마켓을 지나고, 플라타너스 나무 아래에 있는 음울한 모퉁이 술집을 지나고, 한때 중등학교였던 건물을 돌아 지하도를 통과한다. 그때 대체로 머리 위로 기차가 지나간다.

이곳은 한여름의 정오에도 늘 그늘지고 축축하다. 여기서 안톤 또래의 아이들이 불장난을 자주 한다. 나는 불에 완전히 탄 자잘한 나뭇가지며 신문지로 가득한 구덩이에 발이 심심찮게 빠진다.

여기서 안톤도 한번 본 적이 있다. 나는 안톤의 근처에서 불이 타오르고 있지 않아서 기뻤다. 하지만 그건 성급한 기쁨이었다. 덤불 속에서 안톤이 검은 머리의 남자아이 옆에 쪼그리고 앉아 무언가에 깊이 열중해 있었다. 내가 가까이 다가가 어깨너머로 들여다보았더니 안톤이 움찔 놀랐다.

나도 흠칫 놀랐다. 안톤의 두 발 사이에 털이 붙은 날고기 같은 게 놓여 있었기 때문이다. 그리고 아주 작은 발이 달려 있었다.

그때 나는 그저 이렇게만 생각했다 — 내가 그토록 큰 계획을 가지고 있다면 당장 심신을 단련해야 해. 지금 이까짓 걸로 구토가 올라와 힘을 빼 버리면 어떻게 성공하겠어?

내가 더 많이 놀란 것은 다른 아이 때문이었다. 안톤이 혼자 기이한 행위를 도맡아 하고 있었고, 다른 아이는 기껏해야 구경만 하고 있더니 내가 놀라며 동생을 야단치자 짜증이 담긴 초콜릿색 눈동자로 나를 흘겨보는 것이었다.

"너 왜 불쌍한 동물을 죽였어?" 내가 안톤에게 호통을 쳤다. 안톤은 어깨를 으쓱해 보이면서 고개를 저었다.

"그건 벌써 죽어 있었어." 남자아이가 말했다. 나를 똑바로 쳐다보기보다 흘낏 스치는 아이의 아름답고 커다란 갈색 눈에 나타나는 적의감이 무척 의아했다. 마치 똑바로 쳐다보기에는 내가 너무 역겹다는 듯이.

"대체 그게 뭐야? 그리고 넌 누구니?"

"나는 일한이야."

"거기 그건?"

"햄스터. 눈이 멀었어?"

"아니, 눈이 멀지 않았어." 내가 말했다. 마치 내가 이피 묻은 털 뭉치를 보는 게 좋기라도 한 것처럼 말이다.

"네가 햄스터를 죽였니, 안톤? 무슨 일이야." 내가 힘 빠진 목소리로 물었다.

"햄스터는 이미 죽어 있었어." 안톤이 속삭였다.

"어제 죽었어. 내가 벌써 말했잖아. 내 햄스터야. 내 거야." 일한이 말했다.

"그걸로 뭘 하는 거야?" 나는 구역질을 느끼며 물었다. 나는 달리 어쩔 수 없었다. 안톤이 방금 더러운 손으로 막 우리 집 부엌칼을 잡았다. 그리고 칼이 안톤의 두 발 사이에 놓인 덩어리에 꽂혔다.

"가죽을 벗겨 내려고." 안톤이 나를 쳐다보지도 않고 중얼거렸다. 나는 신발에 그대로 토하지 않으려고 온 힘을 다해 구역질을 참았다.

"맨손으로 하지 마." 내가 말했다.

"그럼 어떡해?" 안톤이 물었다. 그리고 가느다란 손가락으로 덩어리를 잡고 가죽을 뜯어냈다. 뭔가 뭉클한 게 딸려 나왔다. 남자아이가 몸을 구부려 이마를 찌푸리고 자세히 살펴보았다.

"근데 이게 뭐야? 이게 뭔지 알아? 사샤 누나, 좀 봐 봐." 호기심이 생긴 안톤이 물었다.

"지금은 말고. 혹시 나중에." 내가 힘없이 말했다.

"여기 이게 심장이야?" 일한이 궁금해하며 물었다.

그래서 나는 정신을 가다듬고 무릎을 꿇고 안톤의 손에서 칼을 빼앗고, 꾹 참고, 아랫입술을 꽉 깨물고, 햄스터를 조심스럽게 돌렸더니 꽤나 많은 내장이 쏟아져 나왔다.

세상에, 이 조그만 동물 속에 이게 다 들어 있다니. 나는 그때 이런 생각을 했다.

"이런 햄스터는 심장이 아주 작아. 아마 심장은 여기 이것일 거야. 잘 모르겠다. 큰 건 내장이야." 내가 말하며 여기저기를 쑤셨다.

"저기 저건?"

"몰라. 아마 콩팥인가."

"굉장하네."

"어휴, 안톤, 당장 집에 가, 손 씻어. 햄스터에 균이 우글거려. 죽은 동물은 다 독성이 있어. 명심해. 비누로 세 번 씻어. 사람이 어째 이렇게 멍청하고 야만적일 수 있니."

"벌써 죽어 있었던 거라니까." 안톤이 속삭였다.

"우린 햄스터 안에 있는 걸 다 꺼내려고 해." 일한이 말했다.

"너, 나에게 말할 때는 나를 쳐다봐. 네 아빠가 엄마를 쳐다보지 않고 말하더라도." 내가 말했다. 그러자 놀랍게도 아이가 내 말을 들었다.

"우리는 햄스터를 박제로 만들려고 했어." 아이가 마지못해 설명하면서 내 눈을 똑바로 쳐다보았다. "안톤이 자기가 할 수 있댔어. 나는 집에서 솜을 가지고 왔어. 안톤은 꿰맬 바늘을 가지고 왔어."

"네가 할 수 있다고 했어?" 나는 어이가 없어서 그사이 시무룩해진 안톤에게 물었다. 안톤은 피가 잔뜩 묻은 손으로 얼굴에 흘러내린 금발 머리카락을 쓸어 올렸다. "맙소사, 손가락으로 머리카락을 만지지 마!"

"내가 왜 못해?" 안톤이 불퉁하게 물었다.

"넌 역겹지도 않니?"

"아니, 어째서?"

"안톤!"

"뭐?"

"내가 말했지, 당장 집에 가."

"그러면 햄스터는 어떡해?" 일한이 물었다.

"그냥 둬. 너희들은 그걸 박제로 만들 수 없어. 그런

284

건 배워야 해. 복잡한 일이야. 너희가 만들었다간 그냥 썩어 버려. 엄청 역겹지. 햄스터를 버리고 당장 집으로 가."

안톤과 일한, 두 아이는 서로 한참 쳐다보았다. 그러고 나서 안톤이 한숨을 푹 내쉬었다. 일한은 실망해서 마침 위로 지나가는 기차를 올려다보았다.

"그럼 적어도 묻어는 줘야지." 일한이 말했다.

그리고 나는 몇 미터 떨어져 쪼그리고 앉아서 아이들이 구덩이를 파는 것, 안톤이 맨손으로 햄스터와 내장 따위를 그러모아 구덩이에 넣는 것을 지켜보았다. 이상하게도 일한은 그 일을 내켜 하지 않았다. 이어 아이들은 구덩이를 다시 덮고 민들레와 라일락꽃으로 꼼꼼하게 꾸몄다. 마지막으로 안톤이 나뭇가지 두 개로 십자가를 만들고, 일한이 같이 도왔다.

"비누로 세 번." 아이들이 도로로 이어지는 비탈을 기어오르기 전에 나는 다시 말했다.

요즘 나는 늘 그 자리를 지나간다. 민들레는 오래전에 시들어 바람에 날려 갔다. 나는 늘 곁눈질로 보면서 지금 그곳의 땅속은 어떨지 궁금하다.

나는 매번 햄스터를 파내 자세히 살펴보고 싶은 도착적 욕구와 싸운다. 또한 매번 내 자신에게 말하곤 한다. 어쩌면 벌써 개나 여우가 찾아냈을 것이고 햄스터는 이제 그곳에 없다고 말이다.

그러다 결국 나는 욕구를 이기지 못하고 막대기로 땅을 파헤친다.

갑자기 구멍이 나타났을 때 어쩌면 다른 자리일 거라고 생각한다. 곧 모든 게 내 예상을 완전히 뛰어넘는다.

투실하고 흰 구더기들이 잔뜩 있다. 수십 마리, 수백 마리, 구더기들이 꿈틀거린다. 더럽고도 하얀 우글거리는 덩어리, 참으로 끔찍해 보인다. 하지만 나는 묘한 승리감을 느낀다.

다시 말해 나는 구역질을 하지 않는다. 그 사실에 무척 행복하다.

나는 충분히 다 본 후에 흙을 다시 덮고 막대기를 수풀로 던져 버리고 조깅을 계속한다.

지하도에서 그들이 서 있는 게 보인다.

나는 페터를 즉시 알아본다. 그는 한마디로 가장 크

다. 그의 똘마니 두 명은 내 키만 하다. 내가 모르는 아이들이다. 그들이 키 작은 보디가드처럼 페터를 엄호한다.

"샴 고양이." 애들이 길을 가로막으며 이구동성으로 말한다. 마치 연습이라도 한 것처럼 들린다.

"비켜." 내가 말한다. 애들이 꼼짝하지 않아서 나는 단호하게 비집고 들어간다. 둘이 바짝 붙어 서 있다. 내 팔에 닿은 그들의 땀난 육체가 느껴진다. 이어 나를 붙드는 손가락이 느껴진다.

"손 치워. 나를 건드리기 전에 먼저 깨끗이 씻어." 내가 말한다.

한 녀석이 웃기 시작한다. 술에 잔뜩 취한 웃음소리다. 사실 녀석은 이미 제대로 서 있지도 못한다.

"아주 매운 아가씨네. 난 매운 여자가 좋더라." 다른 놈이 페터에게 말한다.

"퍽큐. 그 전에 더러운 손부터 치워." 내가 말한다.

"무서워?" 페터가 물으며 얼굴을 바짝 들이대고 씩 웃는다. 사실은 꽤 다정하게 웃는다. "손 치워. 얘는 깨끗한 아가씨야." 페터가 아직은 똑바로 서 있는 녀석에게 말한다.

녀석이 나를 놓아준다.

하지만 이제 페터가 내 길을 가로막는다. 내가 오른쪽으로 한 걸음 가면 그도 똑같이 한다. 내가 왼쪽으로 한 걸음 가면 페터도 거울에 비친 모습처럼 똑같이 따라 한다. 그러면서 그는 나를 보며 계속 웃는다. 그의 어깨가 기름을 바른 듯 번들거린다.

"왜 유리공원에 나오지 않았어? 내가 초대했잖아." 페터가 묻는다.

"거긴 아주 고약한 냄새가 나니까. 모든 게." 내가 말한다.

"나도?" 페터는 물으며 내게 아주 바짝 다가선다. 나는 코를 찡그린다. 아마 마리아와 똑같은 싸구려 향수를 쓰는 모양이다. 한 번에 1/4병 사용. 공동주택 전용 향수.

"네 냄새가 제일 심해." 내가 말한다.

나는 제때 몸을 숙여 그의 일격을 피한다. 그의 똘마니들 가운데 한 명이 풀밭에 앉는다. 다른 녀석은 잠시 와락 웃는다.

"여자를 때리다니. 아주 용감하네." 내가 말한다.

"너 같은 건, 무조건 두들겨 패야 해. 그리고 네 엄마 같은 것들. 네가 도무지 무서운 걸 모르는 게 무지 거지 같거든. 이제 우리가 가르쳐 줘야겠어." 페터는 말하며 거칠게 숨을 쉰다.

페터가 서 있는 녀석에게 신호를 보낸다. 녀석이 소리 없이 움직인다. 갑자기 녀석이 내 등 뒤에서 목에 대고 숨을 내쉰다. 그의 뜨거운 손이 내 조깅 재킷 안으로 들어오자 나는 구역질이 올라온다.

나는 팔꿈치로 놈의 갈비뼈 아래를 힘껏 치고 풀려나와 옆으로 튀어 다시 몸을 숙인다. 그리고 저쪽에 빈 맥주병이 번쩍이는 것을 보고 재빨리 집어 번쩍 치켜든다.

풀밭에 앉아 있던 녀석이 휘파람을 휙 분다.

"어디 해 봐." 페터가 말한다. 그는 태연한 척하려고 애쓰지만 이를 꽉 문 사이로 나오는 목소리가 썩 그럴듯하게 들리지 않는다. "장난치지 마. 넌 바보가 아니잖아. 기회가 없다는 건 너도 알지. 자, 딱 한 번만 해, 그럼 널 보내 줄게. 나하고만 하는 거야. 그런 부자 아빠는 시간이 지나면 좀 지루해지잖아. 네가 원하면 여기 두 녀석은 잠시 딴 데로 산책을 갈 수도 있어. 이런 편의 제공은 너한테만 해 주는 거야."

"왜 나야? 커다란 젖통이 달린 네 금발 머리 여자애들은 다 어디에 있어? 그 여자애들은 벌써 다 자빠뜨렸어?" 내가 묻는다.

"거의 다. 사람은 가끔씩 변화가 필요하지. 넌 왠지 내 맘에 든단 말이야." 그가 말한다.

"난 글을 읽을 줄 아는 남자들하고만 해." 나는 이를 악물고 내뱉는다. 아마 악마가 방금 나에게 달라붙은 모양이다. "넌 해 봤자 안 될걸. 이 꼬맹이 페터야. 실업자 급여에 엉터리 독일어로는 나한테 추근거릴 수 없어. 내가 오르가슴에 문제가 있어서 말이야."

그의 입이 갑자기 조그맣게 쪼그라든다. 풀밭에서 벌레만 아주 나지막하게 찌르륵댄다.

페터가 한 발 앞으로 내딛는다. 나는 벽에 등을 대고 맥주병의 목을 더 꽉 움켜쥔다.

"너 완전 쫄았네." 페터가 말한다.

"아니, 네가 쫄았지. 두고 봐, 페터. 나에게 다가오는 놈들, 죄다 아가리를 확 찢어 놓는다."

"네 인생을 지옥으로 만들어 주지. 약속한다." 페터가 나지막하게 말한다.

"너무 늦었어. 이미 그렇거든. 저리 비켜, 이 개자식아." 내가 말한다.

페터가 팔을 뻗는다. 나는 맥주병으로 그의 얼굴을 친다.

하지만 나는 내 자신을 잘못 평가했다.

맥주병은 깨지지 않는다. 병이 온전한 채로 있다. 그리고 맥주병이 축축한 내 손가락에서 미끄러져 획 날아간다. 나는 페터에게 상처를 입히지 못했다. 그는 악 소리만 지르고 손을 잠시 얼굴에 갖다 대고는 나에게 달려든다. 나는 벽에 머리를 세게 부딪고, 그의 몸이 짓누르는 압박에 머리가 뒤로 젖혀진다.

그때 내가 소리를 지르기 시작한다. 뭐라고 소리를 지르는지 나 자신도 모른다. 오로지 한마디다. 이름이다.

나는 폴커를 외쳐 부른다.

그는 통화하면서 크게 놀란다. 아마도, 그는 내가 이

러는 걸 아직 보지 못했기 때문인 것 같다. 나는 한마디도 하지 못한다. 엉엉 울기만 한다. 베개는 눈물 콧물로 완전히 젖어 있다. 뿐만 아니라 내가 베개를 계속 잘근거리고 있다. 그런 것 같다.

"내가 가마." 그가 결국 답답해서 말한다. 그 말에 내가 약간 정신을 차린다.

나는 얼굴을 닦아 내고 수화기를 귀에 댄다.

"절대로 오지 말아요. 벌써 늦었어요." 내가 말한다.

"무슨 일인지 알 수가 없구나. 누가 너에게 달려들었어? 누가 몹쓸 짓을 했어? 밤에 혼자 조깅을 하다니? 너 완전히 정신이 나갔니? 대체 무슨 생각으로 그런 거야?" 폴커가 어쩔 줄 몰라 하며 말한다.

"나한테 소리 지르지 말아요." 내가 말한다.

"무슨 일이야? 제발 말 좀 해 봐." 그가 또다시 말한다.

"그들이 나를 놓아줬어요. 내가 당신을 불렀어요. 아주 크게 부르짖었어요. 바트 조덴에서 내가 외치는 소리가 들렸어요? 그들은 곧 누군가가 올 거라고 생각했을 수도 있어요. 내 입을 막으려 했어요. 그래서 내가 손을 깨물자 피가 났어요. 폴커, 맥주병이 깨지지 않았어요. 거지 같은 맥주병이 너무 단단해요." 내가 말한다.

"넌 병원에 가야 해. 어디 다친 것 같은데." 폴커가 말한다.

"안 다쳤어요." 내가 말한다.

"내가 가마. 너를 데리러 갈게. 우리가 본 지도 오래되었다."

"안 돼요."

"왜 안 돼?"

"아이들만 혼자 놔둘 수 없어요."

"그럼 아이들도 같이 데리고 오면 돼."

"그래도 안 돼요."

"도대체 왜?"

"이유를 아시잖아요."

"모른다."

"아시잖아요."

"아니. 전혀 모르겠다." 폴커가 단호한 목소리로 말한다.

그는 항상 그렇게 말한다. 내 말의 뜻을 모르겠다고.

그는 우리 사이에 있었던 일을 한마디도 입 밖에 꺼내지 않는다. 그는 사랑스럽고 다정하다. 하지만 그는 내가 그날 밤의 일을 언급하는 것을 원치 않는다.

"울지 마." 그가 나지막하게 말한다. "아무 일도 없었다면…… 대단히 운이 좋았던 거야. 천만다행이지. 앞으로는 더 조심하겠다고 약속해라. 밤에 너희들의 게토 지역을 돌아다니지 않겠다고 약속해. 네가 충격을 받은 걸 내가 안다. 너는 정말 심리 치료를 한번 받아야 해."

"폴커, 지금 쓸데없는 말을 하고 있어요." 내가 말한다.

"그래. 하지만 더 좋은 말이 떠오르지 않아. 너를 꼭 안아 주고 싶구나. 하지만 내 팔이 그만큼 길지 않아. 내가 너를 위해 할 수 있는 게 뭔지 도무지 모르겠다." 그가 말한다.

"당신이 오늘 저를 구해 주었어요." 내가 말한다.

"뭐라고?"

"당신의 이름이 나를 구해 주었어요."

그는 이상하게 한참 말이 없다.

"펠릭스에게는 아무 말 마세요." 내가 말한다.

"그건 생각도 하지 않았다." 폴커가 말한다.

"내가 왜 우는지 아세요? 듣기만 하세요. 그러니까요, 내가 그들을 구하지 못했어요. 엄마도 하리도. 하지만 구할 수도 있었을 거예요. 내가 그 사이에 끼어들었다면 말이에요. 내가 팔짱을 끼고 짜증 난 표정으로 그저 문에 서 있기만 하지 않았다면요. 내가 앞으로 걸어 나갔어야 했어요." 내가 말한다.

"말도 안 되는 소리. 네가 그랬다면 우리는 지금 이렇게 통화를 하고 있을 수도 없어." 폴커가 말한다.

"난 구할 수 있었을 거예요. 나는 뭐든지 할 수 있어요. 뭐든지 할 수 있어요. 예전에는. 나는 무서운 게 없었어요. 오늘 저녁까지. 지금은 다시 겁이 나요. 그리고 더 많은 두려움에 대해 겁이 나요."

"다행이군." 폴커가 공허하게 말한다.

"너무 무서웠다고요!"

"귀여운 것."

"여기서 더는 못 견디겠어요."

"어디?"

"이 공동주택이요. 나는 항상 이 집에 붙들려 있었어요. 하지만 더 이상은 못 하겠어요. 여기서 나갈래요.

혹은 시내로 가던지, 내가 여기서 학교를 졸업해야 하니까요. 이 공동주택이 싫어요. 이곳 사람들이 미워요. 나는 여기서 아무것도 할 수 없어요, 그들은 나보다 더 할 수 있는 게 없어요. 모두 가난한 족속들, 게다가 이들은 점점 더 가난해져요. 나는 사람들을 자극하죠. 그리고 그들은 내버려 두면서 속으로는 나를 미워해요. 이곳에서 나는 악취와 발코니에 널어놓은 빨래와 위성 방송 안테나가 싫어요……."

"……그런 것들은 다른 곳에도 다 있어. 제발 울지 마. 여기서는 내가 너를 전혀 위로해 줄 수가 없잖냐. 이사하는 것은 생각해 보자. 됐지? 우리가 휴가에서 돌아오는 즉시 하자. 그건 전혀 문제가 되지 않아. 네가 그곳에 살지 않으면 나도 기쁘다. 휴가 말이 나온 김에, 너도 같이 가지?"

"안 갈래요." 내가 말한다.

"왜 안 가?"

"아시잖아요."

"몰라. 한 번 더 생각해 보렴."

당신을 사랑해요. 이 말이 세상에서 가장 슬픈 말이

다. 나는 생각한다.

7월에 그가 떠났다. 펠릭스와 함께. 날이 지글지글
끓는다. 공동주택은 낮에 저장해 둔 열기를 어스름해
지는 무렵부터 이미 내뿜기 시작하고, 그 열기가 깊은
밤까지 이어진다.

아침마다 마리아는 한낮이 되면 살아남지 못할 거라
며 신음한다. 정통 주부를 위한, 매일 한 장씩 뜯어내는
달력이 마리아에게 차가운 수프와 따뜻한 얼굴 팩이라
는 새로운 처방을 내준다. 큰 오이 하나면 두 가지를 만
드는 데 충분하다.

마리아는 길에서 아주 조금 구겨진 넓은 밀짚모자를
주워 와서 밖에 나갈 때 늘 쓰고 다닌다. 밀짚모자를 쓴
마리아는 거대한 버섯처럼 보인다.

나는 마리아에게 옥외 수영장으로 가는 길을 가르쳐
주고 정기 이용권을 끊어 주었다. 마리아는 아침마다
커다란 아이스박스에 버터 빵 스무 개, 생수와 포도, 수
박과 오이피클과 사과 케이크를 넣고 방학을 맞은 안
톤과 같이 수영하러 간다. 안톤이 학교 친구들과 수영

장에 뛰어들어 요란하게 물을 철벅이는 동안, 마리아는 밀짚모자를 쓰고 떡갈나무 그늘 아래 누워 광고 전단지로 부채질을 하면서 주변의 말벌이 모두 아이스박스로 몰려드는 이유를 의아해한다. 점심때 마리아와 안톤은 집에 돌아와서 차가운 수프를 먹고 알리사를 유치원에서 데리고 와서 다시 옥외 수영장으로 간다.

나는 그 이후로 마리아를 대하는 게 많이 부드러워졌다. 왜냐하면 내가 마리아를 진정한 순교자라고 생각하기 때문이다. 심지어 마리아의 터키블루 수영복을 칭찬한 적도 있다. 그 수영복은 마리아에게 너무 꽉 끼지 않는 유일한 기성품이다. 조금 걱정스러운 것은 다만 마리아가 저녁마다 텔레비전 앞에 널브러져 새빨간 얼굴로 하마처럼 거칠게 숨을 내쉬고 있을 때다. 그러던 마리아가 말한다. "우리 노보시비르스크 출신 사람들은 이런 더운 날씨를 위해 만들어진 게 아냐. 이런 날씨에 우리는 그냥 골로 가는 거야."

마리아는 정말 곧 그럴 것같이 보인다.

"물 마시는 것을 잊지 마." 내가 말한다. 그리고 정적 속에 덧붙인다. "혹시 바딤에게 여 사촌이 더 있을 수도 있겠지?"

안톤도 드디어 어린이 수영선수에게 주는 해마 배지를 받았다. 아무튼 무엇보다 내가 직접 아이들을 데리고 수영장에 가지 않아도 되어 좋다.

수영장은 너무 시끄럽고 너무 눈부시다. 나는 소독약 냄새를 맡는 즉시 발이 근질거리기 시작한다. 나는 가족용 풀밭에 누워 있고 싶은 생각도 없다. 그곳에는 어린아이들이 아이스크림을 내 수건에 뚝뚝 떨어뜨린다. 큰 아이들은 내 얼굴로 축구공을 날린다. 그래서 내가 다른 풀밭에 가서 앉아 있으면 근처의 중등학교와 실업학교 졸업생들이 담배를 피우다가 풀밭에 침을 뱉고, 좋아서 깍깍대는 여자 친구들을 툭툭 쳐댄다.

그런 걸 보면 토할 것 같다.

페터도 그곳에 있다. 그는 내 쪽을 보지 않고 나도 그쪽을 보지 않는다. 우리는 어쩌다 계단에서 마주쳐도 서로 쳐다보지 않는다.

나는 혼자 집에 있을 때 블라인드를 치고 에미넴의 노래를 듣는다. 음악을 아주 크게 튼다. 공동주택의 모든 사람이 들어도 개의치 않는다.

예전에는 내가 에미넴을 좋아한다는 게 부끄러웠다. 나는 어느 누구에게도 그 사실을 인정하지 않았다. 만일 누군가가 물을 경우를 대비해 안톤이 듣는다는 평계를 미리 마련해 두었다.

하지만 물론 아무도 내게 묻지 않는다. 사실 온갖 소리가 공동주택에 울려 퍼지면서 계단참에서 한데 섞인다. 행진곡, 테크노 음악, 시끄러운 팝, 옛 러시아 군가 베스트, 달빛 소나타, 지저스 크리스트 슈퍼스타, 비제의 카르멘, 점차 사라져 가는 라디오 방송 ─ "그러면 이제 이르쿠츠카야에 사는 충실한 여성 청취자 리디아를 위해 이 아름다운 민속음악을 보내 드립니다. 쉰세 번째 생일에 진심으로 행복을 기원합니다." ─ 그리고 여러 가지 라이브 소음도 있다. 접시 깨지는 소리, 소리 죽여 헐떡이는 숨소리, 그리고 특히 싸우는 소리는 헤비메탈과 웃음소리와 정치 토론 등, 모든 소리를 압도한다. "주둥이 닥쳐, 이 멍청한 년아, 넌 아주 옛날부터 내 인생을 다 망쳐 놨어." ─ "내가? 네 인생을? 너희들, 지금 이 말 들었어?"

그리고 거기에 에미넴이 더해진다.

그리고 나.

왜냐하면 우리가 자주 듀엣으로 노래하기 때문이다. 디트로이트 출신의 래퍼와 나. 어느덧 나는 그를 좋아한다는 것을 인정한다. 나는 심지어 그가 권총을 장전하고, 얼굴을 찌푸리고, 금발 머리에 문신을 한, 멋진 티셔츠를 가끔 입기도 한다.

그의 음악은 내가 최근 이 년 동안 몇 시간이고 계속해 들을 수 있었던 유일한 음악이다. 또 그는 자신이 부르는 노래의 의미를 아는 것같이 생각되는 유일한 사람이기도 하다. 그가 일찍이 아빠가 되었다는 것, 입양아가 있다는 것이 마음에 든다. 그리고 그가 한 여자와 이혼하고 결혼한 것, 자신의 출신과 싸우는 걸 나는 깊은 공감으로 지켜본다. 그가 너무 안됐다는 생각이 든다. 왜냐하면 그가 성장한 '8마일'에 비하면 내가 사는 공동주택은 궁전이나 다름없어 보이기 때문이다. 다시 말해 내가 그런 컨테이너에서 살아야 한다면 무척 괴로울 것 같다.

그래서 우리는 자주 같이 노래한다. 에미넴은 자신의 텍스트를 읊고, 나는 내 텍스트를 읊는다. 멜로디만 똑같다. 방향도 같다. 그렇지만 각자 자신의 주제가 있다. 평행하는 두 개의 길처럼 결코 겹치지 않는 주제다.

미안해, 엄마. 에미넴이 말한다.

고통스럽게 될 거야, 바님. 사샤가 말한다.

엄마를 아프게 할 생각은 전혀 없었어.

난 너를 해치려고 해.

엄마를 울리려 한 건 절대로 아니야.

아니, 넌 대성통곡을 하게 될 거야, 장담해.

하지만 오늘 밤 난 벽장을 치워.

마샤, 네가 지금 뭘 치우고 있다고? 네 옷장?

그리고 나는 내 걸 정리하지, 독약이 든 서랍장을.

나는 그 안에 나의 증오 그리고 책에서 얻은 약간의 지식 외에 아직 많은 것을 넣어 두지 않는다. 예를 들면 비소는 0.1그램만으로도 성인에게 치명적이다. 비소는 연기도 냄새도 없다. 다만 내가 그것을 약국에서 살 수 있는지 아닌지는 유감스럽게도 똑똑한 책에 나와 있지 않다. 비소 대신 주목의 씨를 스크램블드에그에 섞을 수도 있을 거다. 씨앗 스무 개면 충분할 것 같다. 얼마 전 어린아이가 소금을 아주 많이 넣은 푸딩으로 살해당했다는 기사를 신문에서 읽었다. 그 방법도 너, 바딤을 위한 것이 될 수 있겠지. 그 아이의 부모는 그 일로 무척 큰 대가를 치렀다고 한다.

뿐만 아니라 길가에서 손쉽게 딸 수 있는 독풀도 아주 많다. 은방울꽃, 나도싸리, 콜키쿰, 이런 독풀로도 바딤, 넌 마비, 환각, 무호흡, 심정지가 올 수 있어.

바딤, 네가 그런 편안한 죽음을 맞을 자격이 있는지는 정말 모르겠어. 그래선 안 되겠지. 썩은 생선 통조림이 더 나을 거야. 그럼으로써 네가 극심한 경련을 일으키고 숨이 막히고, 네 사망확인서에 식중독이 원인이라 적혀 있도록 말이야. 넌 온갖 쓰레기도 처먹는구나! 나는 네가 먹을 스파게티에 담배꽁초 스무 개를 부셔서 집어넣고 후추를 잔뜩 넣어 줄 수도 있어.

넌 그 잘난 건강을 늘 무척이나 중요시해서 담배를 절대로 피우지 않았어. 심지어 한번은 살을 뺀다며 칼로리 계산을 한 적이 있었지. 한 3일 동안이었나. 그때 우리 엄마가 막 웃으며 너의 과체중에서 1킬로그램도 줄어든 것 같지 않다고 확언했어.

너는 담배를 피우는 여자들을 상스럽다고 했지. 그래

서 나는 너 때문에 담배를 피우려고 여러 번 시도했어. 담배를 피울 때마다 속이 안 좋아서 그만두었지만.

수면제로는 너를 죽이지 않을 작정이야. 너는 편안하게 죽어선 안 돼.

한 가지 더, 너는 죽으면 유리공원 떡갈나무 뒤에 있는 못에 들어가게 될 거야. 봄이면 그곳에서 엄마와 안톤이 개구리 알을 모아 집에 가져왔지. 우리는 어항에서 부화하는 올챙이를 보고, 올챙이 수가 계속 줄면서 개구리로 변하는 것을 보고 놀라워했어. 처음에는 올챙이가 쉰 마리였다가, 이어 스무 마리가 되고, 또 열 마리로 줄었어. 그리고 갑자기 아주 조그만 개구리가 양탄자에 앉아 주둥이를 쫙 벌리고 있었어.

나는 네가 실수로 그 개구리를 밟았다고 생각하지 않아.

네 폐가 물로 가득 차면 굉장히 불편하겠지. 게다가 개구리들이 시끄럽게 울어 댈 거고. 사람들이 널 발견할 때까지 그곳에서 오래오래 누워 있게 될 거야. 그리고 때가 되어 익사한 시체가 으레 그렇듯 언젠가 네가 물 위로 떠오르면 그때 넌 당해도 싼 꼴이 되어 있겠지. 썩어서 시푸르둥둥하게 부풀어 오른 모습.

그러면 나는 기꺼이 너의 신원을 확인해 주며 이렇게 말할 거야. 네, 그가 맞아요. 척 보면 알잖아요? 그가 아니면 달리 누구겠어요?

그가 아직 살아 있었을 때 사람들은 이런 모습을 짐작할 수 없었지만 내 눈에 그는 처음부터 항상 이런 모습으로 보였어요.

염산에 녹이는 것도 좋은 효과가 난다.

하지만 발코니에 내다 놓은 큰 통 속 염산 용액에 바딤이 조각조각 잘린 채 들어 있으면 ─ 마리아가 비위생적이라고 할 게 틀림없다. 예외적으로 마리아의 말이 옳을 것이다. 나이만 씨, 지금 너무 허황되게 가고 있어.

마샤, 우리가 지금 무슨 노래를 부르고 있었지?

헤일리는 이제 컸어, 엄마가 봤어야 하는데, 헤일리는 아름다워.

하지만 엄마는 헤일리를 결코 보지 못할 거야, 그녀는 엄마의 장례식에도 가지 않을걸.

그렇지. 하지만 헤일리가 아니라 알리사야.

내가 테네리페에 같이 가지 않는다고 해서 펠릭스는 너무 기분이 상한 나머지 엽서도 한 장 안 보내겠다고 단언했다. 펠릭스가 통화에서 그렇게 말했다. 분노의 울음이 섞인 그의 목소리가 들렸다. 그리고 폴커가 뒤에서 말했다. ─"그럼 내가 엽서를 보내마."

펠릭스는 다시금 수화기를 쾅 내려놓았지만 폴커가 다시 한 번 전화했다.

"같이 가면 좋을 텐데. 하지만 네가 원치 않는다는 것도 이해한다. 아니면 다른 계획이 있거나." 폴커가 말했다.

"혹시 다음번에요. 혹시 내년에요. 그때에도 나와 같이 갈 의향이 있다면요." 내가 말했다.

"그런데 확실한 건, 내년에는 누구를 데리고 갈 생각이 없어." 폴커가 말했다. 그리고 목소리가 기쁘다기보다 슬프게 들렸다. "난 이 휴가가 끝난 후 절박하게 또 다시 휴가를 가져야 할 것 같구나. 펠릭스, 그런 표현은 우리 집에서 듣고 싶지 않다. 그 표현도 쓰지 마."

"내가 남긴 나쁜 영향이네요. 봤죠, 내가 안 가는 게 좋아요." 내가 말했다. 그리고 휴가지의 좋은 날씨와 편안한 비행을 비롯해 아주 많은 것을 기원했다.

나는 매일 우편함으로 뛰어간다. 지금껏 엽서가 한 장도 없다. 그들이 엽서를 보냈다 하더라도 우편물이 오는 데는 영원한 시간이 필요하다.

그런데도 나는 열린 창문으로 우편배달부의 자전거 소리가 들리면 벌떡 일어난다.

나는 실제로 아르바이트가 있다. 하지만 내가 펠릭스와 폴커에게 안 간다고 말한 후에 일을 얻었다. 나는 과외를 한다. 세 학생, 전부 남자아이들, 프랑스어를 가르친다. 내가 아이들 집으로 가는 비용 5유로를 별도로 먼저 받았다. 나는 내 책상에 아이들을 앉힐 생각이 없다.

남자아이들 가운데 한 명, 카이-율리안은 가끔씩 사용하는 어휘가 점점 더 형편없어진다. 그의 엄마가 복도에서 나에게 속삭인다. "우리 애가 너에게 홀딱 반한 것 같아. 과외를 받기 전에 늘 깨끗한 바지를 입으려고 해."

그 엄마는 아마 태어날 때부터 화장을 하고 머리를

꾸미고 나왔을 부류의, 세상에 있을 법하지 않은 여자
다. 내가 가면 그녀는 항상 집에 있다. 때로는 담배를
피우고, 때로는 가계부를 적고, 때로는 발톱에 매니큐
어를 칠하고, 때로는 정원에서 백합꽃 냄새를 맡는다.

  과외를 하는 동안 여자는 방에 다섯 번 들어온다. 차
를 가지고 들어오고, 비스킷을 가지고 들어오고, 빈 접
시를 가져가려고 들어오고, 창틀에 있는 선인장에 물
을 주러 들어오고, 그리고 담임 선생님이 카이-율리안
에 대해 한 말을 내게 이야기하러 들어온다. 때로 여자
는 15분 동안 쉬지 않고 카이-율리안에 대해 이야기한
다. 옆에 앉은 아이의 활짝 벌어진 투명한 귀가 점점 시
뻘게진다. "애가 너무 산만하고 도대체 집중을 하지 못
해. 너에게도 벌써 그게 눈에 띄었니?"

  "아뇨." 나는 거짓말을 한다.

  하지만 돈을 받는 한 아무래도 상관없다.

  그리고 나는 매일 안젤라와 공부한다. 그냥 무보수
로. 나는 안젤라가 계단참에서 "사샤는! 안나를! 사랑
한다!"가 적힌 푸른색 벽에 딱 붙어서 엉엉 울고 있는
것을 보았다. 안젤라는 가을에 재시험이 있다. 시험을

보지 않으면 학년을 다시 다녀야 한다. 안젤라는 이미
한 번 낙제를 했다. 게다가 어차피 1년 늦게 학교에 들
어갔다. 안젤라는 같은 반의 어린 왕재수 애들을 참을
수 없다고 훌쩍였다. 안젤라가 들어간 반은 자신보다
세 살이나 어린 아이들이 다니는 반인데도 모두가 다
자기보다 잘하고, 키가 작아서 그녀의 목 언저리를 뚫
어지게 쳐다본다고 한다. 너무도 굴욕적이란다.

"네가 원하면 재시험 준비하는 걸 도와줄 수 있어."
울어서 빨개진, 인형 눈처럼 파란 눈 주위가 마스카라
로 얼룩진 채 앉아 있는 안젤라에게 내가 말했다.

그녀는 처음에 말뜻을 전혀 이해하지 못했다.

"뭐라고 ─ 준비?" 안젤라가 물었다. 우리는 러시아
어로 이야기했지만 그녀의 러시아어는 독일어만큼이
나 형편없었다. 여기 사람들이 가끔 여러 언어가 뒤섞
여 이해하기 힘든 말로 아무렇게나 말해대는 게 참으로
기이하다. 뭐 좋다, 이들이 새 언어를 배울 수 없다고 치
자. 하지만 어떻게 모국어마저 잊어버릴 수 있을까?

"뭐라고 ─ 준비?" 내가 그녀의 말을 우스꽝스럽게 흉
내 냈다. "아주 평범한 거야. 내가 네 집에 가고, 넌 책을

펼치고, 나는 문법을 설명하고, 넌 숙제를 하고, 넌 조금씩 조금씩 알아가는 거지. — 그런 식으로 공부해 본 적 있어?"

안젤라는 넋을 놓고 고개를 저었다. 마치 내가 너의 하루를 그룹섹스로 시작하느냐고 묻기라도 한 것처럼.

"하지만, 어떻게?" 그녀가 물었다.

"혹시, 그렇게 해서 네가 그 빌어먹을 시험을 잘 볼 수 있겠냐고?"

이 시점에서 안젤라는 다시 엉엉 울기 시작했다. 나는 그녀의 눈꺼풀에 마스카라의 부스러기가 달라붙는 게 신기해서 가만히 지켜보았다. 안젤라가 뭉친 마스카라를 두 손으로 닦아 내자 그게 손가락 사이에 달라붙었다. 안젤라는 손을 벽에 대고 문질러 닦았다.

"모르겠어." 안젤라가 말했다. 나는 갑자기 무척 재미있을 것 같은 생각이 들었다.

"우리 해 보자. 조금 공부하는 거야. 전혀 위험하지 않아. 중독성도 없고. 특히 너에게는 절대 중독성이 없지." 내가 말했다.

"그런데 내가 잘 보지 못하면? 그 거지 같은 시험을?"

안젤라가 물었다.

"그러면?"

"넌 분명 화가 날 거잖아."

그 말에 내가 막 웃었다. "내가 어떻게 화를 낼 거냐면, 네가 시험에 붙지 못하면 아예 나를 피해 다니는 게 신상에 좋을 거야." 내가 말했다.

갑자기 안젤라가 씩 웃었다.

나는 매일 오전 10시에 안젤라에게 간다. 그전에 30분 일찍 일어나 샤워하고 아침을 먹으면서 책을 읽는다. 그사이 마리아와 안톤은 벌써 옥외 수영장에 가 있고, 알리사는 유치원에 있다. 하루 중에 제일 좋은 시간이다.

이틀에 한 번씩 내가 5분 동안 초인종을 계속 누르고 문을 쾅쾅 두드려야 비로소 안젤라가 문을 열어 준다. 안젤라는 항상 내가 포기하고 돌아서서 가려는 순간에 문을 열어 준다. 문이 벌컥 열린다. 그리고 안젤라는 파자마 차림에 곰 인형을 안고, 헝클어진 금발 머리에 얼굴에 베개 자국이 난 모습으로 나타난다.

"엉? 누구? 너구나?" 안젤라가 말한다.

"엉? 뭐? 적분이구나?" 내가 말한다.

그러면 안젤라가 잠에서 번쩍 깬다. 이어 시무룩하게 말한다. "젠장. 완전 망할 젠장. 방금 임청 좋은 꿈을 꾸고 있었는데."

이제 안젤라가 옷을 입는다. 내가 있어도 아랑곳하지 않고 잠옷을 훌렁 벗고 미니스커트가 아니면 그와 비슷한 걸 억지로 껴입는다. 안젤라는 아주 밝고 우유같이 뽀얀 피부를 가지고 있다. 이상하게 살갗에 늘 푸르스름한 자국이 나 있다. 몇 초 만에 옷을 갈아입은 안젤라는 컵에 인스턴트 레몬차를 잔뜩 떠 넣고, 토스트 위에 두툼한 치즈를 얹고, 그 위에 그보다 더 두툼한 소시지를 얹고, 긴장한 탓에 혀를 쭉 내밀고 소시지 위에 케첩을 휘휘 뿌린 다음 갤리선에서 노 젓는 죄수의 의욕으로 내 옆에 앉는다.

나는 우리 둘을 카메라로 촬영할 사람이 없는 게 유감이다. 안젤라는 물론 완전히 멍청한 건 아니고 부분적으로만 멍청하다. 그녀는 가끔 내용을 이해한다. 하지만 대부분은 어쩔 줄 모르고 쩔쩔 맨다. 계산을 할 때는 손가락을 써야 한다. 과제가 나오면 손으로 얼굴을 가릴 때가 많다.

"이건 그냥 숫자일 뿐이야. 이게 널 물어뜯진 않아. 넌 숫자와 같이 놀아야 해." 내가 말한다.

"놀아?" 안젤라는 깜짝 놀라며 나를 곁눈질한다. 안젤라는 나를 약간 무서워한다. 마리아처럼. 나는 인내심을 가지고 꾹 참으려고 애쓰는데도 안젤라에게 벌써 몇 번 소리를 질렀다.

하지만 안젤라는 내가 소리를 지른 것 때문이 아니라 근본적인 절망감에서 엉엉 운다. 안젤라는 거의 매 시간 운다.

"하나도 모르겠어! 사람들은 왜 이걸로 나를 고문하려고 하지?" 안젤라가 자주 하는 말이다.

"그렇게 해서 너의 작고 예쁜 머리통이 완전히 텅 비고 가벼워져서 휙 날아가지 않게 하려고. 혹시 넌 아무래도 상관없다고 생각하니?" 내가 말한다.

"뭐?"

"아냐."

"난 시험에서 떨어질 거야. 확실해. 근데 내 머리통이 정말 예뻐?" 안젤라가 말한다.

"그럭저럭. 아무튼 나는 남자가 아니잖아." 내가 말한다.

하지만 우리의 공부 시간이 완전히 헛되지는 않다. 벌써 조금씩 나아진다. 안젤라는 어쩌다 이해하는 게 생기면 좋아서 어쩔 줄 모른다. 그럴 때는 눈을 아래로 깔고 뺨이 발개져서는 내 칭찬을 기다린다.

"거봐, 되잖아. 네가 조금만 머리를 써서 생각하면 말이야." 내가 말한다.

"어쩌다 맞힌 거야. 난 수학은 하나도 모른다고 했잖아." 안젤라가 겸손하게 말한다.

"아무튼 정확하게 했어."

"실수로 맞혔다니까."

"안젤라, 나한테 애교 부릴 필요 없어. 나도 네가 잘하지 못한다는 걸 알아. 하지만 지금은 아주 잘했어."

이제 안젤라는 다시 책을 들여다보며 토할 것 같은 표정을 짓는다.

내가 집에서 그리고리를 한 번도 보지 못한 게 이상하다.

"네 아빠는 어디에 있어? 요즘은 늘 오전에 일하러 나가셔? 네 아빠를 본 지 꽤 오래되었네." 내가 문득 묻는다.

"아빠는 방에 있어." 안젤라가 말한다.

"왜, 어디 아프셔?"

"술에 절었지. 아빠는 대개 밤에 술을 쉬지 않고 마셔. 아침에는 바윗덩이처럼 잠에 푹 빠져 있어." 안젤라가 아무렇지도 않게 말한다.

나는 살짝 오싹해진다.

"그거 요즘에 생긴 거야?" 내가 묻는다.

"뭐?"

"네 아빠가 심하게 술을 마시는 거."

안젤라는 어깨를 으쓱한다. "옛날에도 그랬어. 항상 되풀이되었지. 전에는 아주 드물었어. 삼 주가 지나면 아빠는 대부분 다시 정신이 멀쩡해져. 그러면 육 개월은 더 이상 술을 마시지 않아. 하지만 옛날 일은 말해서 뭐 해. 지금은 두 달째 저 모양이야. 그러다 중간에 한 번씩 며칠간 술을 안 마시고, 그런 식이야."

"맙소사. 왜?" 내가 말한다.

"알게 뭐야. 어쩌면, 너희 뚱뚱한 할머니가 우리 아빠를 쫓아냈기 때문인지 모르지." 안젤라가 말한다.

"그럼 아빠가 일은 다녀?" 내가 묻는다.

"저 지경으로 걸을 수나 있겠어? 네 발로 기어가나? 직장에서 쫓겨났어."

"네 아빠는 그러니까… 그…."

"택시운전사. 좋은 직업이지. 항상 밤에 일하러 나갔어. 그리고 나는 여기서 완전히 자유로운 방을 쓰고 말이야."

나는 주위를 둘러본다. 수학 공부는 잠시 잊어버린다.

"그럼 너의 집에 살림을 누가 해? 나는 네 아빠가 음식도 하고 다림질도 하는 걸로 알았는데." 내가 말한다.

"살림?" 안젤라는 이해를 못 하고 두리번거린다.

"그래, 그래도 이 방은 치워져 있잖아."

"그냥 내가 이 방만 치운 거야. 나머지는 아무도 안해. 난 시간이 없어. 공부해야 하니까."

나는 웃는다.

"그래서 뭐?" 안젤라가 화를 내며 묻는다. "내가 시장을 보고 음식을 하는 걸로 충분하지 뭐. 그것 말고 모든 일을 내가 다 해야 해? 넌 좋겠다. 뚱뚱한 할머니가 너희들을 위해 모든 걸 다 해 줘서."

"뚱뚱한 할머니라고 부르지 마. 마리아는 절대 늙지 않았어. 서른일곱 살이야." 내가 곧장 말한다.

"뭐 어때? 우리 아빠는 서른여섯 살이야. 하지만 우리 아빠도 젊지 않아."

"뭐라고? 난 네 아빠가 적어도 쉰 살은 된 걸로 알았는데." 내가 말한다.

"그런데 말이야. 너, 우리 아빠 이야기하려고 왔어?" 안젤라가 말한다.

나는 방정식이 있는 책으로 고개를 숙인다.

나는 나가면서 슬며시 주위를 둘러본다. 복도에 문이 세 개 더 있다. 모두 닫혀 있다. 그 문 뒤 어디엔가 그리고리가 누워 있다. 나는 숨을 참고 귀 기울이지만 아무 소리도 들리지 않는다. 그가 매일 아침 집에 누워 있고, 그걸 내가 전혀 모르고 있었다는 게 도무지 믿어지지 않는다. 그보다 나는 그가 나를 피한다고 생각했다. 이제 보니 구석에 먼지가 덩어리로 뭉쳐 테니스공만 한 게 눈에 띈다. 그리고 현관 옷걸이에는 겨울 외투가 그대로 걸려 있다.

"그러면 빈 술병은 어디에 있니?" 내가 묻는다.

"쓰레기통에. 뭘 그렇게 꼬치꼬치 물어? 그럼 내가
술병을 여기에 세워 둘까? 넌 뭐가 그렇게 궁금해? 사
람들이 너희 집에서는 아무도 술을 입에도 안 대는 줄
알겠다." 안젤라가 바짝 성을 내며 말한다.

"물론 우린 다들 그랬어." 나는 산만하게 말한다. "바
딤조차. 다른 사람들에 비하면 아무튼 안 마신 편이었
지. 너희 아빠는 얼마나 오랫동안 저 상태로 있어? 그리
고 언제 술 마시는 걸 그쳐?" 내가 묻는다.

안젤라는 나를 쳐다보지 않고 거울에 비친 자신의 모
습을 찬찬히 살핀다. 안젤라는 제법 통통해서 몸통이
나보다 두 배쯤 더 넓다. 안젤라는 하얀 살에 심하게 파
고드는 핫팬츠와 표범무늬의 비키니 상의를 입는다.

안젤라가 배꼽에 피어싱을 한 게 처음으로 눈에 띈
다. 파란 돌이 박힌 철제 피어싱이다. 안젤라가 앉으면
뱃살이 접혀 배꼽이 보이지 않는다.

문득 그런 피어싱이 나에게 더 잘 어울리겠다는 생각
이 든다.

"우리 아빠가 죽으면 그러겠지." 안젤라는 말하며 돌아서서 뒷모습을 거울에 비춰 본다.

"무슨 말이야?"

"네가 물었잖아. 우리 아빠가 언제 술을 끊느냐고. 그래서 내가 말하는 거야. 술을 마시다 죽으면 끊겠지. 이제 그만 가 줄래? 난 약속이 있어."

나는 팔에 책을 끼고 밖으로 나온다. 그리고 왜 또 마음에 혼란스러운 죄책감이 퍼지냐고 내 자신에게 묻는다.

갑자기 그냥 확 신경질이 난다.

내가 우편함을 너무 자주 들여다본 모양이다. 여전히 나를 위한 건 아무것도 없다. 갑자기 더 이상 참을 수가 없다.

나는 기다리고 싶은 생각이 전혀 없었다. ─ 카드, 문자, 답신 따위. 나는 그런 것이나 목 빠지게 기다리는 멍청하고 한심한 인간이 아니다. 그 자식이 나에게 연락을 하지 않는다고 해서 세상이 무너지는 건 아니다. 그가 연락을 하지 않는다면 그건 그의 잘못이다. 또는 우체국의 잘못이다. 우체국은 틀림없이 몇 주가 필요할 테니까. 그리고 그가 휴가 첫날에 곧바로 엽서를 쓰지도 않겠지, 나쁜 놈.

사샤는 기다리지 않는다.

아니, 사샤는 기다린다.

나는 기다리는 내 자신을 미워하기 시작한다. 그리고 나에게 엽서를 쓰지 않는 그 작자도 미워한다. 내가 정확히 누구를 두고 하는 말인지 도대체 모르겠다. 폴커와 펠릭스가 한 사람으로 합쳐진다. 지금 그는 섬에서 즐거운 시간을 보내고 있다. 느긋하게 바다를 바라보면서 손가락 사이로 하얀 모래를 흘리고, 코코넛을 깨뜨리고 있다. 알게 뭐람, 아무튼 그러면서 무엇보다도 특히, 내 생각은 눈곱만큼도 하지 않는 거다.

나는 더 이상 우편함으로 달려가지 않기로 결심한다. 그리고 그들이 돌아와 전화를 해도 이제 전화를 받지 않기로 한다. 물론 우선 그쪽에서 전화를 해야 하지만. 사람이 둘이니 나에게 두 번 전화할 수 있다.

나는 도서관에서 빌린 책을 반납하려고 자전거를 타고 시내로 간다. 책을 새로 몇 권 빌려서 밖에 나와 따뜻한 도시 외벽 위에 앉는다. 내 뒤로 검붉은 들장미가 활짝 피어 있다. 내가 이처럼 비참하게 지내고 있는데 들장미는 이렇게 아름답게 피다니, 너무 뻔뻔하다는 생각이 든다.

누가 내게 말을 거는 것을 곧바로 알아채지 못한다. 나는 원래 그런 것을 즉시 알아듣지 못한다.

"보청기를 집에 두고 왔어?" 옆에서 소리가 난다. 나는 고개를 든다. 그리고 웃음이 새어 나오는 것을 참을 수 없다.

내가 본 것은 이렇다. 금발 머리, 파란 눈, 햇볕에 그을린 얼굴과 위팔, 남성.

나는 웃음기를 거두고 다시 책을 들여다본다.

"여보세요! 그렇다면 내가 좀 더 크게 말할게."

나는 벌써 또다시 웃음이 나온다.

그러자 그가 갑자기 내 옆에 바짝 앉는다. 나는 조금 옆으로 비킨다.

"엄청 덥네." 그가 내 옆에서 투덜댄다.

"흠."

"이 벽에서. 짧은 바지를 입고서 다리가 데지 않아?"

나는 내 다리를 쳐다본다. 그도 마찬가지로 내 다리를 쳐다본다. 아주 유심히.

나는 다시 책을 본다.

"우리가 서로 알고 지낼 수 있을지 아까부터 내내 생각했어." 그는 여전히 시선을 아래로 깐 채 말한다.

나는 책을 탁 덮는다.

"나도 그래." 내가 솔직하게 말한다.

"그래? 우리가 어디선가 본 적이 있나?" 그가 좋아하며 웃는다.

"그게 너였는지 정확히는 모르겠어. 언젠가 한번 시내에서 자전거 체인이 풀렸던 적이 있어. 내가 체인을 고치려고 쪼그려 앉아 있는데 갑자기 어떤 사람이 옆에 서서 도와주겠다고 하더라. 나는 괜찮다고 거절하면서 그의 얼굴을 쳐다보지 않았어. 그런데 갑자기 말이야, 너 그거 알아?" 내가 말한다.

"뭘?"

"있잖아 왜, 그걸 뭐라고 해야 하지, 그는 노출증 환자였어."

"뭐라고? 그가… 바지를…?" 그의 입이 떡 벌어진다.

"응. 점잖게 표현하면, 그는 자신을 드러낸 거지." 나는 태양을 향해 고개를 든다. 사람이 금세 당황하는 게 재미있다.

"그런데 그자가 나처럼 생겼다고?" 녀석이 어안이 벙벙해서 묻는다.

"몰라." 나는 말한다. 진실이 최선이다. 자전거 체인, 시내, 나머지. 그리고 나는 연한 금발 털이 나타났다는 기억만 있다. 이 녀석과 전혀 닮지 않았다. "나는 그의 얼굴을 자세히 보지 않았어." 내가 말한다.

"그 대신?" 그는 정색을 하고 묻는다.

나는 어깨를 으쓱해 보인다. 내가 이 남자라면 수천 개의 멋진 대답과 제안이 떠오르련만. 다시 말해 그가 무척 의미심장하게 보고 있는 내 신체의 일부에 대해 말이다. 하지만 그는 그저 옆에 앉아 멍청하게 내가 한 말을 곰곰이 생각하고 있다. 또는 완전히 다른 어떤 생각을 하고 있겠지.

"아무튼, 나는 아니었어." 그가 마침내 말한다.

"유감이네." 내가 말한다. 그는 어리둥절해서 나를 뚫어지게 쳐다본다.

내가 지금 막 무슨 생각을 하는지 그가 무슨 수로 알까. 잠시 사라졌던 회색 안개가 다시 몰려와 발끝부터 머리끝까지 나를 가득 채우고 있다는 것을 어떻게 짐작하랴. 안개가 곧 내 입에서 새어 나올 것이다. 나는 입술을 더 꽉 다문다.

회색 안개에서 벗어나기 위해 나는 절망적으로 마지막 시도를 한다. 나는 지금 나에게 말을 거는 아무나와 같이 가서 모든 것을 할 것이다. 나쁜 짓일수록 더 좋다. 내가 다시금 강렬하게 분노할 수 있다면 그것만으로도 좋다.

그 생각을 하면서 나는 녀석을 검사하듯 찬찬히 살펴본다. 그는 기분이 상하지 않은 것 같다. 그의 외모에서 가장 좋은 것은 눈부시게 하얀 티셔츠다. 새로 다림질해 입은 게 틀림없다. 나는 아주 깨끗한 모든 물건에서처럼 그 티셔츠에서도 꽤 좋은 냄새가 나는지 알아내고 싶다. 눈치가 형광등처럼 느리지만 않았어도 괜찮은 남자로 보였을 텐데.

하지만 지금 다른 사람이 나에게 말을 걸지 않았으니 여기 있는 것을 택할 수밖에.

"네가 진짜 하려던 건 뭐야?" 내가 묻는다.

"뭐?"

"나하고 뭘 하려고 했어? 나한테 뭐를 물어보려고 했는데?"

"뭐? 아하, 그래. 물어보려던 거, 맞아. 오늘 저녁에 여름 박람회에 같이 가자고." 그가 말을 아주 빠르게 하면서 나를 슬쩍 훔쳐본다. 나는 그 행동을 전혀 좋은 전략으로 생각하지 않는다. 내가 그를 똑바로 쳐다본다. 그러자 그가 내 시선을 좀 불편해하는 것 같다.

"그런데 왜? 왜 나에게 그걸 물어보려 했어?" 내가 묻는다.

"그냥." 그가 말한다. 그리고 나를 흘낏 쳐다보고는 얼른 다시 시선을 돌린다.

나는 생각한다. 여름 박람회, 뻔하지 뭐. 롤러코스터, 솜사탕, 귀신의 집. 그거 말고 뭐가 있어. 물을 뿌려 대는 회전목마. 머리를 거꾸로 한 채 정신없이 휙휙 돌면서 가는 기구. '누가 먼저 토하나!' 내기에서 아슬아슬하게 패하기.

"몇 살이야?" 내가 묻는다.

"스물다섯 살."

"진짜?"

"응, 왜?"

"여름 박람회에 가지 않으면 뭘 해?"

"아니면 공부하지."

"토목공학과?"

"아니, 그 학과는 다니다 말았어. 정보학."

"전문대학에서?"

"응, 왜?"

"남자 백십삼 명에 여자 두 명이 다니는 과?"

"여자가 다섯 명이 있어. 왜 물어?"

나는 대답하지 않고 곰곰이 생각한다. 그는 썩 화끈
하지는 않다. 하지만 내 안개도 화끈하지 않다.

여기서 나가야겠다. 어쩌면 여름 박람회가 딱 좋을
수도 있어. 나는 생각한다.

"근데 이름이 뭐야?" 내가 묻는다.

"폴커. 뭐? 왜 그런 눈으로 쳐다봐?"

"정말로 폴커야?" 내가 고통스럽게 묻는다. 마치 누
군가 내 머릿속의 비밀번호를 읽고 누설한 것만 같다.

"응, 왜?" 그가 말한다.

"그럴 순 없어. 네 연령대에 그 이름은 흔치 않아." 내가 말한다. 갑자기 말하는 게 힘이 든다.

"신분증을 보여 줘야 해?

"응." 내가 말한다.

"지금 당장?"

"응."

그는 바지 주머니에 손을 넣고 뒤적이며 신분증을 찾지만 바로 발견하지 못하고 대신 운전면허증을 보여 준다. 그리고 그것으로 결정 난다.

"우리 오늘 저녁에 만날 수 있어. 하지만 여름 박람회에서는 아니고, 북쪽 공원에서 보자. 인라인스케이트를 타?" 내가 말한다.

"약간. 아주 잘 타지는 못해." 그가 우물거린다. 무척 좋아하는 것같이 보이지는 않는다.

"좋아. 나도 그래. 그럼 여덟 시에 입구에서? 인라인스케이트장?"

"오케이." 그가 말한다. 얼굴에 망설이는 빛이 떠오른다. 약속한 걸 벌써 후회하고 있는 게 틀림없다. 어쩌면 그는 나오지 않을 수도 있다.

만일 온다면 — 그러면 나는 오늘 저녁에 폴커라는 남자와 돌아다니는 거다.

하지만 그가 온다. 첫눈에 봐도 뻔하다. 첫째, 그가 철문을 꽉 붙들고 서 있는데 스케이트를 신은 다리가 꽤나 후들거리고 둘째, 신이 나서 막 들떠 있지도 않다.

내가 그를 향해 달려가 붙들자 상황이 조금 달라진다.

"원피스가 예쁘다." 그가 말한다. 그러면서 그는 거의 중심을 잃을 뻔한다.

나는 원피스가 예쁘다고 생각하지 않는다. 나는 사실 원피스를 절대로 입지 않는다. 하지만 원피스는 때로 편리할 때가 있지, 나는 생각하지만 아무 말도 하지 않는다. 무슨 말을 하면 그가 당장 넘어질 것 같기 때문이다.

우리는 공원을 한 바퀴 돈다. 그는 내 손을 잡고 있다. 내 손이 무척 예뻐서가 아니라 넘어지지 않기 위해서다. 땀이 난 두 손바닥이 쩍 달라붙은 채 인라인스케이트를 타는 게 상당히 불편하다. 팔이 뻣뻣해진다. 내가 녀석의 중심도 잡아 주어야 하기 때문이다.

우리는 대략 5학년 애들이 처음 만나서 하는 모든 것

을 한다. 우리는 대화를 나누지 않는다. 우리는 아이스크림 판매대로 간다. 긴 줄에 선 그가 드디어 내 손을 놓는다. 나는 후련하게 손을 흔들며 홀가분해진 기분을 굳이 숨기려 하지 않는다.

우리는 벤치에 앉아 아이스크림을 먹고, 와플 손잡이를 잘게 부수어 비둘기에게 던져 준다. 그리고 나는 다시 그를 공원으로 끌고 간다. 남녀 쌍들이 하나씩 풀밭에 누워 있는 더 으슥한 곳으로. 그의 손이 아이스크림 때문에 더 끈적거린다. 손을 씻고 싶다.

갑자기 그가 비틀거리면서 나를 같이 끌고 넘어진다. 우리가 다시 일어나면서 달라붙어 있을 때 그가 기습적으로 키스를 한다. 그래도 나는 씹던 껌을 용케 뱉는다. 그 후 그는 아주 만족스러워 보인다. 나도 그가 페퍼민트 아이스크림을 먹었던 게 좋다. 그 맛이 저 먼 곳과 아름다운 기억을 일깨운다.

이제 그가 충분히 달아오른 것 같다. 그래서 나는 라일락 덤불 뒤에 아직 비어 있는 풀밭으로 그를 끌고 간다. 내가 풀밭에 털썩 앉자 그는 여전히 선 채로 마치 어두운 숲에서 길을 잃은 것처럼 불안하게 주위를 둘러본다.

"왜 그래? 진드기를 무서워해?" 내가 묻는다.

"아, 아니." 그가 말한다. 그가 약간 말을 더듬는 것이 좀 전에는 전혀 눈에 띄지 않았다. 아마 아까는 말을 더듬지 않았던 것 같다.

나는 웃지 않으려고 무척 애를 쓴다.

"정말 벌써 스물다섯 살이야?" 내가 묻는다.

"막 스물다섯 살이 되었어." 그가 말한다.

"무거운 거 좀 벗어야겠는데 나 좀 도와줄래?" 내가 묻는다.

"뭘?"

"인라인스케이트."

"해 볼게. 휴, 꽤 덥다." 그가 말하며 이마의 땀을 닦는다.

그는 무릎을 꿇고 내게 또 키스를 한 다음 끈을 풀려고 애쓴다. 마침내 그는 내 발을 손으로 잡고 묻는다. "왜 또 웃어?"

"간지러워." 내가 말한다.

그는 내 발을 놓고 옆에 눕는다. 그리고 풀줄기를 하

나 따더니 그걸 가지고 내 팔을 쓸기 시작한다. 내 손가락 끝에서 시작해 팔꿈치를 지나 어깨를 지나고 쇄골까지 이어진다. 이 짓을 그가 스스로 생각해 냈는지, 아니면 영화에서 보았는지 궁금하다. 나는 진지하게 있으려고 무척 애쓴다. 간지럽기가 이루 말할 수 없다.

이어 같은 구간을 이번에는 손가락으로 스치며 올라간다. 쇄골에서 다시 멈춘다.

그는 내 눈을 들여다보고, 나는 웃지 않으려고 눈길을 돌린다. 곧이어 내가 그에게로 다시 몸을 돌린다. 우리는 부드러운 잔디에서 얼마간 애무를 한다. 그러다가 그는 또다시 내 팔을 스치는 데 정성을 들인다.

정보학과 학생들은 모두 이 따위로 소심하냐고 물어보고 싶은 마음이 울컥 솟아난다. 하지만 나는 억지로 참는다.

나는 엎드려 데이지 꽃에 얼굴을 파묻는다. 그때 오금에서 다시 풀줄기가 스치는 게 느껴진다. 풀줄기가 쭉 내려가 이제 발을 향해 간다. 내가 생각한다. 이 녀석은 원피스의 실용적인 면에 대해 한 번도 들어 본 적이 없는 모양이네. 뭐, 어떻게 알 수 있겠어. 여학생이

다섯뿐인 학과에서.

내가 그의 속도를 좀 더 올려놓지 않으면 오늘 밤이 계획대로 진행되지 않을 것 같은 예감이 들기 시작한다. 상황이 썩 안 좋아서가 아니라 내 시간이 한없이 남아도는 게 아니기 때문이다. 집에서 나는 미국의 외과 의사 로버트 화이트의 인터뷰를 읽기 시작했다. 의사는 머리 이식을 시도한다. 원숭이에게는 이미 성공했다.

나는 몸을 옆으로 돌려 팔꿈치를 괴고 내 앞에서 무릎을 꿇고 있는 녀석을 찬찬히 들여다본다. 짧은 금발 머리, 창백한 얼굴, 흰 눈썹, 녀석은 이미 시련을 겪은 풀줄기를 씹으며 불안하게 눈을 끔뻑인다.

"폴커, 넌 어떤 사람이야?" 내가 묻는다.

이름을 입 밖에 내어 부르는 일이 어떻게 이렇게 어려울 수가 있을까, 단지 한 단어일 뿐인데. 세상에서 가장 고통스러운 단어.

그가 이마를 찌푸린다.

"네 말은… 몇 학년이냐는 뜻이야?"

"그것도 포함해서. 넌 내가 마음에 안 들어?" 내가 말한다.

"아니, 아니. 무척 좋아. 다시 누워." 그가 재빨리 말한다.

나는 기대에 차서 풀밭에 다시 눕는다. 하늘을 보며 다시금 내 팔에 닿은 그의 손을 느낀다. 그의 손이 어깨에서 다시 멈춘다.

나는 계속 움찔거리며 킥킥 새어 나오는 웃음을 참으려고 어마어마하게 애쓴다.

"넌 아주 날씬해. 죽인다. 엄청 내 맘에 들어. 넌 어떻게 이렇게 날씬할 수 있어?" 그가 나지막이 말한다.

나는 화가 나서 속으로 생각한다. 먹는 걸 잊어버려서. 그러니까 너, 햇볕에 탄 창백한 얼굴, 너에게 잘 보이기 위해서가 아니야. 머릿속에 대부분 먹는 생각보다 다른 생각이 차 있어서 그래. 우리 반에 거식증에 걸린 클라라가 문득 떠오른다. 그 애는 가끔씩 병원에 들어가 있다가 돌아온다. 카타리나는 한여름에도 소매가 긴 옷을 입는다. 왜냐하면 걸핏하면 아버지의 면도날로 팔을 그어 대기 때문이다. 십자형으로. 자살하기 위해서가 아니라 그냥 그렇게 한다.

팔에 조금 난 생채기보다 긴팔 소매가 한여름과 체육

시간에 훨씬 더 눈에 띈다. 긴팔 소매는 뭔가를 숨기고 있는 까닭에 으스스한 느낌을 준다. 틀림없이 카타리나가 그 사실을 누구보다 더 잘 알고 있을 것이다. 가끔 그녀는 자랑스럽다는 듯이 자신의 긴팔 소매를 본다.

나는 그 둘을 이해할 수 없다. 긁는 것과 자해하는 것을. 다시 말해 분노를 자기 자신에게 향하는 것은 바보짓이라고 생각한다. 어차피 쓸데없는 짓이다. 그것만으로도 주변 사람들의 지속적인 표적이 된다.

지금 내가 하는 행동도 그와 크게 다를 바가 없다는 생각이 갑자기 든다.

하지만 중간에 그만둘 생각은 없다. 지금 벌떡 일어나 집에 간다면 욕실에 들어가 면도날을 쥐어야 하는 일이 일어날 수도 있다. 시험 삼아. 꼭 그럴 것 같은 기분이다. 카타리나가 자해를 그토록 자주 하는 걸 보면 나에게도 좋을 것이다.

날이 서늘해진다.

"그런데 말이야, 혹시 넌 숫기가 없는 거야?" 내가 약간 짜증스럽게 말한다.

"내가? 어째서 숫기가 없다는 거야?" 그가 입을 헤벌리더니 다물 줄을 모른다.

"난 저녁 내내 이 풀밭에 누워 있을 생각이 없어. 알겠어?"

"그럼 어디?" 그가 묻는다.

나는 그를 꽤 오랫동안 쳐다본다. 우리는 전혀 통하는 게 없는 것 같다.

햇볕에 탄 그의 얼굴 밑부분이 갑자기 빨개지면서 그가 또다시 말을 더듬는다.

"그, 그, 그건 나로선 좀 빨라. 나는 그렇게 곧바로 하지 못해." 그가 말한다.

"못해? 그럼 얼마나 많은 시간이 필요해?"

"와, 세상에. 너 같은 애는 정말 처음이다."

"내가 싫어?"

"아니, 엄청 맘에 들어. 넌 아주 멋진 몸매에 이렇게 매끄러운 피부를 가졌어. 피부가 나보다 훨씬 더 까매."

"그래. 그래서 나는 절대 햇볕에 타지 않아. 이제 제발 그 망할 풀줄기 좀 내 코에서 치워 줄래."

그는 풀줄기를 던지고 가만히 생각하더니 내게 몸을 숙이고 키스한다. 나는 그를 보지 않으려 눈을 감는다.

그리고 지금 다른 사람이 있다고 상상한다. 사실 펠릭스의 말이 옳은 것 같다. 눈을 계속 감고 있으면 모든 남자들이 다 똑같다. 그러면 이 자식도 역시 존재하지 않는다.

그러면 내가 상상하는 사람만 존재한다. 나는 기억 속에서 수많은 모자이크 조각처럼 폴커의 얼굴을 하나씩 짜 맞춘다. 하지만 곧 흩어진다. 그의 모습이 더 이상 생각나지 않는다. 그의 얼굴을 떠올릴 수 없다. 내가 절망적으로 짜 맞추려 할수록 더 많은 부분이 사라진다.

나는 생각을 떨쳐 버리려고 이제 이 대학생이 언제쯤 내 주머니 속에 든 콘돔을 알아챌 수 있을까를 곰곰이 생각한다.

그 순간 키스를 당하던 내 입이 다시 자유로워졌다.

"너무 긴장했어?" 내가 묻는다. 그리고 곧 내 자신에게 화가 난다. 이 질문은 나중에 한 번 더 물을 수 있을 것이다. 내가 못되게 굴어서 그를 빨리 보내 버리면 내 자신이 더없이 추하고 버림받은 인간으로 보이겠지.

"우리가 전혀 모르는 사이인 게 좀 웃긴 거 같아. 뭔지 모르게 상식적이지 않아. 우선 이야기를 좀 나눌까?"

다른, 가짜의, 금발의 폴커가 말한다. 그의 말이 진심으로 힘겨워하는 것같이 들린다.

나는 조금 놀란다. "우린 벌써 대화를 나누었잖아. 하지만 네가 원한다면 좀 더 대화를 할 수 있지. 넌 어떤 얘기를 하는 게 좋아?" 내가 말한다.

"너에게 분명히 지루할 거야." 그가 약간 아부를 떤다.

어련하겠어, 나는 속으로 생각하며 크게 말한다. "난 전혀 상상이 안 가. 네 취미가 뭐야?"

"자동차." 그가 나지막하게 말한다. 마치 수줍고 낭만적인 첫사랑 얘기처럼.

"자동차." 내가 말을 따라 한다. "멋있다. 성인이 되고 부자가 되면 어떤 차를 가지고 싶어?"

"포르쉐 카레라." 그가 지체 없이 곧장 대답한다.

'세상에서 제일 지루한 게 자동차지.' 내가 생각한다. 그리고 전문가처럼 말을 던진다. "내가 흰색 메르세데스 벤츠를 갖고 싶어 하는 사람을 하나 알지."

"어떤 모델?"

"몰라."

"벤츠도 좋아." 그가 인정한다. "벤츠도 괜찮지. 나는 외제 차는 절대로 사지 않을 거야."

내가 몸을 일으키며 묻는다. "절대로? 시트로엥, 볼보, 사브, 마츠다는 싫어?"

"죄다 형편없어. 절대로 안 사." 그가 말하며 혐오감에 얼굴을 찡그린다.

"아하, 넌 국수주의자구나." 내가 말하고 다시 풀밭에 눕는다. 이제 어두워진 하늘에 불그스레한 구름 띠가 둘러져 있다. 땅이 약간 축축하다.

"마음대로 생각해. 나는 외제 쓰레기를 혐오해." 그가 말하며 내 머리카락을 검지에 감는다.

"밀레 회사도 요즘은 아시아에서 진공청소기를 생산해." 내가 말한다.

"밀레 회사가? 절대로 그렇지 않아!"

"진짜야. 혹시 진공청소기 전체를 생산하지는 않을지 몰라도 일부 부품을. 그 부품이 뭔지는 모르지만: 그것도 중국에서. 내가 어디서 읽은 적이 있어."

"젠장."

"내가 하려는 말은 어느덧 외제 쓰레기만 존재한다는 거야."

"그러게. 유감스럽게도. 우리는 그 속에서 질식하고." 그가 침울하게 말한다.

"우리라니 누구?"

"당연히 우리 독일 사람들. 너랑 나. 우린 모든 걸 잃었어. 우리 경제. 우리 언어, 우리 유전자."

"우리 음악. 문화는 말할 것도 없고." 내가 그의 말을 대신해 준다.

"바로 그거야. 20년쯤 지나면 우리는 더 이상 존재하지 않아."

"무섭다. 그럼 누가 존재해?" 내가 묻는다.

"중국인과 터키인." 그가 말하며 또 다른 내 머리카락을 집는다. 그가 내게 바짝 붙어 아주 나지막이 소곤대는 바람에 가끔 근처의 귀뚜라미 소리가 더 크게 들린다.

"넌 그들을 싫어하지, 아냐? 중국인, 터키인, 그리고 그 밖에 비사회적인 잡놈들, 그치?" 내가 공감하는 투로 묻는다. 그리고 그가 손가락으로 내 머리카락을 더 많이 감아 가기 전에 나는 머리카락을 뒤로 쓸어 넘긴다.

"싸악~, 우리가 권력을 잡는 날엔 그것들에게 맛 좀

보여 줘야지."

"우리가 누구야?" 내가 지쳐서 묻는다. 사실 이미 짐작이 간다. "신나치주의자? 혹시 어떤 사람이 네가 가입한 학생 단체에 돈을 대 주는 거야?"

"신나치주의자? 쳇."

"그럼 말해 봐."

"맞혀 봐."

"극우 정당 쪽이구나."

"야, 너 진짜 센스 있다." 그는 키스 한 번으로 충분히 상을 주었다고 여기는 모양이다. 이후 그는 갑자기 말이 많아지면서 흥분해서 또 말을 더듬는다. 주제는 위선적인 정치가와 기만, 민족과 상실한 명예 따위다. 나는 귀를 닫는다.

나는 내 자신과 관련된 것을 조금 더 알고 싶다.

"러시아인들은 중국인보다 더 나쁘지? 안 그래?" 대학생이 잠시 말을 멈춘 사이에 내가 붉게 물든 하늘에 대고 묻는다.

"러시아인? 푸하. 그들은 예전에는 심했지. 지금은 생각할 것도 없어. 죽자고 술을 퍼마시는 족속들. 그들은 이미 끝장났어."

"나 참, 그러게 말이야. 형편없는 음식, 형편없는 날씨, 사회의 불공평, 옛 독재 이후 나타난 새 독재, 전횡과 폭력, 이런 상황에서 어떻게 세계 지배를 하겠어?" 내가 말한다.

"그래서 나도 전혀 걱정하지 않아. 멀지 않았어. 서로 싸워 대니까. 살아남는 자는 교도소에 가겠지. 그리고 우리가 권력을 잡으면 국경 수비를 강화해야 해." 그가 말한다.

"훌륭한 생각이야. 완전 찬성이야. 근데 너, 뭘 먹은 건 아니지? 멀쩡한 정신으로 하는 말이지, 그렇지?" 내가 말한다.

"물론. 그런데 '먹었다니,' 무슨 뜻이야?" 그가 말한다.

"의식을 확장하는 것, 불안을 일으키는 것, 흥분을 일으키는 것?"

"뭐야? 마약? 난 그렇게 한심한 놈 아니야." 그가 어리둥절해서 묻는다.

"그러면 록큰롤은?"

"뭐?"

"그건 좋아해?"

"뭐라는 거야?"

"그러니까, 섹스와 마약이 너와는 전혀 관계가 없다는 거지?"

그가 몸을 일으킨다. 나는 그대로 누워 있다.

"넌 말을 참 이상하게 한다." 그가 말한다.

"어째서? 내가 외국인의 억양이 있어?"

"뭐? 아니, 물론 아니지. 네가 말하는 내용이 이상하다고, 상당히 삐딱한데. 넌 녹색당을 뽑았어? 맞아?" 그는 무척 걱정스러운 듯 말한다. 차라리 내가 변장한 남자라고 하면 더 쉽게 받아들일 것이다.

내가 아직 선거를 할 수 없는 나이라는 건 말하고 싶지 않다. 게다가 나는 토론하려고 온 게 아니다.

"이제 우리가 충분히 서로를 알게 된 건가?" 내가 묻는다. 그리고 그가 나를 차가운 땅에 눕힐 때 나는 혼잣말을 한다. "그런 것 같군."

대화가 그를 무척 흥분시켰다. 이제 확 달아올랐다. 나는 머리를 옆으로 돌릴 수가 없다. 그러면 키스를 당해 입이 계속 축축해지기 때문이다. 그러자 그는 내 어깨를 잘근잘근 씹는다. 나는 참을 수 없이 간지럽다.

문제는 그걸 하면서 내 기분이 더 좋아지지 않는다는 거다. 나는 눈을 감았다가 다시 뜬다. 모든 게 상당히 불쾌하고 또한 지루하다. 그리고 할 때의 느낌이 마치 나에게 일어나는 게 아닌 것 같다. 내가 원했던 느낌이 아니다. 나는 실눈을 뜨고 그가 콘돔을 수풀로 던지고 무릎을 꿇고 지퍼를 올리는 모습을 지켜본다. 그가 나를 껴안고, 땀에 젖은 이마를 내 관자놀이에 갖다 대고, 나에게 좋았다고, 아주 좋았다고 느긋하게 속삭인 말에 나는 조금도 좋다는 느낌이 들지 않는다. 그가 아주 좋았다고 한 말에 나는 '네 맘대로'라고 대답할 뻔한다.

아까보다 기분이 더 나쁘다.

나는 인라인스케이트를 다시 신는다. 발이 차가워져 있던 터라 신으니 따뜻하고 좋다. 그는 인라인스케이트에 발을 집어넣고 고통스러운 신음 소리를 낸다. 신발이 잠기지 않아 내가 도와주며 어둠 속에서 신발의 지퍼를 더듬어 찾는다.

"한 바퀴 더 돌까?" 내가 묻는다.

"어디로?" 그가 하품한다. 보아하니 그는 지금 침대에 드러눕고 싶어 하는 눈치다. 그것도 혼자서.

하지만 나는 아직 끝나지 않았다.

나는 앞서가고 그는 뒤에서 따라온다. 가끔 그가 어둠 속에서 소리를 친다. 그러면 나는 다시 되돌아가 손을 내민다.

인라인스케이트를 타고 달리니 기분이 조금 나아진다.

"어디로 가려고? 나는 이곳을 전혀 몰라." 그가 걱정스레 말한다.

"모르면 어때. 길은 좋아, 다 아스팔트잖아. 안 그래?" 내가 말한다.

"그렇긴 하지. 나는 다만 길을 잘못 들어서서 러시아 게토로 가지 않기만 바랄 뿐이야. 그런데 이쪽 방향이지 않아?" 그가 망설이며 말한다.

"걱정 마." 내가 말하며 그를 다시 부축한다.

우리는 지하도로 빠르게 달린다. 바람이 귓속에서 쏴쏴 소리를 낸다. 나는 녀석을 돌아본다. 그를 폴커라고 부르는 것은 생각조차 불가능하다. 녀석이 웃으며 두 팔을 활짝 벌리자 티셔츠가 유령처럼 펄럭인다.

"오늘 굉장한 밤이야! 처음에는 너, 그리고 이어서 그것!" 그가 나를 향해 소리친다.

"더 좋은 밤이 될 거야." 내가 장담한다. "나무뿌리, 조심해."

그가 나무뿌리에 걸려 넘어지면서 심하게 다친 것처럼 엄살을 떤다. 내가 덜어 줄 수 없는 고통이다.

"이 정도면 운이 좋았어." 내가 그를 안심시키며 일으키려 손을 내민다. "우린 여기서 방향을 틀어야 해. 저쪽은 인라인을 타기에 좋지 않아."

"숲으로? 이리로? 너 지금 제정신이야?" 그가 놀라서 묻는다.

"완전히 숲으로 들어가진 않아. 저쪽 뒤편에 빈터가 있어. 그곳에 큰 떡갈나무가 있어."

그가 나를 따라온다. 안 그러면 또 어쩔 것인가. 나는 안다, 그는 앞으로 다시는 낯선 여자를 따라 자신이 모르는 곳에 가지 않을 것이다.

"숲이 원초적 공포를 일깨우지, 그렇지?" 내가 그에게 외친다. 그가 뭐라고 웅얼거린다.

이어 그가 또다시 짧은 신음을 내지른다. 그들을 보

앉기 때문이다.

내가 생각했던 것보다 수가 적다. 남자애들 다섯 명, 여자애들 둘이 나무벤치의 등받이 위에, 뒤집힌 나무 탁자에 앉아 있다. 한가운데의 구덩이에서 작고 아담한 모닥불이 타오르고 있다. 페터와 두 똘마니들, 안나, 그리고 또 다른 세 명은 내가 본 적이 없는 아이들이다. 하지만 그들이 어디 출신인지는 알 수 있다. 나는 항상 고향 사람들을 즉시 알아본다. 때론 얼굴 생김새를 보고, 때론 옷을 보고. 그리고 다른 건 다 멀쩡해도 맛이 간 눈빛에서 러시아인인 게 드러난다.

나는 살짝 손을 흔들고 인라인스케이트를 벗고 맨발로 걷는다. 손에 든 스케이트가 무척 무거워 페터에게 건네준다. 나를 향해 다가온 페터가 말한다. "미쳤어? 맨발로? 여긴 사방이 유리 조각 천지야." 그 말을 하면서 페터는 나를 보지 않고 내 머리 너머로 따라온 동반자를 쳐다본다. 그는 인라인스케이트를 타고 뒤에서 쩔쩔매며 오고 있다.

"얘는 폴커야. 착실한 극우 정당 독일민족 민주당 유권자에 심지어 열혈 운동가야." 내가 모여 있는 아이들에게 말한다. 독일어로. 아이들은 반응을 보이지 않는다. 그들은 독일민족 민주당이 뭔지 모른다. "그리고 여기 애들은 내… 흠… 친구들이야." 내가 녀석에게 말한다. 그리고 아이들이 이제 반응을 보인다. ─ 어리둥절한 눈으로 서로를 쳐다본다.

"폴커는 어린 나치야. 확실해." 내가 다시 독일어로 말한다.

그가 몸을 떨기 시작한다.

"어쩌라고?" 페터가 러시아어로 내게 묻는다.

"나도 몰라. 내키는 대로. 어이 젠틀맨, 우리 여기서 뭘 할까?" 내가 말한다.

뒤집혀 있는 탁자의 한쪽 모서리가 물건으로 가득 차 있다. 몇 개는 입으로 불어서 불룩한 스프레이 캔, 비닐봉지, 반쯤 남은 술병, 술잔, 라이터, 칼, 박스 들. 지저분한 작은 실험실처럼 보인다.

다음 일은 말이 필요 없다. 페터는 검지로 지시하고, 눈썹을 치켜세우고, 나는 고개를 끄덕인다. 갑자기 집에 온 것처럼 편안한 기분이 든다.

나는 얇은 종이를 한 장 받는다. 누군가 종이 위에 검은 부스러기를 뿌리고, 잎담배를 수북이 쌓는다.

"이거 없이는 안 돼? 나는 니코틴을 못 견뎌." 내가
말한다.

"내가 물담배 파이프를 가지고 있어. 하지만 집에. 그
리고 어떻게 쓰는 건지 몰라." 누군가 말한다.

"그러면 할 수 없지." 나는 한숨을 쉬면서 종이를 돌
돌 만다. 그 결과물은 구부러지고 못생긴 잎담배가 되
고 싸개종이마저 자꾸 떨어진다. 나는 만들기에는 옛
날부터 늘 소질이 없었다.

페터는 내 손에서 그걸 가져가서 웃지 않으려 애쓰면
서 제대로 만든다. 그는 다시 얇은 종이를 다 펴고 내용
물을 한쪽으로 몰아 고른 다음, 종이 테두리에 침을 발
라 모양이 좋게 만들고 한쪽 끝을 돌돌 말자 잎담배가
훌륭한 모습을 갖춘다.

페터가 자신의 예술작품을 "레이디스 퍼스트"라는
말과 함께 내게 건넸을 때 나는 인정한다는 뜻으로 고
개를 끄덕인다. 페터가 라이터를 탁 켠다. 확 솟구치는
불꽃이 어둠 속에서 그의 두 손을 밝힌다. 그의 반지에
비친 내 얼굴이 일그러져 있다. 그의 반지는 엄청나게

커서 못도 때려 박을 수 있을 것 같다. 또는 머리통을.

나는 있는 힘을 다해 얻을 수 있는 모든 것을 빨아들인다. 담배에 대한 두려움이 사라진다. 나는 지금 이 순간, 육체의 평안에 의미를 두지 않는다.

기침이 나지 않는다. 그것만으로도 좋다. 하지만 나는 달리 할 게 전혀 없다. 나는 앉아서 기다리고, 모두가 나를 뚫어지게 쳐다본다. 나도 아이들을 빤히 쳐다본다. 아무 일도 일어나지 않는다.

"아무 느낌도 안 들어. 뭐 이런 거지 같은 게 있어. 아무렇지도 않잖아. 이거 혹시 후진 거 아니야?" 내가 말한다.

"그거 암스테르담에 수학여행 갔을 때 가져온 거야." 페터 옆에 있는 애가 말한다. "치즈 속에 숨겨 왔거든. 블랙 모로코. 효과가 있을 텐데. 혹시 블랙 도미나였나?"

"허접쓰레기." 페터는 경멸적으로 말을 내뱉고 조인트를 중지와 반지를 낀 손가락 사이에 점잖게 끼운다. 그 모습이 재미있다. 그는 내게 윙크를 하고 한 모금 빨아들인 후 코로 연기를 내뿜고, 눈을 감고, 다음 사람에게 넘긴다. 옆에 있는 애가 조인트를 피리처럼 가로로 잡고 얼굴을 찌푸린다. 그리고 나는 비록 붕 뜨는 기분을 전혀 느끼지 못하지만 모여 있는 이들 가운데 한 사람만 빼고 모두 무척 평온한 기분을 느끼고 있다는 것을 알 수 있다.

"인디언들의 평화의 담뱃대처럼." 페터가 말하며 나를 쳐다본다. 그는 여기에 나 말고 아무도 없는 것처럼 태연하게 행동한다. "누구나 해도 되는 거지, 응?" 내가 고개를 끄덕인다.

가짜 폴커가 조인트를 받더니 툭 떨어뜨린다.

안나가 조인트를 줍는다.

"나치는 네덜란드제 조인트는 안 피우나 봐. 나치는 독일 오리지널 맥주를 마셔." 내가 말한다.

"맥주는 우리가 가지고 있지. 잠시만." 페터가 말한다.

그가 캔을 거꾸로 뒤집는다. 갈색 액체가 땅에 떨어진다.

저 멀리 연못에서 개구리가 울어 댄다.

"아, 안타깝게 남은 게 없네. 내가 너무 서툴러서 말이야. 그런데 누가 이딴 걸 마시겠어?" 페터가 말한다.

내 옆에 있는 폴커는 상태가 너무 안 좋아진다. 마치

여기에 있는 모든 것을 다 한 번씩 해 본 것처럼. 그는 연신 부들부들 떨면서 몸을 움츠린다.

"괜찮아. 아무도 너에게 손대지 않아." 내가 경멸적으로 말한다.

"과연? 그거야 모르지. 어린 파쇼, 한잔 어때? 약을 넣은 술 마트로젠테, 좋지?" 페터가 독일어로 묻는다.

"뭐?" 내가 묻는다.

"고전작품에 나오는 건데, 읽지 않았어? 페터가 매우 만족스럽게 묻는다. 손님 접대에 무척 뿌듯해하는 주인이다.

폴커가 고개를 가로젓는다. 하지만 페터는 이미 보드카 병에 든 투명한 술을 더러운 종이컵에 붓고, 작은 갈색 약병의 약을 몇 방울 첨가하고, 완전히 섞이도록 더러운 나이프로 젓는다.

"리갈 스피드. 영국에서는 이렇게 부르지. 절대로 너에게 줄 건 아니야." 페터가 궁금해하는 나의 눈빛에 대답한다. 그러고는 고개를 갸웃한 채 좀 더 생각해 본다. 페터는 보드카를 더 붓는다.

나는 다른 아이들처럼 숨죽이고 조용히 지켜본다. 페

터가 가까이 다가와 폴커에게 종이컵을 손에 쥐어 줄 때 나는 아무 말도 하지 않는다. 폴커의 손이 오한이 날 때처럼 덜덜 떨리고 있어 페터가 커다란 손으로 그의 손을 감싸 준다. "한 방울이라도 흘리면 죽는다." 페터 가 상냥하게 말한다. "왜 그래, 먹여 줘야 해?"

페터가 폴커의 입술에 컵을 갖다 댄다. 폴커는 눈을 질끈 감고 계속 고개를 젓는다. 페터는 다른 손으로 폴 커의 이마를 뒤로 젖힌다. 투명한 술이 이미 폴커의 입 으로 들어가지만 대부분 밖으로 흘러내린다. 그러자 페터가 단호하게 입장을 표명한다. 그의 말 가운데 "네 엄마를 따먹는다"가 가장 순한 표현이다. 나는 입을 벌 린 채 듣는다. 마치 시처럼 들린다. 나도 그렇게 욕을 할 수 있다면 얼마나 좋을까.

폴커는 신음하며 목을 움켜쥔다. 술이 바닥으로 흘러 내린다.

"다시." 페터가 말하며 보드카 병을 다시 잡는다. 이 때 나는 아무 말도 하지 않는다. 다른 아이들도 아무 말 도 하지 않는다. 안나만 화들짝 놀라 조그맣게 말한다. "어머, 자기야!"

폴커는 세 번째 컵을 마신 후에 무척 큰 소리로 신음을 내지른다. 비명에 가깝다. 나는 지켜본다. 그는 땅바닥에 드러누웠다가 다시 일어나 목을 마구 긁어 댄다.

폴커가 내 발 앞에 대고 토하기 시작했을 때 나는 일어나 인라인스케이트를 챙겨서 간다.

아무도 나를 붙들지 않는다. 아무도 뭐라고 말하지 않는다. 숲에서는 여전히 고통스럽게 게워 내는 소리가 들린다. 그때 누군가 스피커를 튼다. 공터가 격렬한 비트 음악으로 가득 채워진다. 맥박이 몇 배 빠르게 뛰는 소리 같다.

나는 이 밤에 또다시 인라인스케이트에 발을 집어넣는다. 이제 발도 정말 많이 아프다. 스타킹을 안 가져온 것에 대한 응징이다. 발가락은 부르트고 물집이 잔뜩 잡혔다. 그런데도 나는 스케이트를 타고 어두운 동네를 지나고 공동주택을 지나 큰 도로로 간다.

나는 정확히 중앙선 위를 달린다.

뒤에서 차가 오는 소리가 들려도 바깥쪽으로 비키지 않는다. 가로등은 흐릿하고 나는 야광 반사 장치를 가지고 있지 않다. 원피스는 어두운 색이고 내 생각도 어둡다. 정확하게 말해 딱 한 가지 생각뿐이다. 블랙 모로코가 내 수용체에서 완전히 비껴갔다는 것에 화가 난다.

그렇다면 더 강력한 게 필요하지, 나는 생각한다. 나는 뭔가 느끼고 싶다. 지금.

곧 그렇게 될 거야.

시간이 얼마나 더 걸릴까?

끼익하고 브레이크 밟는 소리가 히스테릭하다. 나는 뒤돌아보지 않는다. 속도만 조금 줄인다.

택시가 오른쪽에서 홱 지나간다. 택시는 저쪽 앞 보도에 선다. 나는 일부러 다른 쪽을 본다.

그리고 뭔가가 나를 잡아당기는 바람에 내가 넘어지고 무릎으로 아스팔트에서 몇 미터 질질 끌려간다. 이제야 드디어 내가 무언가를 느낀다.

일단 무릎에는 아무 느낌도 없다. 다만 머리가 이리저리 심하게 흔들린다. 왜냐하면 내가 어깨가 잡힌 상태에서 무척 격렬하게 흔들리기 때문이다. 갑자기 내가 보도에 있다. 다리를 쩍 벌린 채 앉아 있다. 내 앞에 가죽 재킷을 입은 키가 작고 피부가 까만 남자가 서 있다. 남자는 불같이 화를 낸다. 그가 쌍시옷을 마구 섞어 욕을 퍼붓는다. 내가 알아듣지 못하는 언어다.

저쪽을 보니 보도에 걸치듯 주차된 택시가 있다. 차의 앞문이 활짝 열려 있고, 운전대에 아무도 없다.

"아저씨 택시예요? 아저씨가 나를 이렇게 끌고 왔어요? 낡은 쓰레기 자루 같은 아저씨가? 내 살가죽을 벗길 참이었어요?" 내가 묻는다.

그는 참고 있다. 그러더니 한밤중에 뺨따귀를 날린다.

"어린 게 씨레기네." 그가 말한다.

"쓰레기." 나는 자동적으로 틀린 말을 고치고 손으로 얼굴을 감싼다. 이어 다리를 내려다본다. 살갗이 까지고, 무릎부터 발까지 벌건 상처가 죽죽 그어져 있다. 그 때문에 내가 이 폴커와 저 폴커를 잊고, 또 효과가 없는 조인트, 마트로젠테 그리고 심지어 바딤까지 잊었다는 건 너무 터무니없는 것 같다.

나는 목청껏 엉엉 운다. 죽도록 아파서가 아니다, 다시 말해 아프기 때문만은 아니다. 나를 위로해 줄 사람이 아무도 없기 때문이다.

"엄마! 엄마는 필요할 때 내 곁에 한 번도 없었어!" 내가 외친다.

택시운전사가 차로 달려간다. 그런데 차를 타지 않고 앞쪽 서랍을 막 뒤진다.

그가 되돌아와 내게 몸을 숙이고는 알아들 수 없는 소리로 중얼중얼 욕을 퍼붓는다. 손에 페터가 가지고 있던 똑같은 보드카를 들고 있다. 그가 술병을 따더니 내용물을 내 다리에 쏟아 붓는다. 술이 치치직 소리를 내고, 내 비명은 유령이라도 나올 듯이 고요한 거리를 뒤흔든다.

"아야! 아저씨 미쳤어요? 대체 무슨 짓이에요?" 내가 고래고래 소리를 지른다.

"소독. 안 그러면 염증." 그가 말하며 나를 일으켜 세운다.

하지만 나는 갑자기 균형을 잡고 서 있을 수 없다.

나는 다시 주저앉아 마지막으로 인라인스케이트를 벗고 오늘 하루 무척 고생한 발을 자유롭게 한다.

"너, 어디 사니?" 택시운전사가 씩씩대며 묻는다.

"여기 근처요. 고마워요." 내가 말한다.

나는 스케이트 신발을 하나씩 팔에 끼고 맨발로 절룩

거리며 공동주택 쪽으로 걸어간다. 아스팔트는 아직도 따뜻하다. 다리에 누군가 뜨거운 다리미를 갖다 댄 것처럼 화끈거린다. 복도의 열린 창문으로 멀리서 사이렌 소리가 들릴 때 나는 벌써 우리 집 문 앞에 서 있다.

그럴 때가 되었지. 내가 생각한다.

나는 옷을 벗지도 않고 침대에 푹 쓰러진다. 나는 생각한다. 이렇게 생채기가 난 다리와 머릿속에 떠오르는 이미지들 때문에 결코 잠이 들지 못할 거야. 이불이 생채기를 스치면 안 돼, 엎드리면 안 돼, 오늘 있었던 일을 자꾸 생각해서는 안 돼. 침대에서 뒹굴면 안 돼, 하지만 가만히 누워 있을 수도 없어, 나는 곧 미쳐 버릴 거야. 곧.

그리고 갑자기 참으로 자애로운 검은 공허가 나를 집어삼킨다. 나는 꿈을 하나도 꾸지 않는다.

4부

햇빛 속으로

눈을 뜨니 대낮이다.

내가 왜 지금 몸을 움직일 수 없는지 오랫동안 생각
해야 한다. 그러다 기억이 돌아온다. 앉아서 다리를 살
펴본다. 다리가 군데군데 꽤 부어 있고, 한 군데는 살이

크게 벌어져 벌겋다.

살이 벌써 차오르는구나. 안 그러면 어쩔 거야. 내가 생각한다.

일어서 보려 한다. 된다. 걸을 수도 있다. 하지만 잘 걸어지지 않는다.

다시 앉는 게 더 힘이 든다. 살갗이 또다시 찢어질 것만 같다.

아, 맙소사. 하루 종일 이렇게 서 있을 수는 없잖아. 내가 생각한다.

나는 긴 티셔츠만 입은 채로 방을 나가는 실수를 저지른다. 그리고 바로 문 앞에서 마리아와 마주친다. 마리아가 문 앞에서 기다리고 있었던 게 틀림없다. 아마 내게 무언가를 이야기하거나 물어보려 했던 것 같다.

하지만 마리아는 나를 보자마자 죄다 잊어버린다.

내가 생각한다. 상처는 전혀 눈에 띄지 않아.

나는 마리아를 귀찮아한다. 마리아는 놀라서 가슴이 철렁 내려앉고, 안타까워하고, 한탄하고, 요오드팅크를 가져오고, 당장 의사에게 가자고 애원하고, 어디 뼈라도 부러진 것처럼 다시는 무릎 보호대를 착용하지 않은 채 인라인스케이트를 타지 말라고 빌다시피 한다. 그보다 다시는 스케이트를 타지 않는 게 좋다며 안톤에게도 못 타게 하겠다고 한다. 이런 일이 일어날 줄 진즉에 알고 있었다고 한다.

"별로 심하지 않아." 내가 거짓말한다.

"사람이 어떻게 이 꼴이 되게 넘어질 수 있어?" 마리아가 세 번이나 묻는다.

"술을 좀 마셨어." 내가 짧게 말한다.

"네가?!"

나는 욕실로 들어가 문을 잠근다. 욕실에서 나는 알았어, 알았어, 알았다고. 벌써 다 소독했다는 말을 되풀이한다. "좀 내버려 둬." 내가 말한다. 이건 명령이 아니라 애원이다. 샤워는 아주 안 좋은 생각이야. 내가 모든 고통을 지속적으로 전달하는 신경을 가진 모양이지. 나는 신경으로만 구성되어 있어. 만일 내게 신경이 없다면 지금은 꽤 좋을 텐데. 내가 생각한다.

나는 서 있거나 누워 있기만 할 수 있다. 그래서 침대에 누워 로버트 화이트의 인터뷰를 읽는다. 그사이 마리아는 30분마다 한 번씩 우유를 넣은 홍차와 속을 가

득 채운 만두를 가지고 온다. 만두는 목에 걸려 넘어가
지 않는다. 하지만 홍차는 벌컥벌컥 마신다. 그러다 분
득 홍차가 점점 더 달게 느껴지는 게 이상하다.

"매번 설탕을 한 숟가락씩 더 넣는 것 아냐, 뭐야?"
내가 꽤 버릇없이 묻는다. "말해 봐. 내가 뭐라고 욕하
지 않을 테니까."

"매번 반 숟가락씩 더 넣었어." 마리아는 겁을 먹은
채 문에 서서 말한다. 마리아는 감히 더 가까이 오지 못
한다. "그것 말고 내가 해 줄 수 있는 게 하나도 없어
서." 마리아가 웃어 보이려고 한다.

그 말에 할 말이 떠오르지 않는다.

이튿날 몸 상태가 더 나빠져 나는 진통제를 먹어야
한다. 셋째 날에는 다시 좋아진다. 훨씬 낫다. 내가 부
엌에 있는 마리아에게 가서 쪼그리고 앉아 요즘 어떻
게 지내냐고 다정하게 물을 만큼 좋다.

마리아는 화들짝 놀라서 나를 쳐다보며 말한다. "글
쎄. 왜?" 나는 이 신중한 대답에 벌써 또 발끈한다.

이어 나는 호두 소스를 곁들인 닭 요리가 맛있다고

칭찬한다. 마리아는 그 요리를 오늘 점심으로 꽤 그럴듯하게 만들어 냈다. 차갑게 해서 먹을 수도 있는 캅카스 최고의 요리다.

"나도 요리를 잘할 수 있으면 좋겠다." 나는 별 느낌도 없이 거짓말을 한다. "하지만 난 절대로 배울 수 없을 거야. 이상하게 엄마도 음식을 제대로 만든 적이 없었고, 요리하는 것도 싫어했어. 아마 엄마가 요리하기 싫어한 걸 내가 물려받았나 봐. 에이 뭐, 나는 다른 데 소질이 있으니까. 그런데 말이야, 혹시 마리아가 나에게 좀 가르쳐 줄 수 있지 않을까?"

마리아의 얼굴에 공포가 퍼진다. 그녀는 나를 쳐다봤다가 창턱에 있는 샐비어를 쳐다봤다가 한다. 이때 마리아의 얼굴은 안젤라의 얼굴과 무척 흡사하다.

지금 마리아의 머릿속에선 수많은 작은 바퀴들이 열심히 돌아가면서 내가 방금 던진 질문에 어떤 덫이 숨어 있을까, 자신에게 어떤 결과가 닥칠까 하는 생각에 골몰해 있을 것이다.

"내가 너한테 뭘 가르친다고?" 마리아는 말을 더듬으며 어쩔 줄 모르고 샐비어 쪽을 쳐다본다.

하지만 나는 이미 그녀의 말을 듣지 않는다. 방금 재미있는 생각이 떠오르기 때문이다. 그러니까 만일 마리아가 안젤라의 새엄마가 될 경우, 사실을 모르는 사람들은 누구나 당장 엄마와 딸이 많이 닮았다고 칭찬할 것이다. 그러면 두 사람은 저마다 권총으로 자살하고 싶은 심정이 되겠지.

그 상황이 아주 재미있겠다는 생각에 웃음이 새어 나온다. 마리아는 당장이라도 눈물을 뚝뚝 흘릴 표정이다.

나는 측은한 생각이 들어 자리에서 일어나 산책을 나간다. 안 봐도 뻔하다. 마리아는 문 뒤에서 몇 분 내내 고개를 저으며 부엌에서 자라는 허브들을 상대로 내 얘기를 할 것이다. ─ 사샤가 또 무슨 꿍꿍이인지 혹시 너희들은 아니?

공동주택 입구에 있는 벤치에 올렉이 앉아 있다. 그는 3층에서 어머니와 같이 사는 남자다. 그의 무릎에 알리사가 떡하니 앉아 있다. 나는 그러는 게 영 마음에 들지 않는다.

올렉의 나이가 얼마나 되었는지는 모른다. 하지만

마흔 번째 생일은 이미 지났을 것이다. 내가 이곳에서 살아온 후로 올렉은 매일 몇 시간이고 벤치에 앉아 있다. 그 밖에 또 무엇을 하랴. — 그는 다리가 마비된 사람이다. 어릴 때 차에 치였다. 내가 그 사실을 어디서 들어 아는지 모르지만 이곳의 일반상식에 속한다. 올렉은 빨간 머리에 눈은 녹슨 갈색이다. 그런데 펠릭스의 눈과는 완전히 다르게 보인다. 아마도 펠릭스의 얼굴에는 울긋불긋한 수염이 성글게 나 있지 않기 때문인 것 같다.

내가 마지막으로 봤던 후로 오늘 가까이 다가가 보니 그사이 수염이 많이 셌다.

올렉의 옆에는 항상 체스판이 놓여 있다. 예전에는 그 옆에 체스 묘수 풀이 문제가 나온 잡지가 펼쳐진 채로 잔뜩 쌓여 있었다. 최근 체스 묘수 풀이 문제는 인쇄본에서 인터넷으로 대체되었다. 올렉이 최근에 나와 있는 게 좀 드물어진 건 인터넷 때문이기도 하다. 혼자 벤치에 앉아 있을 때면 올렉은 체스의 말을 옮긴다. 누군가 옆에 앉으면 조금 전에 책에서 읽었던 줄거리를 이야기해 준다.

아니, 줄거리뿐만이 아니다. 그는 아예 읽어 준다. 하지만 책이 아니라 자신의 기억을 읽는다. 한번은 내가 책을 가지고 그의 옆에 앉아 비교해 본 적이 있었다. 그는 한 페이지에 기껏해야 다섯 단어밖에 틀리지 않았다.

누군가가 어떤 일을 아주 잘할 때 나는 질투가 나지 않고 감탄이 우러난다.

공동주택에서 보낸 첫 해에 나는 올렉의 옆에 앉아 많은 시간을 보냈다. 물론 이야기를 듣기 위해서는 아니었다. 나는 누가 책을 읽어 주거나 이야기를 들려주는 것을 가만히 듣는 인내심이 없다. 차라리 그보다 훨씬 더 빠른 내 속도로 읽어야 성에 찼다.

아니, 나는 체스를 두었다. 올렉은 엄청나게 체스를 잘 두었다. 지금도 잘할 것이다. 그와 대적해 이긴 사람이 없었다. 올렉에게 체스 전문 잡지에 나오는 문제쯤은 식은 죽 먹기였다.

어느덧 올렉이 자신을 상대로 체스를 두겠다는 사람을 더 이상 찾지 못한 건 당연하다. 당시 내가 계속 져도 좌절하지 않는 유일한 사람이었다. 나는 늘 또다시

도전했다. 그리고 올렉이 열 번을 둔 다음이 아니라 열네 번을 둔 다음에야 비로소 나를 꺾은 것만으로도 벌써 자랑스러웠다. 체스를 둔 후에 그는 늘 내가 어디서 실수했는지 자세히 설명해 주었다. 항상 그랬다.

그 첫해에는 나 역시 밤마다 체스의 말 루크와 나이트, 그리고 흑백 체스판이 나오는 꿈을 꾸었다. 학교에서 돌아오면 책가방을 계단에 던져 두고 점심 식사와 숙제도 하기 전에 먼저 체스 말을 벤치에 가지런히 세워 두었다.

올렉이 체스를 두면서 하는 이런저런 이야기에 나는 전혀 귀를 기울이지 않았다. 오직 체스판만 뚫어지게 보았다. 그러다 때로 나는 머리를 들고 어느새 남자애들 무리가 우리를 둘러싸고 있는 것을 보고 놀라곤 했다. 남자애들은 올렉이 하는 이야기에 솔깃하게 귀를 기울이며 얼굴이 새빨개져 있었다. 올렉은 체스의 말을 건성으로 놓으면서 남자애들에게 무언가 이야기했다. 그리고 사이사이에 내 말들에 대해 훈수를 들었다. 그건 내가 체스를 두면서 곧장 알아들었던 유일한 말이었다. 그럴 때 올렉은 별도로 좀 더 크게 말했다. 그러면 나는 이렇게 물었다. "뭐라고요? 아, 네." 그리고 나는 다른 얘기에는 다시 귀를 닫아 버렸다.

그러던 어느 날, 나는 문득 올렉이 남자애들에게 자기가 본 포르노를 자세히 이야기하는 것을 알아챘다. 두 블록 떨어져 있는 비디오 가게에서 그의 집에 배달해 주고 일주일 뒤에 다시 거두어 가는 포르노 비디오였다. 그리고 나는 옆에 앉아 체스 말의 배치와 공격에 대해 골똘히 생각하는 사이에 올렉이 늘 그래 왔다는 것도 알아챘다.

당시 열한 살이었던 나는 올렉이 부드러운 목소리로 하는 묘사와 여드름이 난 청중들이 흥분해서 연신 낄낄대는 소리와의 상관관계를 잇는 데 얼마간 시간이 걸렸다. 그 때문에 나는 말을 옮기는 걸 잊어버리고 올렉이 세밀하게 표현하는 장면에 놀라서 입을 벌리고 있었다. 그 장면들 가운데 몇몇은 내가 처음 대했던 체스 개념들과 마찬가지로 수수께끼처럼 들렸다. 올렉은 나에게 포크, 갬빗, 왕과 탑의 위치 바꾸기에 대해 이야기했다. 그리고 그가 남자애들에게 한 이야기가 사실 그다지 많이 다르지 않게 들렸다. 특정한 숫자 결합과 프랑스식 개시는 단순히 내가 제일 좋아하는 체스뿐만이 아니라 그의 포르노에도 나오는 모양이었다. 그 일은 나에게 대단히 엄청나고 비열한 배신이었다.

나는 당시 벌어진 입을 간신히 다물고 가방을 집어 일어나서 인사도 없이, 벌겋게 달아오른 남자애들 사이를 뚫고 나왔다. 그리고 그날부터 올렉뿐만 아니라 바둑판무늬의 체스판도 혐오했다. 그것이 우리의 마지막 체스 게임이었다. 이제 거의 7년이 지난 일이다.

올렉은 지금도 그 자리에 앉아 있다. 그리고 어린 내 여동생이 그의 무릎에서 신나게 미끄럼을 탄다. 나는 그때 이후 처음으로 올렉의 옆에 앉아 체스 말들이 아직도 예전과 똑같은 것을 보고 놀란다. 더러워진 하얀색 퀸은 예전에 항상 내 것이었다. 검은색 킹은 그때 이미 왕관의 일부가 떨어져 나가 있었다.

"이것 봐봐. 아저씨는 내 손을 꺾지 못해!" 알리사가 거침없이 말하며 올렉의 넓은 손목을 잡는다.

"뭐?" 나는 어리둥절해서 물으며 올렉을 쳐다본다. 그러자 그가 적잖이 당황스러워한다.

"내가 아저씨에게 내 손을 꽉 잡고 아프게 해 보라고

했는데, 아저씨가 못 했어!"

"그게 무슨 말이야?"

"힘을 줘 봐요. 아저씨가 할 수 있는 만큼 꽉." 알리사가 명령조로 올렉에게 말한다.

올렉의 거대한 주먹이 알리사의 아래팔을 잡는다. 올렉은 가짜로 용을 쓰면서 얼굴이 빨개지고, 알리사는 신이 나서 소리를 지른다. "아프지 않아! 하나도 아프지 않아!"

올렉은 마치 용서를 구하듯이 나에게 웃어 보이며 알리사를 무릎에서 밀어낸다.

나는 잠시 말을 잃는다. 왜냐하면 나 역시 공동주택에 왔던 첫해에 그것과 똑같은 놀이를 했었다는 기억이 순간 떠올랐기 때문이다. 올렉은 당시에도 어마어마하게 강한 팔을 가지고 있었다. 그렇게 해서 마비된 다리를 상쇄하려는 듯했다. 그리고 강력한 팔의 세기를 느껴 보려는 욕구가 마찬가지로 나를 자극했다.

그리고 조금도 아프지 않았던 것에 나도 알리사와 똑같이 환호를 올렸다.

"언니한테도 해 보라고 해." 알리사가 내게 말한다.

나는 의기소침하게 아무 말도 하지 않는다.

"오랜만이네." 올렉이 말한다. 목소리가 전보다 더 거칠게 들린다.

"왜요? 난 매일 보는데요?" 내가 말한다.

"하지만 가까이에선 아니잖아. 네 다리가 왜 그래?"

나는 어깨를 으쓱해 보인다. 우리가 마지막으로 체스 게임을 하던 당시에 그가 했던 이야기를 나는 잊어버리지 않았다. 나는 당시 내 머릿속에 그려졌던 장면을 지금도 여전히 내면의 눈으로 본다. 그리고 짜증나는 건 — 그때 나는 전부 다는 이해할 수 없었다. 그래서 그가 말한 이런저런 의미를 알아듣지 못했다는 게 지금까지 화가 난다.

"내 여동생하고 뭘 하는 거예요?" 내가 물으며 정강이뼈에 딱지가 앉은 자리를 살살 건드린다.

올렉은 똑바로 앉아 목발을 가지런히 한다.

"아무것도 안 해." 올렉이 약간 놀란 것처럼 말한다. 어쩌면 내 어조 때문에, 어쩌면 내 표정 때문에 놀랐는지도 모른다. "내가 애하고 뭘 하겠어? 아이에게 체스 말을 몇 개 보여 주었어. 아주 똑똑한 아이야. 아주 명

랑해."

"맞아요. 그런 애에요. 그런데 아저씨는 평소에 누구와 체스 게임을 해요?" 나는 억양이 없는 어조로 말한다.

"아무도 없어." 그는 말하며 다시금 미안해하는 웃음을 보인다. "이제는 체스를 두는 컴퓨터를 가지고 있어. 게다가 체스에 대한 사람들의 관심도 많이 사라졌지. 내가 좋아하던 퇴직자 세 사람은 세상을 떠났어. 후세대는 전혀 없고. 내 말은, 젊은 사람들은 괴물을 쏴 죽이는 거나 비디오 게임의 라라 크로프트를 더 좋아한다는 뜻이야."

바딤도 자주 올렉 옆에 앉아 역겨울 만큼 느끼한 표정을 하고 그의 이야기를 들었다는 게 기억난다. 그때 올렉은 틀림없이 신간으로 나온 나보코프 전기를 낭독하지는 않았을 거다. 그런 후에 집에 온 바딤은 너무도 자연스럽게 엄마의 허리에 팔을 둘렀다.

그 생각에 나는 올렉이 척추가 부러진 게 정말 고소하다는 못된 생각을 한다.

그런데 엄마도 자주 올렉 옆에 앉아 활짝 웃었다는 기억도 다시 떠오른다. 올렉은 엄마가 가장 좋아하는 인용구를 자주 낭독해 주었다. 그건 유대 왕국의 집정관 폰티우스 필라투스가 한 말이었다. 집정관은 새빨간 천으로 안을 댄 하얀색 망토를 두르고, 질질 끄는 기병의 걸음걸이로 주랑에 나타나 지독한 두통에 시달려 이렇게 말한다. 오, 신들이시여, 무엇 때문에 나를 벌하시나이까?

당시는 이미 내가 다시는 체스 게임을 하지 않겠다고 선언했던 때였다. 한번은 내가 막 화를 내며 엄마에게 물었다. 어떻게 올렉에게 말을 걸 수 있냐고, 그가 좋다고 즐기는 취미가 뭔지도 모르냐고 물었다.

"그게 뭔데?" 엄마는 아무렇지도 않게 되물었다. 그래서 내가 고개를 숙이고 뭐라고 우물거렸는데 기이하게도 엄마는 내 말을 알아들었다.

"아가야, 그는 몸이 온전치 않은 사람이잖아." 엄마가 말했다.

"그래서 뭐? 몸이 그렇게 된 게 잘되었지. 어린 남자애들이 그의 이야기에 화끈 달아오르는 걸 엄마가 직접 봤어야 해." 내가 화가 나서 말했다.

"너 그렇게 봐줘. 그는 몸이 온전치 않은 사람이잖아."

엄마가 되풀이했다. 나는 당시 그 말에 화가 났다. 하지만 지금, 늙어 버린 올렉의 얼굴을 보니 다시 기억이 떠오른다. 그는 엄마의 장례식 때에 선글라스를 끼고 어두운 장례식장 한가운데에 있었다. 그때가 선글라스를 낀 올렉을 본 유일한 때였다. 예를 들어 지금 햇빛이 무척 쨍한데도 올렉은 선글라스를 끼지 않고 있다.

"한번 할래요?" 나는 내 자신에게 어떤 핑계를 댈 수 있을지 곰곰이 생각해 보기도 전에 그에게 묻는다.

그는 나를 유심히 쳐다보며 어리둥절해서 눈썹을 씰룩거린다.

"왜요? 난 약 육 년 동안 체스를 두지 않았어요. 아저씨는요? 그동안 국제 체스 챔피언을 얼마나 많이 물리쳤어요?"

"네 명. 온라인에서." 그가 수줍게 말한다.

나는 흰색 퀸을 집어 e8 자리에 놓는다.

"너 정말 다 잊어버렸구나. 체스판을 돌려. d1. 하지만 이 말들은 짝이 맞지 않아. 집에 새 세트가 있는데." 올렉이 말한다.

올렉은 아이처럼 목에 걸고 있는 집 열쇠를 손으로

잡는다. 그리고 의향을 묻는 표정으로 나를 쳐다본다.

"이리 줘요. 내가 가서 가져올게요. 어디에 있어요?" 내가 말한다.

"선반에 있는 흰색 상자. 그리고, 에, 혹시 마실 깃도 좀 가져다줄 수 있을까?" 그는 말하며 열쇠를 내 손에 놓는다.

"그 밖에 또 필요한 건요?" 내가 묻는다.

그가 웃어 보인다.

"맥주?" 내가 답답하게 묻는다.

"레모네이드. 아니면 아이스티. 네가 찾을 수 있는 걸로." 그가 말한다.

"어머니가 지금 집에 계셔요?"

"우리 엄마?" 올렉이 놀라서 묻는다. "엄마는 지난해 돌아가셨어."

"뭐라고요? 그럴 순 없어요." 나는 도로 자리에 앉는다.

"나도 가끔 그렇게 생각하지. 엄마가 돌아가셨을 수는 없다고. 하지만, 그게 사실이야. 네가 관심을 가져주니 뜻밖인걸. 지금 뭐라고 했지?" 올렉이 말한다.

"고아 클럽에 오신 걸 환영합니다."

"난 또 잘못 들은 줄 알았지."

나는 그의 집 문을 열고 악취에 기절할 뻔한다. 세상에 둘도 없는 쓰레기장이다. 나는 우선 방으로 들어간다. 층층이 쌓인 전단지와 신문지, 번쩍이는 역기, 책, 카세트테이프로 가득한 방 한가운데에 상당히 더러운 침대가 있다. 나는 얼른 체스 말이 든 흰 상자를 찾는다.

그런 다음 벽 앞에 선다. 신문에서 오린 화려한 사진 세 장이 거친 도배지에 압핀으로 붙어 있다. 한 사진에는 일본 소녀가 아버지의 어깨 위에 올라타 있고, 소녀의 머리 위로 벚꽃이 활짝 피어 있다. 그 밑에 사진 설명이 있다 "1953년 이후로 가장 먼저 꽃이 피는 벚꽃나무, 도쿄의 우에노 공원." 다른 사진에는 두 스모 선수가 싸우고 있다. 세 번째에는 빨간 머리의 여자가 웃고 있다.

우리 엄마.

이젠 놀랍지도 않다.

팔로 코를 막고도 나는 부엌에 들어가지 못한다. 대신 우리 집에 가서 사과주스 한 병과 컵 두 개를 가지고 온다.

올렉은 그것을 보고 아무 말도 하지 않는다. 나도 말하지 않는다.

"내가 혹시 퀸을 빼고 두는 게 더 좋지 않을까?" 올렉이 묻는다.

"무엇 때문에요? 절대로 그러지 마요." 내가 화를 내며 말한다.

"그럼 적어도 폰을 두 개 뺄까? 아니면 하나를 뺄까?"

"관둬요. 져도 나 혼자서 질 테니까. 도움은 사양해요. 내가 흰 말을 가지는 것만으로도 충분해요. 알리사, 그 말, 이리 내."

나는 시칠리아식으로 개시하기로 결정한다. 비록 그 방식이 여전히 이해가 잘 안 되지만 아직도 기억에 남아 있는 유일한 방법이다. 그리고 아직 알고 있는 것은 가능한 한 황소머리 규칙에 따라 말을 세워야 한다는 것이다. 나는 집중하느라 꼼짝도 안 하고 체스판만 쳐다보고 있고, 한편 올렉은 슬쩍 들여다보지도 않고 끊임없이 수다를 떤다.

"내가 요즘 아주 재미있는 책을 읽고 있어. 배경은 폭탄이 끊임없이 터지는 모스크바야. 오늘날과 마찬가지지만 폭탄이 좀 더 많이 터지지. 그곳에 젊은 여자가 남편과 딸 하나를 데리고 있는데, 그러니까 그녀가 바람을 펴. 그녀의 애인이 뭐라고 하냐면, 자신이 외계인인데 그녀를 이 지옥에서 구해 내 자신의 고향 별로 데리고 가겠다고 해. 그곳이 모든 게 훨씬 더 좋다면서." 그가 말한다.

"아하." 내가 말한다. 전략이 통하지 않아 화가 난다. 나는 그저 초보자의 멍청한 규칙을 따르기에 급급하다. 올렉의 수다가 그나마 남은 내 이성을 죄다 앗아간다.

"그리고 진짜 재밌는 건, 이야기가 끝까지 궁금하다는 거야. 지금 이게 환상인지 아니면 실제인지. 또 두 사람이 그냥 서로 그런 척 연기를 하는 건지 말이야. 그리고, 아, 정말 슬퍼."

"제목이 뭐예요?" 나는 무례해 보이지 않으려고 묻는다.

"진공기계." 올렉이 감동에 빠져 말한다. "아주 대단해. 인터넷을 통해 읽었지. 요즘은 책을 전부 인터넷에서 읽어. 좋은 사이트가 몇 개 있는데 모든 책을 다운받아 출력해. 출력한 종이를 묶어야 하는데. 우리 집이 너무 엉망진창이 되어 버려서. 너 미쳤니? 지금 뭐 하는 거야?"

그러고 보니 내가 봐도 말들이 형편없이 놓여 있다.

"아저씨가 계속 떠들어 대서 이렇게 된 거에요. 도대체 예전처럼 집중을 못 하잖아요." 내가 분해서 말한다.

"도로 물려." 올렉이 말한다.

"싫어요."

"그 말을 물리라고 내가 말하잖아. 넌 더 잘 둘 수 있어."

"좀 내버려 둬요. 하고 싶은 대로 할 거예요. 말은 물리지 않아요."

"지금까지 엄청 잘 두었어. 그거보다 더 좋은 말이 있어."

"킹 앞에 있는 폰들을 먹어." 갑자기 알리사가 끼어든다.

"네가 든 훈수는 지금 적당치 않아. 이건 함정이야. 그러면 아저씨가 내 나이트를 쳐낼 거야. 그게 안 보이니?" 내가 불퉁하게 말한다.

그리고 나는 내 말들을 자세히 들여다본다. 여전히
묘안이 떠오르지 않는다. 갑자기 알리사가 옳다는 것
을 깨닫는다. 내 나이트는 이미 비숍에 의해 보호를 받
고 있다. 그래서 나는 태어나 처음으로 말을 물린다. 이
러는 건 모든 규칙을 거스르는 것일 뿐만 아니라 내 성
미에도 맞지 않는다.

"아주 잘했어." 올렉이 칭찬한다. "네가 새라고 한번
상상해 봐. 높이 날아올라 공중에서 내려다봐. 말 하나
에만 꽂혀 있지 말고 전체를 봐. 내 영혼이 날개를 펼친
다……."

"입 좀 다물어요. 장군."

"그래그래, 모험이네, 하지만 용감해. 공격하시겠다,
그러면 우린 반격하지, 자, 이제 어떤 것 같으신가?"

나는 손톱을 물어뜯는다. 전체를 볼 수 없다.

"그러지 마, 사샤. 말을 물려."

"또 물리긴 싫어요. 그런 건 재미없어요. 나 혼자 할
거예요."

"한 번만 더 도움을 받아. 아주 잘될 수 있는데, 다만

아주 사소한 걸 놓쳤어. 넌 너무 경직되었어."

"아저씨를 상대로 체스를 두겠다는 생각을 하다니 내가 미쳤지. 만일 내가 아저씨의 체스 컴퓨터라면 한참 전에 폭발했을 거예요." 내가 말하며 말을 도로 물린다. 그리고 내가 6분 동안 곰곰이 생각하는 사이에 올렉은 귀에 거슬리는 멜로디를 휘파람으로 분다. 아마 외계인과의 사랑을 자세하게 이야기하지 않으려고 엄청나게 자제하고 있는 모양이다.

"거봐. 가끔 두 번째 시도에서 성공할 때가 있어." 그가 나를 칭찬한다.

그가 휘파람을 그치고 잠시 깊이 생각하는 것에 나는 무척 의기양양해진다.

이후 나는 다시 절망적으로 애쓴다. 나는 말들을 희생하고, 공격하고, 칭찬받고, 욕먹고, 비웃음거리가 된다. 그러던 그가 휘파람을 그치고 이번에는 노래를 부르기 시작한다. ─ "아임 스틸, 아임 스틸 제니 프롬 더 블록."

나는 그의 퀸 쪽으로 가려면 어떤 폰으로 갈 수 있을지 생각한다. 무척 기쁘다. 올렉을 상대로 이만큼이나 해 본 적이 여태 한 번도 없었다. 그래서 그와 비기는 것까지, 무척 야심찬 꿈을 꾼다.

"말을 물려. 그건 큰 실수였어. 다시 잘 생각해 봐. 예외적으로." 올렉이 내 환희의 도취를 깨고 말한다.

"제발 좀."

"잘 생각해 봐. 네 날개를 펴. 넌 그릇된 방향을 보고 있어. 네 폰은 그대로 둬. 여기 앞쪽에서 음악을 연주해."

"모르겠어요. 젠장! 나는 이렇게밖에 못해."

"그 극의 이름이 뭐였더라? 돈 크라이 포 미 아르헨티나……." 올렉이 묻는다.

"어떤 극?" 내가 째려본다.

"아이, 그거 말이야."

그때 나는 불현듯 깨닫고 루크를 앞으로 보내며 "장군!" 하고 크게 외친다. 그 바람에 발 옆에서 해바라기 씨의 껍질을 쪼던 통통한 비둘기가 푸드덕 날아올라 비난하듯이 머리 위를 한 바퀴 돈다.

나는 비둘기가 하늘을 날고 있는 모습을 쳐다본다. 아직도 비둘기가 날 수 있다는 사실을 생각해 보지 않은 것 같다.

이제 나는 시선을 옮겨 체스판을 보며 올렉이 말을 두기를 기다리고, 이어 내 킹을 밀어 올렉을 외통수로 몬다.

그러자 올렉은 내가 방금 그에게 기적의 치료를 해 주기나 한 것처럼 무척 기뻐한다.

"순 엉터리야. 내가 이긴 게 아니잖아요. 절대로 스스로 이긴 게 아니에요. 내가 이겼다고 할 수 없어요." 내가 말한다. 하지만 완전히 진심으로 한 말은 아니다.

"당연히 네가 이긴 거야. 난 널 돕지 않은 거나 마찬가지야. 멋진 게임이었어." 올렉이 말하며 활짝 웃는다.

"우리가 이겼어. 우리가 이겼다. 우리만 이겼어. 우리 말고는 아무도 못 이겼어." 알리사가 신이 나서 흥얼거리며 다시 올렉의 무릎으로 기어오른다.

"그만 가 볼게요." 내가 말하고 체스의 말을 흰 상자에 넣고 뚜껑을 닫아 올렉에게 밀어 주고 자리에서 일어난다. 내가 얼마나 자랑스러운지, 지금부터 모든 것을 성공할 수 있을 것 같은 기분이 드는 것을 시인하기가 어렵다.

어쨌든 올렉의 무릎에 앉은 알리사의 모습은 썩 내키지 않는다.

폭탄은 다음 날 터진다.

예감이라도 한 듯 나는 밤새도록 악몽을 꾼다. 나는 다시 열네 살이 되었고, 곰팡이 냄새가 나는 지하실에서 처음으로 아무런 냄새가 나지 않는 싸구려 술을 마시는 참이다. — 때는 이곳에서 아직 친구들이 있었던 시절이다. 나이가 많은 아이들이 술을 따르고 '칵테일'이라 부르는 것을 섞는다.

단 두 모금이었을 뿐이다. 목구멍이 마비되는 느낌이 든다. 나는 잔을 물리고 목을 부여잡는다. 다시는 삼킬수 없고, 더 이상 숨을 쉴 수 없을 것만 같다. 나는 죽음의 공포에서 깨어난다. 하지만 오래전에 잊힌 경험이 기억의 심연을 헤집고 나왔다는 것에 여전히 의아해한다. 나는 수년간 그 생각을 하지 않고 지냈다. 나는 그사이 지하실에서 몰래 칵테일을 강제로 마신 게 아니라는 것, 칵테일을 마시고 나면 반드시 오렌지색 구름과 태양이 여러 개 빙빙 도는 것을 보는 게 아니라는 것을 안다.

하지만 입술에 닿았던 술잔의 느낌이 너무도 사실적이어서 거의 도취 상태에 이른다.

나는 드러누워 조심스럽게 숨을 들이쉬고 내쉰다. 숨을 쉬는 게 더는 당연하지 않다. 다시 잠이 들 때까지 나는 오랫동안 숨을 쉰다. 이번 꿈에는 그리고리가 나를 괴롭힌다. 그가 사지를 버둥거리며 택시 쪽으로 기어간다. 그리고 그가 택시를 타더니 나를 향해 똑바로 차를 몰고 온다. 하지만 나는 도망가지 않고 가만히 서서 택시가 나를 치기를 기다린다. 조금도 아프지 않다. 나는 두 주먹을 휘두른다. 유리창 뒤에 있는 그리고리의 얼굴이 완전히 납작해진다.

나는 팔을 휘두르다 손이 아파서 잠에서 깬다. 손가락의 살갗이 벗겨져 있다.

사람이 잠자면서 벽을 칠 수도 있나? 내가 생각한다.

그보다 폴커의 꿈은 꿀 수가 없을까? 아니면 적어도 펠릭스의 꿈을? 나는 화가 나서 생각한다.

그 후로 더는 잠을 잘 자신이 없다. 그래서 침대에 똑바로 앉아 벽에 몸을 기대고 추워서 이불을 뒤집어쓴다. 새벽에 잠옷 위에 스웨터를 입고 살그머니 집에서 나와 우편함으로 뛰어 내려간다.

우편배달부가 오기에 너무 이른 시간이다. 또 엽서가 한 장도 없다. 당연히 없다. 대신 일간 신문만 있어서 그것을 꺼낸다.

신문 앞장을 대충 훑어본다. 일단 특별한 기사는 전혀 없다.

엘리베이터에서 헤드라인을 읽는다. 여전히 특별한 게 없다. 신문이 완전히 지루하다. 하필이면 이 지루함이 나를 진정시킨다.

나는 지루한 것들을 사랑한다. 그런 것들이 참으로 마음을 편안하게 한다.

나는 신문을 가지고 침대에 눕는다. 하지만 신문을 읽는 대신 갑자기 잠이 들어 전화벨이 울려서 깬다. 나는 깜짝 놀라 일어난다. 벌써 9시가 넘었다.

나는 수화기를 귀와 어깨 사이에 끼고 바닥에 흩어진 신문을 다시 모은다.

"취소해 봐야 소용없어, 안젤라. 그래도 나는 갈 거야." 내가 말한다.

그런데 전화를 건 사람은 안나다.

"그게 정말이야?" 안나는 인사도 한마디 없이 대뜸 묻는다.

"뭐?"

"그가 죽었다는 거."

"누가?" 내가 묻는다. 나는 왜 나에게 묻는지 이해하지 못한다. 어젯밤에 유리공원에서 내가 안나보다 먼저 갔으니 말이다. "나한테 그걸 묻는 걸 보니 너 완전히 맛이 갔구나?" 내가 말한다.

하지만 어려운 상황에 처한 사람은 안나가 아니라 나다.

"아니 그 사람, 바딤 말이야. 내가 들었어. 우리 엄마가 그러는데……." 안나가 말한다.

수화기가 내 손에서 툭 떨어진다. 수화기의 케이스가 깨지고 배터리가 튀어나온다.

"아니야. 그럴 수는 없어. 나는 아직 시작도……." 내가 말한다.

그리고 나는 신문에서 기사를 본다. 맨 위쪽에 작은 기사란이다. "공동주택의 2명 살인자가 죽다."

"아니야. 너희들은 이 말도 안 되는 헛소리를 어디서

들었어?" 내가 신문에 대고 말한다.

바딤 E.가 죽다. 신문이 말한다. 신문은 지금 내 현기증을 아랑곳하지 않는다.

"그럴 수 없어. 난 아직 그를 죽이지 않았단 말이야. 내가 죽이려고 했어. 나는 아주 좋은 아이디어를 많이 가지고 있어. 무슨 일이 있어도 내가 할 거야. 그를 죽이고, 우리 엄마에 대한 책을 쓸 거야. 그가 먼저 하기 전에. 살아서는 그가 절대로 나보다 더 먼저일 수 없어. 살아서는 절대로, 내가 말하잖아!" 내가 소리친다.

나는 신문의 지방 소식 지면을 바닥에 펴 놓고 바람에 날리지 않도록 무릎으로 꽉 누른다.

기사를 찾는 데 시간이 걸린다. 여기에도 맨 위쪽에 간략한 기사만 나와 있다.

"바딤 E.가 교도소에서 목을 매 자살했다."

"그는 이별의 편지를 남겼다."

나는 이 왼쪽 귀퉁이에 써져 있는 말을 통 이해하지 못한다.

내가 말한다. "아니야. 이건 사실이 아니야. 그랬다면 그들이 우리에게 알렸겠지. 누군가는 소식을 전해 주

었겠지. 내가 신문에서 사실을 알게 되는 일은 있을 수
없어. 이건 사실이 아냐. 마이어-클로소브스키 부인이
전화를 해 주었겠지. 이건 가짜 뉴스야."

뭐 이런 터무니없는 이야기가 있나. 이런 걸 신문의
오보라고 하지. 그런데 왜 오보라고 불리지?

폴커에게 물어봐야겠다.

나는 수화기를 들고 배터리를 집어넣고 케이스를 다
시 끼운다.

전화가 즉시 울린다. 벨소리가 왠지 신경질적으로 들
린다. 다른 걸로 바꾸어야겠다.

"저는 나이만입니다." 내가 아주 침착하게 말한다.

수화기에서 웅웅거리는 소리가 난다.

"뭐라고요? 그쪽은 누구세요?" 내가 말한다. 갑자기
머리가 너무 혼란스럽다. 지금 저쪽의 사람이 바딤인
가, 내가 생각한다. 맞아, 그였다. 칼라시니코프 소총에
광적으로 미쳐 있었어도 꽤나 높은 목소리를 가진 늙
은 내시. 아니면 방금 수영장에서 바딤의 죽음을 전해
들은 마리아인가. 비록 완전히 잘못된 소식이지만. 그
게 아니면, 아니면, 아니면.

아니면 엄마. 목소리가 내게 무척 익숙했다. 정말 엄마인지도 모른다. 어디가 다친 것 같은 목소리였다.

엄마는 결코 죽은 게 아니야. 그냥 다쳤을 뿐이야. 내가 생각한다. 엄마는 자전거를 타고 가다 넘어져서 다쳤을 거야. 아니면 뭐 다른 것에. 어떻게 엄마가 죽을 수 있어? 내가 잘못 안 거지. 그냥 악몽일 뿐이야. 너무너무 끔찍하게 긴 악몽. 밤은 아직 지나가지 않았어.

나는 아무 말도 하지 않는다. 기다린다.

"사샤? 너니?"

"네. 아까부터 전화기를 들고 있었어요." 내가 말한다.

"제발 와 줘! 지금 제발! 제발 와 줘!"

"어디로?" 나는 묻는다. 내가 어떤 암시를 기다리고 있는지 모른다. 언젠가는 공동주택을 돌면 날개 달린 흰 말이 서 있을 거야, 그 말에 올라타서 꽉 잡아. 또는 언젠가는 공동주택을 돌면 고장 난 전화 부스가 있을 거야. 전화기에서 전선이 튀어나온 건 신경 쓰지 말고 수화기를 들어. 또는 공동주택을 돌아가지 말고 그냥 입구에서 기다려. 번호판이 없는 검은색 차가 설 거야……

나는 지금 시키는 대로 무엇이든 다 할 것이다.

"뭐? ─ 어디로? 우리가 어디에 사는지 알고 있잖아! 엘리베이터를 타고 오면 되잖아!"

안젤라다.

"지금은 안 돼. 날 내버려 둬. 날 좀 혼자 있게 해 달라고." 내가 말한다.

"제발, 사샤, 제발! 제발! 제발!"

"그리고리? 아저씨에게 무슨 일이 일어났니?"

"뭐? 그래!!!"

나는 안젤라가 반드시 그러리라 생각하기 때문에, 다시 말해 그녀는 응급 상황에서 구급차를 부르기에 앞서 일단 인스턴트 레몬차를 한 잔 또는 두 잔을 마실 것이기 때문에 나는 엘리베이터를 기다리지 않고 곧바로 계단으로 뛰어올라 간다.

나는 열린 문으로 황급히 들어간다. 그리고 복도에서 다시 선다. 모든 문이 닫혀 있다. 안젤라의 방문까지. 안젤라의 방에서 흐느끼는 소리가 새어 나온다.

"네 아빠는 어디 있니?" 나는 묻고 나서 망연자실하게 서 있다. 안젤라는 미키마우스가 그려진 잠옷을 입고 침대에 누워 베개에 얼굴을 파묻고 엉엉 울고 있다.

"그리고리 아저씨는 어디에 있어?" 내가 묻는다.

"저기서 코를 골고 있어. 네가 이리 오게끔 그냥 한 말이야. 그러지 않으면 네가 오겠어?" 안젤라가 베개에 대고 말한다.

"아니, 오늘은 안 돼."

"거봐."

안젤라가 또 펑펑 운다. 나는 사람이 얼마나 많은 눈물을 만들어 낼 수 있는지가 놀라울 따름이다. 그녀는 사방에 대고 눈물을 뿜는다. 내게 눈물을 뿜지 않도록 나는 한 걸음 뒤로 물러선다. 이어 안젤라에게 휴지통을 건네준다. 그녀는 조심스럽게 휴지통을 받아 침대에 내려놓고 소매로 코를 푼다.

나는 한숨을 쉰다.

"그가 너를 낙제시킨 걸 기뻐하도록 해. 그 사람은 네가 울부짖을 만큼의 가치가 없어." 내가 말한다.

"누구?" 안젤라가 의아해서 묻는다.

"모하메드인지 뭔지."

"무라트." 안젤라가 말하며 씩 웃는다. 그녀의 얼굴

이 빨갛고 퉁퉁 부었다. 눈물이 하염없이 뚝뚝 떨어진다. 안젤라가 웃으니 꽤나 정신이 나간 것처럼 보인다.

"그래 무라트."

"그는 나를 낙제시키지 않았어. 완전히 그 반대야. 내가 어떻게 해야 할지 말해 줘. 난 모르겠어. 난……" 안젤라는 방금 수학 문제를 제대로 풀었을 때처럼 부끄러워하며 몸을 꼰다.

"그래? 네가……?"

"내가……." 안젤라가 눈을 흘기며 아랫입술을 깨문다.

"……허수아비처럼 멍청하다고?" 내가 묻는다.

"아니! 비록 맞는 말이기도 하지만. 아냐. 나 임신했어."

"오, 언제?" 나는 이렇게만 말한다.

"너는 내가 임신했다는 말에 그렇게 할 말이 없어?" 안젤라가 물으며 아래팔에 새로이 난 푸른 자국을 들여다본다. 무척 이상하게 생긴 자국이다. 사실은 둥근 자국 네 개가 차례로 나 있다.

손가락 자국 같다.

안젤라가 검지 끝에 침을 뱉어서 자국을 문지른다.

왜 눈이 저렇게 반짝이지? 눈물 때문인가? 내가 생각한다.

"내가 무슨 말을 더 해야 하는데?" 나는 어이가 없어 묻는다.

"뭐든."

"축하해 주어야 해?"

안젤라가 갑자기 냉랭해진다. "몰라. 넌 어떻게 생각해?" 그녀가 말하며 똑바로 앉아 이마를 찌푸린다.

"나? 왜 나야? 왜 내가 도대체 뭔가 생각을 해야 해?"

"넌 모르는 게 없잖아. 너한텐 모든 게 쉽잖아. 네가 내 입장이라면 어떻게 하겠어?"

"콘돔을 써. 하기 전에." 내가 즉시 말한다.

안젤라는 아랫입술을 비죽 내민다.

"지금 내가 할 일은? 무라트가 나랑 결혼할까?" 안젤라가 생각에 잠겨 말한다.

"무라트가 모하메드와 같은 종류의 사람이라면 그는 같이 잔 방탕한 금발 여자를 동료들에게 얘기하면서 조롱할 거야. 결혼은 장담컨대 그가 어디서 수입해 온 처녀하고 하겠지. 그런 점에서 넌 아주 다행인 줄 알아.

내가 너에게 그 얘기를 벌써 하지 않았어?"

"했어." 안젤라가 말한다. 왜 그녀가 내가 하는 모든 얘기를 마다하지 않고 주의 깊게 듣고만 있는지 의아한 게 한두 번이 아니다.

"임신한 걸 언제부터 알았어? 어제만 해도 아직 임신하지 않았잖아." 내가 피곤하게 묻는다.

"오늘부터." 그녀가 말한다.

"테스트한 건 어디에 있니? 보여 줘. 네가 혹시 잘못 알았을 수도 있으니까."

"난 테스트기를 쓰지 않았어."

"그럼?"

"토했어. 속이 엄청 안 좋았어."

"밤에 술을 죽자고 퍼마실 때 넌 늘 그렇지 않아?"

"그러긴 해." 안젤라가 씩 웃는다. "하지만 오늘은 느낌이 달랐어."

"대체 어떻게 달라?"

"속이 전과는 다르게 안 좋더라. 왠지 아름답게 안 좋았어. 토하는 걸 멈출 수가 없었어. 토한 후에도 계속 속이 메슥거리고. 그건 그렇고 우린 콘돔을 사용했

어. 거의 항상. 사실, 3일 전까지만 해도. 그런데 자동
판매기가 비어 있더라고. 무슨 그런 거지 같은 일이 있
는지."

"사흘 전까지?" 내가 어리둥절해서 묻는다.

"응."

"그리고 네 말은, 그날부터……."

"……물론 그날부터지, 그 전날 밤까지는 자동판매
기가 여전히 가득 차 있었거든."

"어휴, 맙소사. 안젤라, 네가 무슨 동물원의 동물이
니. 사흘 전의 일로는 아직 임신이 될 수 없어." 내가 말
한다.

"왜 안 돼? 혹시 내가 임신일 수 있다면?" 안젤라가
당황해서 묻는다.

"그래도 아직 넌 전혀 증상을 느낄 수 없어. 혹시 네
가 아이를 가졌다고 쳐. 그래도 네 아이는 아직 세포 상
태로 나팔관 속에 있어. 아직 착상도 안 되었을 거야.
넌 아직 전혀 느낄 수 없어. 어제 뭘 먹었어?"

"몰라. 먹을 수 있는 건 다. 깡통에 든 거. 토마토소스
에 든 거."

나는 다시 벌떡 일어선다. 안젤라에게 바딤에 대해 들은 게 있는지 물어볼 엄두가 나지 않는다.

안젤라가 가진 문제를 나도 가지고 싶다, 내가 생각한다. 아니, 그러고 싶지 않다.

"네가 그걸 어떻게 알아? 아직 착상되지 않은 걸? 내가 임신이 아닐 수 있다는 걸? 그리고 내가 임신이 될 수 있는지 아닌지를?" 안젤라가 미심쩍은 투로 물으며 문 쪽으로 가는 나를 지켜본다.

"넌 사후피임약을 먹을 수 있어. 불안하면 말이야. 하지만 오늘 약을 먹는 게 제일 좋아. 그렇게 해서 착상되지 않게. 무라트에겐 행운인 거지."

"뭐, 착상되지 않게?" 안젤라가 크게 놀라서 묻는다. "하지만 난 원치 않아."

"뭘 원치 않아?"

"착상이 되지 않는 걸 원치 않는다고."

"그러니까 넌 아이를 원하는구나? 정말이야?" 내가 어이가 없어 묻는다.

"아이는 아니고. 아기." 안젤라가 말한다.

"그렇다면, 혹시 언젠가는 잘 맞아떨어질 수 있겠지.

그 자동판매기가 채워지려면 시간이 무척이나 오래 걸릴 테니까." 내가 말한다.

나는 문을 쾅 닫는다.

우리 집 문이 반쯤 열려 있다. 나는 안으로 들어가 바닥에 놓인 신문을 본다. 그 옆에 전화기. 나는 다시 무릎을 꿇는다.

여전히 기사가 보인다. 바딤 E.가 죽다.

그리고 그를 죽인 사람은 사샤 N.이 아니다.

그리고 그때 내가 소리를 지르기 시작한다.

나는 이 년 전 그날 밤처럼 소리를 지른다. 창문이 부르르 떨릴 만큼. 계단참에 모여드는 사람들의 발소리가 날 만큼. 흥분한 목소리들이 섞일 만큼. 누군가 큰 소리로 여기서 또 사람이 살해되었으니 경찰을 불러야 하지 않겠냐고 말할 만큼.

하지만 아무도 살해당하지 않았다. 그는 이미 죽었다. 자살했다. 내가 너무 늦을 수도 있다는 것을 아무도 경고해 주지 않았다.

나는 집을 뛰쳐나온다. 복도에 벌써 사람들이 몇몇 서 있다. 그들은 뒤로 물러나며 서로 머리를 맞대고 수

군거린다. 나는 그들을 지나치며 얼굴을 쳐다보지 않는다. 그들의 얼굴에는 관심이 없다. 그들은 모두 한 가지, 우리에게 어떤 일이 일어나는가에만 완전히 꽂혀 있다. 그런 다음 친구들에게 전화해 수다를 떨 것이다. 그러면 그 친구들은 또 다른 친구들에게 전화한다.

그때 새된 비명 소리가 나고, 묵직한 물체가 쿵 쓰러진다. 나는 놀라서 움찔하며 위를 올려다본다. 위에서 들려오는 소리에 떠오르는 첫 생각은 이렇다. 지금 또 나였나?

나를 지켜보며 얼어붙은 무리들에게도 가벼운 동요가 인다. 마치 밀밭에 바람이 훅 부는 것처럼. 모든 얼굴이 위를 향하고, 귀를 기울인다. 마치 방금 무언가가 계단으로 굴러떨어지고 있는 것처럼. 또는 누군가가.

나는 난간을 꽉 붙잡고 기다린다. 그리고리가 내 눈에 보일 때까지. 그는 아주 가까이에, 그리고 몸이 뒤틀려 있다. 그가 나를 향해 굴러오고 나는 무의식중에 한 걸음 뒤로 물러선다. 그의 몸에 깔리고 싶지 않기 때문이다. 그가 계단 끝에 부딪히며 내는 소리는 무척 끔찍하고 둔탁하다.

곧바로 모든 이들이 아, 오, 놀람의 감탄사를 연발하며 그의 주위로 몰려든다. 한 사람은 그리고리의 얼굴에 얼음 조각을 쏟아붓고, 또 한 사람은 작은 병에 든 투명한 액체를 먹이고, 또 다른 사람은 기이하게도 그의 신발 끈을 푼다. 나는 가까이 다가가 지켜본다. 누군가 그리고리의 눈꺼풀을 들추고 자세히 들여다본다. 그리고 두 여자가 구급차를 부르는 전화번호가 몇 번인지를 두고 싸운다. 하지만 모인 사람들은 사실 구급차 호출을 반대한다. ─"그는 틀림없이 또 혈중 알코올 농도가 4프로일 거예요." ─ 이들은 만취자 보호실에 대한 두려움이 여전하다.

나도 한마디 하려고 한다. 그런데 6층에 사는 베라 (엔지니어 교육 수료 여성, 요즘의 주 직업은 점쟁이다. 꽤나 작고, 검은 곱슬머리, 일광욕실에서 선탠을 한다.)가 단호하게 나를 막는다.

"그냥 가. 그를 가만히 내버려 둬!" 베라가 말한다.

"네? 뭐라고요?" 내가 어리둥절해서 묻는다.

"너희들은 이곳에 이미 충분히 재앙을 불러왔어. 그냥 꺼지라고. 앙큼한 것아, 응? 얼른 지나가거라. 아무 말도 하지 말고. 우리에게 말 걸지 말고. 우리 남자들을 건드리지 마, 우리 청년들을 건드리지 마……." 베라가 말한다.

"……내가? 건드리지 마?……." 나는 묻지만 말이 이어지지 않는다.

"네가 진심으로 착한 일을 하고 싶으면." 그녀가 징그럽게 다정한 웃음으로 말을 잇는다. "기독교도다운 선행을 하려면, 네 족속들을 다 끌고 나가란 말이야. 그러면 우리도 다시 편안하게 두 발 뻗고 잘 수 있을 테니까. 제발 부탁인데 가능한 한 멀리 가 버려, 응? 그럴 거지?"

"뭐라고요?" 내가 묻는다. 그리고 반지 여섯 개가 끼워진 그녀의 작은 손을 본다. 나를 옆으로 밀치는 그녀의 부수적인 동작에 의해 내 안에서 뭔가가 다시 번쩍하고, 질주하고, 두근거리기 시작한다. 아마 그녀도 그것을 느꼈는지 움찔하면서 손을 들어 경고한다.

"어이, 어이." 그녀가 말한다. 그러자 모두가 나를 쳐다본다. 한편 그리고리는 남의 눈에 띄지 않고 옆으로 몸을 돌리고 머리 밑에 손을 집어넣는다. 그러고는 잠이 든 것 같다. 몸속 깊은 곳에서 쌕쌕, 그르렁거리는 소리가 난다.

"얼른 가." 베라가 안전한 거리로 떨어져서 그 말을 반복한다. 그때 두 살짜리 쌍둥이 하인리히와 프란츠가 8층에서 둘 다 갑자기 울기 시작한다. 그 때문에 나는 두 손으로 그녀의 목을 조르려다 만다.

"좋아, 그럼 얼른 가 주지." 내가 말한다.

나는 지글거리는 아스팔트로 뛰쳐나간다. 지금 이 순간 길에는 아무도 없다. 뜨겁게 작열하는 태양 속으로. 발끝이 타는 듯 뜨겁다.

하지만 나는 열기를 느끼지 않는다.

춥다.

공동주택 입구의 왼편에 앞뜰을 만들기 위한 나지막한 담이 세워져 있다. 담은 벌써 1/3이 섰다. 내년에 앞뜰에서 튤립이 필 거라고 한다. 관리인이 마리아에게 알려 주었다. 보도에 돌 더미가 쌓이고 길이 차단되는 바람에 롤러스케이트를 신은 알리사가 도로로 돌아가야 해서 마리아가 물어보았다.

나는 돌을 하나 손에 쥔다. 돌이 무척 무겁다. 손가락에 놓고 무게를 재 본다. 이런 돌로 바딤의 머리통을 갈겼어야 했는데. 그랬으면 더없이 좋았을 것을. 두개골이 날달걀처럼 깨졌겠지.

너무 늦었다.

나는 돌을 휙 던진다. 하지만 돌은 창문까지 닿지 못한다. 던지기 연습을 너무 안 했다.

체육은 성적이 좋지 않은 유일한 과목이다.

나는 좀 더 작은 돌을 집는다. 이번에는 탁 맞힌다.

나는 매혹되어 꼼짝 않는다.

유리창이 반짝이는 조각으로 자잘하게 부서진다. 유리 조각들은 한순간 공중에 커다란 무중력의 예술 작품으로 머물렀다가 아스팔트로 떨어지면서 더욱 자잘한 파편으로 부서진다.

나는 다음번 돌을 던진다. 더 높이 던진다. 이제 2층 유리창을 겨냥한다. 아슬아슬했지만 유리창을 맞춘다. 이번에는 탁 부딪는 소리가 썩 명쾌하지 않고, 상당히 흉한 구멍이 난다. 나는 새 돌을 고른다. 아주 세심하게, 이번에는 꼭 잘 맞아야 한다.

나는 점점 더 잘하게 될 것이다. 유리창이 아래로 떨

어진다.

나는 이미 한참 돌을 던져 댄 것 같은 기분이 든다. 그런데 아무도 나타나지 않는다.

첫 비명이 울릴 때까지 나는 돌 두 개를 더 던진다. 이제 입구의 문이 벌컥 열리고 사람들이 우르르 몰려 나온다. 나는 돌을 들어 그들을 겨냥한다. 그러자 그들이 즉시 도로 들어간다. 꽤나 서둔다. 그리고 문이 쾅 닫힌다.

나는 웃을 수밖에 없다.

모두가 사샤를 무서워한다!

슬슬 근육이 아파 온다. 나는 공동주택의 유리 눈을 열댓 개쯤 깨뜨렸다. 하지만 수백 개의 유리창 눈들이 있다.

나는 아직 계획이 많이 있다.

발렌틴이 모퉁이를 도는 게 보인다. 그는 땀을 뻘뻘 흘린다. 얼굴이 일그러지고 벌겋다. 머리카락이 축 처져 있다. 그가 나를 향해 달려온다. 나는 돌을 던진다. 그는 몸을 숙이고 다시 모퉁이로 사라진다.

다른 측면에서 오는 사람은 누군지 모르겠다. 내가

돌아보는 즉시 그가 몸을 숨긴다.

나는 땀을 흘리기 시작한다. 갑자기, 온몸에. 티셔츠가 등에 달라붙는다.

나는 돌 세 개를 더 던진다. 유리 조각 커튼이 떨어지고 또 떨어진다. 창문턱에 있는 화분은 그대로 서 있다. 하얀 얼굴이 창문에 나타나더니 즉시 다시 사라진다.

나는 또 웃기 시작한다.

갑자기 통증이 온다. 왜 그런지 알 수 없다. 손으로 왼쪽 어깨를 누르자 손가락 사이로 피가 스며든다. 내 발밑에 돌이 떨어져 있다. 누군가 그 돌을 주워 나에게 되던진 거다.

왼쪽 어깨다. 운이 좋다. 나는 계속해서 돌을 던질 수 있다.

돌을 집어 겨냥한다. 하지만 모퉁이에 보이던 팔이 다시 사라진다.

돌이 열린 창으로 날아간다. 유리는 깨지지 않고 멀쩡하다.

다음번 네 번째에 유리창을 맞춘다.

그때 그들이 내 눈에 들어온다. 마리아, 안톤과 알리

사. 이들이 커다란 아이스박스를 들고 그림자 속에서 뛰어온다, 공동주택에 아주 가까이.

돌 한 개가 내 얼굴을 아슬아슬하게 스친다.

알리사가 뛰기 시작한다. 바로 내 앞으로 뛰어 온 알리사가 입을 크게 벌리지만 내 귀에 아무것도 들리지 않는다.

"저리 가. 여긴 위험해, 돌이 날아와. 마리아, 알리사를 데리고 가!" 내가 소리 지른다.

마리아가 우리를 향해 달려온다. 그녀의 몸 전체가 출렁인다. 나는 마리아가 곧 넘어질 게 틀림없다고 무심하게 생각한다. 안톤은 마리아의 뒤에 있다. 안톤이 운다.

멀리서 사이렌 소리가 들린다. 드디어 오는구나, 도대체 돌을 얼마나 더 던져야 하는 거야? 나는 벌써 무척 피곤해. 내가 생각한다.

알리사가 내게 바짝 다가와 찰싹 매달린다.

모퉁이에서 돌이 날아오는 게 보인다. 나는 급하게 알리사의 두 손을 떼어 내 등 뒤로 숨긴다. 하지만 내 뒤에서도 알리사는 안전하지 않다. 돌이 또 한 개가 휙 날아와 알리사의 맨다리를 아슬아슬하게 스치고 내 장딴지를 정통으로 때린다. 장딴지가 터진다.

강한 통증이 온다. 내가 생각한다. 총을 맞으면 이런 느낌이겠지.

내 머리를 때린 돌을 본 후에 눈앞이 보이지 않는다.

나를 덮은 이불이 방금 내린 눈처럼 새하얗다. 구석에 거미줄이 쳐져 있다. 거미줄이 미세하게 흔들린다. 어쩌면, 거미줄 속의 거미가 흔들고 있기 때문인지 모른다. 어쩌면, 창문으로 바람이 불어와서인지도 모른다.

나는 거미줄을 꽤 오랫동안 쳐다본다. 달리 어쩔 수 없다. 눈을 돌리면 머리가 터질 듯이 빙빙 돈다.

나는 앓는 소리를 내 보지만 그마저도 아프다.

그래서 겨우 한숨만 쉰다.

그러다 문득 오른손에 땀이 나는 것을 알아챘다. 누군가 내 손을 꼭 잡고 있기 때문이다. 최대한 아래쪽을 내려다보지만 알아볼 수가 없다. 눈을 오른쪽으로 돌린다. 그곳에 알록달록한 게 있다. 눈을 왼쪽으로 돌린다. 그곳에 금속 스탠드가 서 있고, 스탠드의 줄이 내

팔에 연결되어 있다.

"누구?" 나는 머리가 덜 울리도록 아주 조그맣게 묻는다.

"나야."

마리아다.

"마리아, 내가 죽을병에 걸렸어? 그만 좀 울어. 난 아직 살아 있어. 엉엉 우는 소리가 들려. 알리사는 어디에 있어?"

"유치원에." 마리아가 말하고 흐느낀다. 그리고 덧붙인다. "알리사는 아무렇지도 않아. 걱정하지 마."

"안톤은?"

"그럭저럭."

"그 말은?"

"안톤은 다시 심리 치료를 받아. 애가 좀 혼란스러워해."

모든 것이 기억난다.

"나 이제 교도소에 가? 내가 아주 많이 박살 냈잖아." 내가 묻는다.

"몰라. 내가 무슨 말인지 못 알아들었어." 마리아가

말한다.

"문 앞에 경찰이 지키고 있어?"

"아니."

"됐어."

나는 눈을 감는다. 그런데도 많은 게 보인다. 눈꺼풀 안쪽에 수없이 많은 화려한 모기들이 어른거린다.

"내가 얼마나 오래 누워 있었어?" 내가 묻는다.

"사 일." 마리아가 말한다.

"사 일? 웬일이래. 내가 의식을 잃었어?"

"아니. 너는 거의 내내 의식이 있었어. 넌 계속 말을 했어. 많이 웃어 댔고. 네가 돌에 맞아 쓰러졌을 때 내 자신이 죽을 것만 같았어. 네 머리가 온통 피로 범벅이 었어. 난 네가 죽은 줄 알았어. 나의 불쌍한 조그만 소녀. 이렇게 가녀린 아이가 피를 철철 흘리면서 머리도 한번 빗지 못하고." 마리아가 정신없이 말한다.

이어 내 손에 축축한 느낌이 든다. 아주 잠깐.

"지금 그게 뭐야?" 내가 묻는다. "그만 좀 울어."

나는 무척 힘을 들여 팔을 들고 손등을 본다. 손등에 빨간 자국이 있다.

"새로 산 립스틱이야?" 내가 묻는다.

마리아는 대답하지 않는다.

"내가 막 웃기도 했어? 돌에 맞았을 때?" 내가 묻는다.

"아니. 그때 너는 정신을 잃었어. 구급차 안에서 다시 정신이 돌아왔어."

"왜 나는 아무 기억이 없지?"

"뭐, 내가 모세야?" 마리아가 묻는다.

나는 웃지 않을 수 없다. 마리아는 그 우스갯소리를 안톤에게서 배웠다. 웃었더니 죽을 만큼 아프다.

"내가 지금 어떤 상태야? 뇌진탕이야, 아니면 두개저 골절이래?" 내가 묻는다.

마리아가 한숨을 쉰다. "맞아. 골절도 있고."

나는 다시 손을 움직여 보려 한다.

"붕대에 손대지 마. 네가 붕대를 더 망가뜨리고 있어." 마리아가 걱정스레 말한다.

"애들이 여기 왔었어?" 내가 묻는다.

"알리사가 왔었어. 안톤은 무서워했어. 알리사가 붕대에 그림을 그리려 했어. 알리사가 그러는데, 다들 그러는 거래. 그림을 그려야 예뻐 보인다고 하더라. 나는

409

알리사에게 하지 말라고 혼을 냈지. 하지만 너는 하지 말라고 하지 않았어. 그건 기억이 나니?" 마리아가 말한다.

"아니. 알리사가 그림을 그리게 내버려 두지 그랬어. 꽃 그림. 아니면 갈매기." 내가 말한다.

"너한테 온 엽서가 있어. 오늘 아침에. 멋진 엽서야. 볼래?" 마리아가 말한다.

"아니. 눈이 쑤셔. 엽서에 뭐라고 써져 있어?"

"엽서 한쪽은 바다 사진이야. 다른 쪽에 글씨가 써져 있어."

"지금 엽서를 손에 들고 있어?"

"응."

"그럼 읽어 줘."

"못 읽어."

"왜 못 읽어?"

"못해."

"아니, 왜?"

"못해."

"신경질 나게 하지 마. 왜?"

"아이, 그건, 알잖아…… 러시아어가 아니야."

"마리아!"

"게다가 도무지 알아볼 수 없게 썼어. 제일 아래 있는 것만 읽을 수 있어. 알파벳 세 개. ILD. 이게 무슨 뜻이야?"

"뭔지 몰라?"

"몰라, 내가 어떻게 알아?"

"모르면 나도 안 가르쳐 줘." 내가 말한다.

"오지 말라고 했잖아요." 그가 방으로 들어설 때 내가 말한다. 그는 내가 방금 한 말을 전혀 아랑곳하지 않는다.

나는 등을 돌린다. 그를 보고 싶지 않다. 무엇보다 그가 나를 보지 않아야 한다. 하지만 이미 내가 어떻게 할 수 있는 일이 아니다.

그는 크게 세 걸음을 걸어 내 옆에 선다. 나는 흰 이불 속으로 기어들어 가 이불로 머리를 완전히 뒤집어 쓰고 싶은 마음이 굴뚝같다.

하지만 나는 앉은 채로 있다.

사샤는 숨지 않는다.

그는 두 손을 내 위팔에 얹고 몸을 숙여 뺨에 조심스럽게 키스한다. 부서질 듯 아주 조심스럽게.

"제가 뭐 유리로 만들어졌나요." 내가 무뚝뚝하게 말한다. 그의 왼손이 내 목덜미를 쓰다듬더니 그 자리에 머문다. 아주 따뜻하고, 아주 무겁다.

"다른 손도." 내가 말한다. 그러자 오른손이 옆에 놓인다. 나는 한숨을 내쉬며 눈을 감는 수밖에 없다.

"사샤, 안녕." 그가 말한다.

"폴커, 안녕. 휴가는 어땠어요?" 내가 말한다.

"엿같았지." 그가 말한다. 나는 그의 목소리에 담긴 웃음소리를 듣는다. "이제야 돌아왔어. 펠릭스가 너에게 전화했어. 펠릭스가 숙모인지 누군가와 통화했는데. 뭐 어쨌든 통화하려고 시도했지만, 펠릭스는 처음에 한마디도 알아듣지 못했어. 그러더니 펠릭스가 황급히 내게 뛰어와서는 네가 돌에 맞았다고, 지금 죽었다고 막 소리를 지르더라. 사샤 ─ 돌 ─ 머리 ─ 병원!"

"마리아의 어휘가 제대로 폭발했네요. 그녀가 그 단어를 모두 다 말했다면." 내가 말한다.

"그래서 내가 다시 전화했어, 그래, 그때 무릎이 후들 거리더구나. 씩씩한 꼬마 아가씨가 내 전화를 받더니 사람들이 네 머리를 부셨다고 했어. 아이가 그렇게 표현했어. 하지만 머리가 벌써 붙어서 아물었다고 해. 그래서 네가 벌써 다시 욕을 할 수 있다고, 그리고 네가 너무 오래 집에 없는 게 무척 싫다고 하더군."

나는 웃지 않으려 애쓴다. 내 손을 폴커의 손 위에 올려놓는다. 그의 손은 내 손보다 훨씬 크다.

"그래서 내가 물었지. 사샤에게 찾아갈 수 있냐고. 그러자 아이가 말했어. 사샤는 자기 말고는 아무도 보지 않으려 한다고. 사샤는 마리아도 보지 않으려고 하지만 그래도 마리아는 간다고 해. 자기를 데려다주어야 하기 때문이래. 그래서 내가 말했어. 사샤에게 물어보라고. 폴커나 펠릭스를 볼 생각이 있는지 말이야."

"알리사가 나에게 물어봤어요." 내가 말한다.

"물론이지. 그러고 나서 나에게 알려줬어. 사샤는 그 두 사람을 진짜로 보지 않으려고 한다고. 사샤는 아무도 만나지 않으려 한다, 사샤가 안 한다고 말하면 정말로 안 한다."

슬며시 웃음이 새어 나온다.

"그런 이유로 내가 알리사와 자주 통화를 했지……."
폴커가 말을 잇는다.

"…… 뭐라고요? 알리사가 그 얘기는 한 번도 하지
않았어요!"

"내가 얘기하지 말라고 부탁했거든. 믿을 사람이 있
으니 얼마나 좋던지. 그리고 어제 알리사가 말하더군.
있잖아요, 사샤의 머리는 전혀 부서지지 않았어요. 진
짜 부서지지 않았어요. 그래서 붕대를 풀었고, 내일 집
에 와요. 그런데 차가 있어요? 그래서 내가 있다고 대답
했어. 그러자 알리사가 이렇게 말하더군. 그러면 사샤
를 집으로 데리고 올 수 있겠네요. 사샤는 지금은 아직
많이 걸을 수 없대요."

"알리사가 살면서 너무 안 맞아 봐서 그래요. 어머,
여기 셔츠의 어깨가 좀 축축하네요." 내가 말한다.

"눈먼 비?"

나는 대답하지 못한다.

"물론이지, 내가 꼬마 아가씨에게 말했어. 내가 사샤
를 집으로 데려다주겠다고. 그러자 아이는 '그럼 참 좋

겠어요.'라고 하고는 툭 끊더라."

그의 시계 소리가 내 귀에 아주 크게 들린다. 나는 수를 센다. 30, 60, 90.

"네가 아플까 봐 큰 걱정이다." 그가 말한다.

"무슨 말이에요?"

"여기 이 부분. 그리고 이곳 말이다. 아프니?"

"아뇨. 이제는 안 아파요. 지금은 정말 다 나은 것 같아요."

"바보 녀석, 골절이 아니고 어떻게 이렇게 될 수 있어."

"그냥 멍과 열상이었어요. 엑스레이 사진을 찍었어요. 그리고 뇌진탕도 있었어요."

"끔찍해 보인다."

"그럼 가세요, 폴커. 오지 말라고 했잖아요."

"아니, 내 말을 그런 뜻이 아냐. 사실 겉보기에는 전혀 나빠 보이지 않아. 단지…… 보는 내 마음이 아프다는 거지."

"가세요."

"아니."

"당신이 나를 그런 눈으로 보는 거, 싫어요."

"그래, 알았다. 하지만 네 모습은 조금도 흉하지 않아. 네 얼굴을 봤니?"

"아뇨. 붕대를 어제 제거했어요."

"그럼 저기 있는 거울로 가서 봐봐."

"싫어요."

폴커가 한숨을 쉰다.

"넌 펠릭스보다 더 까다로워." 그가 말한다.

"그건 그렇고, 엽서 고마워요." 내가 말한다.

"펠릭스에게 고마워해."

"전해 주세요."

"네가 직접 펠릭스에게 말할 수 있어. 펠릭스가 복도에서 기다리고 있거든. 녀석이 들어올 엄두를 못 내고 있지. 네 모습이 완전히 흉하게 되었을까 봐 무서워해. 그렇게 예민한 녀석이 왜 굳이 같이 오겠다고 우겼는지 정말 수수께끼다."

나는 폴커의 두 손을 뿌리치고 침대에서 뛰어나와 문을 벌컥 연다.

복도는 넓고 밝다. 저 멀리서 접시가 덜그럭거린다.

곧 점심시간이기 때문이다. 음식 냄새만으로도 벌써 무척 끔찍하다. 게다가 늘 양배추를 끓인 냄새가 난다. 어떤 음식이 나오든 똑같다.

펠릭스가 벽에 웅크리고 앉아 있다. 그는 움찔 놀라더니 내 쪽을 쳐다본다.

"너 완전히 갈색으로 탔구나." 내가 말한다. 펠릭스가 천천히 일어나서 갑자기 웃기 시작한다. — 입이 점점 더 크게 벌어지고, 점점 더 행복하게.

"난 네가 아주 흉측해 보일 거라고 생각했어." 펠릭스가 말하며 다가와 팔을 뻗어 내 손을 잡는다.

"조심해. 날 건드리지 않는 게 좋아. 아직 온몸이 아파." 내가 말하며 뒤로 살짝 뺀다.

그러자 펠릭스는 불에 덴 듯 얼른 내 손을 놓는다.

"집에 가니까 좋지?" 폴커가 묻는다. 그는 내 가방을 어깨에 메고, 한편 나는 베개 밑에 책을 두지 않았는지 들쳐 본다. 같은 이유로 침대 앞에서도 무릎을 꿇고 살펴본다.

"아뇨. 나는 집이 싫어요." 내가 말한다.

펠릭스가 당황해서 겁먹은 표정으로 잠시 쳐다본다.

"왜?" 펠릭스가 묻는다.

"집에 있으면 내가 제발 잊어버리고 싶은 일들이 다시 떠오르기 때문이야." 내가 말한다.

"여기서 살아?" 펠릭스가 차 안에서 묻는다.

"맨 꼭대기 층에." 내가 말한다.

폴커가 공동주택 바로 앞에 주차하고 내 가방을 든다.

"담이 다 완성되었네." 내가 말한다.

"네가 집을 비운 건 그리 긴 시간이 아니야." 폴커가 말한다.

펠릭스는 아무 말도 하지 않는다.

"하지만 아주아주 한참 지난 것 같은 기분이 들어요. 몇 주간 병원 신세, 그리고 새로운 삶이 시작될 수 있어요. 유리창도 다 수리되었네요. 이곳에서 무슨 일이 있었는지 들었어요?" 내가 말한다.

"우리 신문사 기록보관실에서 읽었다. 내가 네 화를 돋우려는 뜻은 아닌데. 하지만 기사를 읽으면서 풍차와 싸운 남자를 생각할 수밖에 없었다……." 폴커가 말한다.

"그게 누구예요?" 펠릭스가 묻는다.

주택 입구의 벤치가 텅 비어 있다.

"올렉은 어디에 있지?" 내가 묻는다.

"누구?"

"그런 사람이 있어. 몸이 불편한 남자. 그가 항상 여기에 앉아 있었어. 그런데 어디 있지?"

이제 폴커가 말이 없고, 반면에 펠릭스가 뜻밖에 흥분한다.

"내가 그걸 어떻게 알아? 그리고 지금 그게 아주 중요한 일이야?" 펠릭스가 묻는다.

"있잖아. 이곳 사람들은 왠지 즉시 최악의 일을 생각해." 내가 말한다.

"평소와 달리 악취가 전혀 나질 않네. 어쨌든 병원 식사에서 나는 냄새보다는 나쁘지 않아. 지금은 내가 냄새에 적응이 되었어." 내가 엘리베이터 안에서 말한다.

"여긴 진짜 끔찍하다." 펠릭스가 나와 동시에 말한다. 그리고 나는 그 말에 펠릭스를 쳐다보는 폴커의 눈초리를 본다.

"내가 뭐? 끔찍하잖아. 그럼 내가 '아아 좋다'라고 해야 해?" 펠릭스가 반항적으로 말한다.

"나 화내는 걸 보고 싶으면 그렇게 말해." 내가 말한다. 내 목소리가 예기치 못하게 즐겁게 들린다.

"사람들은 여기 이 얼룩이 우리 엄마의 핏자국이라고 생각해. 하지만 사실이 아냐. 이건 그냥 얼룩이야. 엄마는 여기에 쓰러지지 않았어. 엄마는 거실에서 피를 흘렸지." 내가 문 앞에서 말한다.

펠릭스가 목에서 고륵고륵 소리를 낸다.

"안녕, 마리아. 나를 껴안지는 마. 아직도 많이 아파. 이분은 폴커. 이쪽은 펠릭스. 여긴 마리아예요." 내가 말한다.

마리아는 두 사람과 악수를 한 후 당황해서 어쩔 줄 모른다.

"우리가 통화했었지요." 마리아가 독일어로 말한다. 나는 놀라서 쳐다본다. 마리아가 러시아어로 말한다. "알리사! 사샤에게 뛰어들면 안 돼, 사샤는 아직 많이 아파!"

내가 무릎을 꿇어 알리사에게 머리를 볼 수 있게 하자 알리사가 말한다. "으이, 다시 완전해졌어! 하나도 빨갛지 않아! 피는 언제 씻어 냈어?"

"즉시. 지금 뭘 생각해?" 내가 말한다.

"그럼 이제 새 피를 가졌어?"

"그래. 대략 오 리터. 우유 다섯 다섯 팩 정도. 안톤, 이리 와. 겁먹지 말고. 봐봐, 내 머리가 아주 흉측해 보이지는 않아." 내가 말한다.

"그래도. 무서워." 안톤이 말한다. 문에 서서 문을 꽉 부여잡고 있다.

"막냇동생이에요. 애가 좀 부끄럼을 타요." 내가 펠릭스와 폴커에게 말한다.

"도쿄 호텔. 나는 도쿄 호텔을 좋아해." 폴커가 안톤의 티셔츠에 있는 글씨를 읽는다.

펠릭스는 난처해하며 옆을 슬쩍 본다.

"차 드세요. 블루베리 케이크도요." 마리아가 독일어로 말한다.

"나중에, 마리아. 블루베리 케이크는 나중에." 내가 말한다.

"하지만 나중에는 케이크가 따뜻하지 않아. 아주 차가워져!" 마리아가 당당하게 말한다.

"이 뜨거운 더위에 어떻게?" 내가 의아해한다. "아무튼 여기가 내 방이에요."

"이게 네 컴퓨터야? 이건 뭐야, 외장 모뎀?" 펠릭스가 묻는다.

"난 컴퓨터에 대해 전혀 듣고 싶지 않아." 내가 말한다.

"나도 말할 생각이 전혀 없어." 펠릭스가 말한다.

"형은 어떤 걸 가지고 있어?" 안톤이 아주 조그맣게 묻는다.

"훨씬 더 좋은 거. 아, 그런 거 있어. 언젠가 너에게 보여 줄 수 있을 거야. 이 사람은 누구야?" 펠릭스가 묻는다.

"우리 엄마야. 그리고 이건 하리. 엄마와 함께 세상을 떠났어. 이건 두 사람의 마지막 사진이야. 하리의 새 디지털카메라로 내가 우리 발코니에서 찍은 거야. 펠릭스, 이제 알겠지. 러시아 여자와 엮이는 게 꽤 위험하다는 걸. 심지어 생명이 위험해져." 내가 말한다.

"하지만 네가 결혼한 적은 없었네." 펠릭스가 말한다.

"왜 그걸 알려고 해? 나에 대해 아는 게 있기나 해? 내가 실제로 얼마나 나쁜 애인지 상상이나 해? 그리고 이제 여기서 나가, 이 방은 좁아. 여기가 거실이야. 이 건 우리 엄마의 책이고." 내가 말한다.

"누가 여기에 샤갈 그림을 잔뜩 걸어 놨지?" 폴커가 묻는다.

"엄마가요. 모두 엄마가 했어요. 샤갈을 좋아했어요." 내가 말한다.

"괴상한 그림이군. 그림이 나쁘다는 말은 아니고. 그 냥 괴상하다고. 왜 사람들이 이렇게 날아다녀?" 펠릭스 가 말한다.

"그들이 꿈을 꾸기 때문이야." 그의 팔꿈치 밑에서 알리사가 말한다.

"아하, 너에게 줄 선물을 가지고 왔어. 폴커, 어디 있 지? 꼬맹이에게 줄 선물이?" 펠릭스가 말한다.

"전 꼬맹이가 아니에요. 이제 다섯 살이 다 되었어 요." 알리사가 말한다.

"그런데 저게 뭐야?" 내가 물으며 선 채로 눈의 초점 을 모은다.

"그걸 사람들은 꽃이라고 부르지. 굳이 내가 말하자 면. 꽃병에 꽂힌. 머리에 받은 충격이 오래가는구나, 그렇지?" 펠릭스가 말한다.

"펠릭스!" 폴커가 말한다. 그리고 목소리가 정말 화가 난 것으로 들린다.

"아니, 그거 말고. 그 옆에 있는 거." 내가 말한다.

이번에는 마리아가 고륵고륵 소리를 낸다. 그러자 폴커가 걱정스레 그녀 쪽을 넘겨다본다.

"저게 뭐야?" 내가 반복한다. 나는 탁자 앞에 선다. 해바라기 세 송이가 꽂힌 꽃병 옆에 이상한 물건이 놓여 있다. 비닐봉지에 뭔가 들어 있다. 면도용 솔로 보이는 것, 그리고 내게 불안한 기억을 일깨우는 것, 노트, 연필, 가죽 서류 가방.

"사샤, 사샤, 지금은 제발…… . 당장 버리지는 마…… . 너무 부끄럽긴 하지만…… ." 마리아가 힘없이 말한다.

나는 우선 마리아를 제치고 이어 연필을 치우고 노트를 펼친다. 종이들이 펄럭이며 떨어진다. 그 중에 여러 장이 형편없이 산만한 글씨체로 빼곡히 써져 있다. 내 손가락에서 종이들이 흘러내리며 특이한 냄새를 퍼뜨린다. 그 냄새에 당장 토할 것 같다.

펠릭스가 바닥에 흩어진 종이를 모아 어리둥절해서 살펴본 다음 폴커에게 넘겨준다.

나는 손을 뻗어 가죽 가방을 연다. 오려 낸 신문 조각이 떨어진다. 내가 다 아는 기사다. 게다가 내가 한 번도 본 적이 없는 해진 서류들이 있다. 러시아어로 된 출생증명서 한 장, 오래된 노동조합 책자, 무기 휴대 허가증, 공증 번역, 나는 그 모든 것을 아무렇게나 바닥에 던져 버린다. 그 모든 게 누구의 것인지 나는 안다.

제일 밑에 사진이 들어 있다. 네 장.

큰 사진. 튜니카 의상을 입은 빨간 머리 여자. 두 팔을 활짝 펴고 눈을 감고 있다. 무대 조명 아래.

나는 사진을 뒤집어 뒤편에 써진 크고 서툰 글을 읽는다. 무대 위의 내 아내 마리나.

큰 사진이 또 한 장 있다. 금발 머리의 남자아이와 책가방. 아이는 가방 뒤에 숨으려 한다. 두 눈이 불안하다.

사진 뒤편에 적힌 글. 내 아들 안톤, 입학.

약간 작은 사진 한 장. 유아용 의자에 앉은 해맑은 아기가 앞에 놓인 접시의 음식을 두 손으로 움켜쥔다.

뒤편 : 내 딸 알리사가 먹으려고 함.

그리고 그보다 더 작은 사진 한 장. 사진에 벤치에 앉은 검은 머리의 소녀. 다리를 끌어올리고, 공동주택을 배경으로, 무릎에 펼쳐서 뒤집은 책.

무척 친숙한 느낌이 들지만 나는 사진의 소녀를 알아보기 위해 애를 쓴다. 이 사진에서 내가 무엇을 찾으려는지 알 수 없다.

내 뒤에서는 쥐 죽은 듯이 아주 조용하다.

아니, 아주는 아니다.

마리아의 호흡이 무척 가쁘다. 누군가 발을 움직인다. 다른 이가 갑자기 기침을 한다.

"건강 조심." 알리사가 크게 말한다.

나는 마지막 사진을 돌리고 뒤편에 써진 글자를 읽는데 무척 오래 걸린다.

비록 단 한 단어일 뿐이지만. 사샤.

나는 사진을 도로 집어넣고, 오려 낸 신문 조각을 아무렇게나 쑤셔 넣고 서류 가방을 닫는다.

"마리아, 블루베리 케이크. 지금." 내가 말한다.

내가 자리에서 일어나 조용히 내 방으로 들어가 문을 닫는 게 아무의 눈에도 띄지 않는다.

나는 의자에 승마 자세로 앉아 책상에 있는 액자를 집어 든다. 눈을 거의 감다시피 한 상태에서 머리를 살짝 돌리면 사진의 얼굴이 움직이는 것처럼 보인다. 눈을 많이 깜박여도 같은 효과가 난다.

안녕 엄마, 물론 하리 아저씨도 안녕. 내가 말한다. 우리가 이야기를 나눈 지 무척 오래되었네. 내가 엄마 사진을 병원에 가져가지 않았다고 기분 상하지 않았길 바라. 그곳에서 나는 혼자 있었어. 나는 엄마 생각을 거의 안 했어. 딱 한 번, 그때 엄마가 더 이상 모든 걸 볼 수 없다는 게 기뻤어. 아니면 혹시, 볼 수 있나?

그리고 또 생각했지. 엄마와 하리 아저씨 둘이 같이 있으니 얼마나 좋으냐고. 언제나 어디서나. 아마 나는 늘 혼자일 것 같아.

나는 천국을 믿지 않아. 지옥도 믿지 않고. 하지만 우리가 다시 만나게 될 거라는 건 알아. 최근 몇 달 동안 우리가 다시 만날 시간이 아주 아까웠다고 생각했던 순간이 몇 번 있었어.

그런데 혹시 바딤도 뒤따라갔다는 소식을 벌써 들었는지? 그가 엄마와 하리를 괴롭히지 않기를 바랄 뿐이야. 어쩌면 하늘에서는 바딤에게 처신을 어떻게 해야 하는지 가르쳐 줄 누군가 있을지도 모르지. 또는 그곳에서는 바딤이 아주 작고, 엄마와 하리 아저씨는 무척 커서 바딤을 밟지 않으려 조심해야 하는지도 몰라.

엄마가 있는 곳으로 가는 가장 빠른 길을 택하다니, 어떻게 그렇게 비겁하고 비열한 방법이 있어? 그렇지 않아?

내 문제는, 내가 더는 그 일을 나쁘게 생각할 수 없다는 거야. 다 지나간 일이 되었어. 미안해, 하지만 엄마는 이해하겠지. 그냥 그렇게 되어 버렸어.

우리 집은 지금 사람들로 가득해. 다들 먹고 웃고 떠들고 있어. 새로운 사람이 둘 와 있어. 난 우리 집에 절대로 데리고 올 생각이 없었는데, 그들이 막 우겨서 왔어. 우리 집에 있는 게 좋은 것같이 보이네. 이번이 마지막이 되지 않을 것 같아.

물론 난 우는 게 아냐. 그냥 눈에 뭐가 들어갔을 뿐이야.

안톤이 방금 펠릭스에게 게임보이를 보여 주고 있어. 두 사람이 서로를 잘 이해할 것 같아. 펠릭스는 거짓으로 꾸민 행동을 하지 못해. 그리고 누가 자기를 대단하게 여기는 것을 좋아해. 안톤은 어차피 게임에 미쳤고. 저렇게 큰 남자가 안톤과 같이 게임을 하고 있다니!

알리사는 폴커에게 이름을 키릴어로 쓰는 법을 가르쳐 주고 있어. 폴커는 알리사가 무척 똑똑한 것을 보고 놀라워해. 알리사는 아주 귀엽고 당돌하기도 해. 아마 폴커는 늘 어린 딸을 원했지만 얻지 못한 남자였나 봐. 분위기가 참으로 평화로워. 집에 온통 계피 향이 나. 게다가 마리아가 생크림에 늘 바닐라설탕을 뿌리기 때문에 온 집에 바닐라 향도 나고.

난 여기서 더는 할 일이 없어. 이제 식구들이 나 없이도 잘 지낼 것 같다는 생각이 들어.

엄마가 언젠가 한번 이야기해 준 적이 있지. 엄마도 첫 학년 둘째 날에 벌떡 일어나 나가 버렸다고. 수업이 지루하다는 이유로 말이야. 그리고 엄마는 방학 때면, 대학에 들어가서도 언제나 여행을 떠났다고 했지. 바다를 보러 가거나 등산을 하려고 기차를 타고 또는 히

치하이킹을 하면서 말이야. 또 학생들을 시베리아와 극동 등, 여러 외국으로 보내는 대학 잡지에 공모하기도 했었지. 엄마는 여행을 떠나는 것을 제일 좋아했어.

나는 바다를 볼 생각도 없고 산에 갈 생각도 없어. 나는 사람들이 많은 곳으로 가서 어느 누구의 눈에도 띄지 않았으면 좋겠어. 현재 내 모습도 그렇고.

엄마가 제일 좋아한 도시는 파리였지. 그건 구소련 시절에서 비롯된 잔재였어. ─ "죽기 전에 파리에 가기." 우리는 같이 파리에 두 번 갔고, 좋았어. 하지만 난 지금 파리에 가지 않을 거야. 낭만적인 분위기는 지금의 나에게 어울리지 않아.

그리고 우리가 로마에 갔을 때, 나는 뜨거운 열기와 먼지와 딸딸거리는 소형 오토바이의 소음에 거의 돌지경이었어. 그래서 로마는 현재 상태의 나로서는 정말 견딜 수 없는 곳이야.

베를린은 좋아. 하지만 지금은 예외적으로 내 주변의 것들을 자세히 알고 싶지 않아.

엄마, 그래서 말이야. 내가 얼마나 빨리 프라하에 갈 수 있는지 한번 해 볼 생각이야. 프라하도 엄마가 좋아하는 도시였지. 엄마는 뭐 좋아하는 도시들만 있지만. 나는 프라하 카페에서 생전 처음으로 아이리시커피를 마셔도 되었다는 기억만 있어. 그리고 어떤 다리에서 화가를 구경했었다는 것하고. 어렸을 때의 여행은 남는 게 하나도 없어. 기껏해야 비둘기와 아이스크림에 대한 기억, 그리고 가끔 수많은 사람들 사이에서 길을 잃었던 기억이 다야.

지금까지 나는 여름 방학에 거의 쉬지 못했어. 그건 엄마도 안타깝게 생각하겠지.

나는 사진을 다시 책상에 올려놓는다. 액자가 쓰러지는 바람에 다시 세운다.

병원에서 가져온 가방이 저쪽에 풀지 않은 채로 있다. 나는 가방을 열고 잠시 뒤적인다. 그리고 다시 지퍼를 닫는다.

책상 맨 위의 서랍을 열고 핸드폰 충전기를 꺼낸다. 그리고 내가 어디에서 얻었는지 알 수 없는 마리화나가 든 축축한 작은 봉지, 오래된 엄마의 반지 두 개. 반지가 커서 엄지까지 포함해 다섯 손가락에서 다 흘러

내린다. MP3, 신분증, 머리 고무줄, 개봉된 해열 진통제 한 통, 내가 어디에 써야 할지 몰라서 아무렇게나 넣어 둔 지폐도 꺼낸다.

돈과 MP3는 바지 주머니에 넣고 나머지는 병원에서 가져온 가방에 넣는다. 머리 고무줄은 다시 서랍에 던져 넣는다. 그건 이제 필요가 없다. 구급차에서 사람들이 내 머리카락의 일부를 잘라 냈고, 나머지 머리카락은 병원에서 붕대를 교체하면서 잘라 냈기 때문이다.

나는 꽤 오랫동안 거울을 들여다본다. 그런 다음 언제부터인지 가지고 있던 검은 야구모자를 찾는다. 어쩌면 내가 안톤에게 선물했던 것인지도 모른다. 서랍의 제일 아래 칸에 야구모자가 있다. 나는 모자를 쓴다. 이제 다시 사람들 앞에 나서도 될 것 같다.

손톱을 살펴보고 가위로 바짝 짧게 자른다.

나는 연필을 뱅글뱅글 돌린다. 어떤 메모를 남겨야 할지 생각이 나지 않는다. 연필을 다시 내려놓는다.

지금 기분이 좋다고 하면 과장된 말일 것이다. 하지만 콧노래가 절로 나온다. 그것도 에미넴의 가사다.

복도에서 내 인라인스케이트에 걸려 비틀거린다. 이

어 안톤의 것에 또 한 번 걸려 휘청댄다. 이것을 언젠가 다시 신는다는 건 상상이 가지 않는다. 나는 운동화 끈을 매면서 거실에서 나는 소리에 귀를 기울인다.

누군가 내가 어디에 있냐고 물을까 봐 조금 불안하다.

하지만 그러지 않는다.

나는 아주 살며시 문을 닫는다.

공동주택은 참으로 고요하기만 하다. 맨 꼭대기 층에서 아이 우는 소리가 들릴 뿐이다.

입구의 벤치는 텅 비어 있다.

나는 가방을 어깨에 메고, 야구모자의 챙을 뒤로 돌려 쓰고, 햇빛 속으로 발을 내딛는다.

강한 흡입력으로 케케묵은 세계의
유리창을 부수는 매혹적인 소설

"나는 무엇이든 할 수 있다. 내가 내 자신의 주인이다."

—주인공 사샤 나이만의 대사 중

알리나 브론스키(Alina Bronsky)는 1978년 구소련 예카테린부르크에서 출생한 러시아계 여성 독일 작가다. 1990년대 초 가족이 독일로 건너와 12세부터 마르부르크와 다름슈타트에서 성장한 후 현재 베를린에서 작가로 활동하고 있다. 브론스키는 2008년 데뷔작 『쉐르벤파크』(유리파편공원)로 세간에 큰 반향을 불러일으키며 곧바로 독일 현대문학의 젊은 신예 작가로 부상했다. 이 소설은 2008년 아스펙테 문학상과 2009년 독일 청소년문학상 후보작에 올랐다. 이어 2010년 슈투트가르트 테아터하우스에서 공연되었고, 2013년 영화제에서 〈브로큰 글래스 파크(Broken Glass Park)〉라는 제목으로 개봉되었다. 또한 이 소설은 현재 독일 학교에서 읽기 교재로 채택되어 수업에 널리 활용되고 있다.

18세 여주인공 사샤 나이만은 독일로 건너온 러시아계 이주민인데 첫머리부터 자신의 꿈 두 가지를 밝힌다. 첫째, 죽은 엄마에 대한 책을 쓸 것이며 둘째, 의붓아버지 바딤을 죽이겠다는 것이다. 이 충격적인 결의에서 이미 주인공이 겪은 상황이 평범치 않을 것이라 짐작할 수 있다. 가족 내에서 일어난 끔찍한 살인사건으로 엄마를 잃은 트라우마를 극복할 겨를도 없이 곧바로 가장의 역할을 떠맡은 주인공 사샤의 심리가 1인칭 시점을 통해 생생하게 표현되는 한편, 낯선 나라에서 청소년 사샤가 맞닥뜨리는 다난한 상황은 다문화 사회에 존재하는 여러 난제를 드러낸다.

독일에는 1950년대부터 외국인 노동자 이주를 시작으로 다문화 사회가 형성되었고, 이른바 '이주민 문학' 작품을 통해 이주자들은 독일 사회에서 이방인으로서 겪은 다문화 사회의 현실을 전달하고 있다. 브론스키의 데뷔 소설도 역시 이민자의 글쓰기, 젠더 문제, 비극적 사건의 트라우마, 미성년의 성장 과정과 정체성 문제, 다문화 사회 통합 문제 등 매우 시의성 있는 문제를 다루고 있다. 또한 신진 여성 작가로서 독일과 미국에서 비상한 관심을 받는 것에 비해 국내에서는 아직 소개조차 되지 않은 이유 가운데 하나는 '이주민 문학'이 독일 문학계에서 비주류 또는 소수 문학으로 치부되기 때문인 것 같다. 하지만 우리나라 역시 이미 다문화 사회가 형성되어 있는 만큼 사샤의 이야기는 통합 문제와 관련해 우리에게 많은 점을 시사할 것이다.

마지막으로 이 소설의 제목이 상징하는 유리 조각, 자잘한 파편의 의미를 한번 생각해 본다. 사샤의 자아는 여기저기에 흩어진 채 발끝을 살짝 대는 정도의 연결점만 있을 뿐이다. 뭐라고 명확하게 규정할 수 없는 상태에 있다. 이는 소설의 한 대목에서 "유리창이 반짝이는 조각으로 자잘하게 부서진다. 유리 조각들은 한순간 공중에 커다란 무중력의 예술 작품으로 머물렀다가 아스팔트로 떨어지면서 더욱 자잘한 파편으로 부서진다."라는 묘사에서 유추할 수 있다. 사샤는 자신이 돌

을 던져 깨뜨린 공동주택의 유리창이 부수어지는 광경
에 매혹되어 꼼짝하지 않는다. 이 이미지는 다문화 사
회 이민자의 현주소를 묘사한 것이 아닐까.

송소민

쉐르벤파크

2021년 9월 30일 1판 1쇄 펴냄

지은이	알리나 브론스키
옮긴이	송소민
펴낸이	김성규
편집	김은경 조혜주 김도현
디자인	김동선
펴낸곳	걷는사람
주소	서울 마포구 월드컵로16길 51 서교자이빌 304호
전화	02 323 2602
팩스	02 323 2603
등록	2016년 11월 18일 제25100–2016–000083호
ISBN	979-11-91262-63-6 (04800)
	979-11-960081-4-7 세트

* 이 저서는 2019년 대한민국 교육부와 한국연구재단의 지원을 받아
  수행된 연구의 결과물임.(NRF-2019S1A5B5A07111582)